Mehr als ihre gebrochenen Knochen schmerzt Paula Spencer ihr gebrochenes Selbstwertgefühl. Charlo, der Mann, den sie liebte und haßte, verprügelte sie 17 Jahre lang. Nur der Alkohol hilft ihr, all das zu ertragen, sie kann weder fortlaufen noch Selbstmord begehen – da sind ihre Kinder, ihr ein und alles. Doch der Alkohol setzt sie auch ins Unrecht. Eine Betrunkene fragt man nicht, wieso sie schon wieder gegen eine Tür gelaufen ist.
Kurz angebunden, aber wortreich berichtet sie von ihrer Kindheit und Jugend und von der aufregenden Zeit mit Charlo, im Frühling ihrer Liebe: eine komische Kleinbürgerhochzeit, romantische Flitterwochen, deftiger Sex. Ebenso viel Raum nimmt ihr Benühen ein, das allmählich eskalierende Berserkertum ihres Mannes zu rechtfertigen, dem eigenen Schuldanteil auf die Spur zu kommen.
Die Apotheose bildet der Rausschmiß von Charlo, der zwei Jahre zurückliegt, als Paula sich an ihre Lebensbeichte macht. Der Leser erlebt, wie ein Mensch, der innerlich entzweigegangen ist, sich auf die Suche nach seinen Einzelteilen macht. Arme Leute hätten kein Gedächtnis, heißt es bei Albert Camus in ›Der erste Mensch‹. Das gilt auch für Paula, der es schwerfällt, sich zu erinnern. Sie redet sich ihr Leben von der Seele, sprunghaft und manchmal so atemlos, als bliebe ihr für irgendeine Ordnung keine Zeit.
Doyle hat mit Paula eine wunderbare Heldin geschaffen. Er gibt dieser Frau eine Stimme, die so ergreifend von der Einsamkeit und der Liebe erzählt, daß man sie einfach mögen muß.

Roddy Doyle wurde 1958 in Dublin geboren. Sein erster Roman, ›The Commitments‹ wurde 1991 von Alan Parker erfolgreich verfilmt, ebenso wie sein zweiter ›The Snapper‹, in der Regie von Stephan Frears. ›The Van‹ war 1991 auf der Shortlist für den Booker-Preis, den er mit ›Paddy Clarke Ha Ha Ha‹ (Bd. 13176) 1993 gewann.

Roddy Doyle

Die Frau, die gegen Türen rannte

Roman

Aus dem Englischen von
Renate Orth-Guttmann

Fischer Taschenbuch Verlag

Veröffentlicht im Fischer Taschenbuch Verlag GmbH,
Frankfurt am Main, Oktober 1998

Lizenzausgabe mit Genehmigung des
Wolfgang Krüger Verlags, Frankfurt am Main
Die englische Originalausgabe erschien 1996
unter dem Titel ›The Woman Who Walked Into Doors‹
im Verlag Jonathan Cape, London

Druck und Bindung: Clausen & Bosse, Leck
Printed in Germany
ISBN 3-596-14204-0

Dieses Buch widme ich
Jack

At the age of 37 –
She realised she'd never ride –
Through Paris –
In a sports car –
With the warm wind in her hair –

Shel Silverstein,
The Ballad of Lucy Jordan

1

Ich habs von einem Polizisten erfahren, der an die Tür kam. Keiner von denen, die ich kannte. Jung, spillrig, den ganzen Hals voll entzündeter Pickel.

– Missis Spencer?

Er war nicht älter als zwanzig und guckte belämmert.

– Missis Spencer?

Ich wußte es, noch ehe er was gesagt hatte. Als ich aufmachte, hatte es geklickert. (Jahrelang bin ich umgekommen vor Angst, wenn ich die Tür aufmachen mußte. Es war ein Alptraum. Wir hatten eine Klingel, die machte einen Mordskrawall, wenn sie losging, wackelte die Wand, ich machte einen Satz bis an die Decke, die Kinder fingen an zu brüllen, es war echter Wahnsinn. Ein Gefühl, als ob sie dich in einer Falle geschnappt, als ob sie dich auf frischer Tat ertappt hätten, und du versuchst, die Sachen verschwinden zu lassen, mit denen sie dich ertappt haben, Sachen, die Charlo in der Diele hatte liegenlassen, Sachen, die er geklaut und da deponiert hatte. Er hat die Klingel dann ausgewechselt, nachdem ich lange genug gestänkert und mir fünf-, sechsmal am Tag in die Hosen gemacht hatte. Nicola, meine Älteste, wollte partout nicht durch die Hintertür ins Haus, sie wollte vorn rein, das fand sie erwachsener. Sie klingelte gut und gern zehnmal die Minute.

– Hab meine Jacke vergessen.

– Hab mein Geld vergessen.

– Hab die falschen Jeans an.

Als sie an einem Samstagvormittag zum hundertstenmal geklingelt hatte, hab ich ihr eine geschmiert, da war sie dreizehn oder vielleicht erst zwölf, aber jedenfalls viel zu alt für so was. Ich hab sie geschlagen, wie eine Frau die andere schlägt, peng, direkt ins Gesicht. Ich hatte einen sitzen, das muß ich dazusagen. Es tat mir leid, ich wollte mich noch bremsen, aber da wars schon passiert. Sie legte ihre Hand ans Gesicht, die Stelle war rot, wo ich sie erwischt hatte. Sie war ganz verdattert; sie hatte nicht gemerkt, wie sauer ich inzwischen war. In dem Alter merken sie das nicht, was heißt in dem Alter, eigentlich merken sie es ja nie. Sie tat mir leid, aber verdient hatte sie es doch. Und es ärgerte mich, daß ich getrunken hatte, es war mir peinlich; meist kriege ich es so hin, daß keiner was merkt. Ich war einfach ausgerastet; bloß wegen der blöden Klingel. Du bist gemein, sagte sie und knallte die Tür und war weg. Ich ließ sie laufen. Die neue Klingel hatte einen hübschen Bing-Bong-Gong, aber das machte die Sache nicht besser. Ich war trotzdem jedesmal fix und fertig, wenn Leute klingelten: Die Bullen, die Charlo holen, Lehrer, die John Paul holen, Typen, die sich ihr Geld holen wollten. In einem Haus voller Kinder kann man nicht einfach so tun, als wenn niemand daheim ist. Bing-bong. Was vorn an der Tür steht, ist immer mit Vorsicht zu genießen: Meine Schwester, mein Daddy, John Paul, Charlo. Bing-bong.) Es klickerte, sobald ich aufmachte und den Bullen sah. Ich sah es ihm an, auch wenn ichs noch gar nicht wissen wollte. Diesmal war er nicht gekommen, um Charlo zu holen, es war nicht das Übliche. Er hatte Schiß, und er mußte was loswerden. Er tat mir leid, weil er die Drecksarbeit machen mußte. Die anderen Wichser, zu faul und zu fein, um es mir selber zu sagen, warteten draußen im Wagen. Ich bat ihn auf eine Tasse Tee rein. Er saß in der Küche, die Mütze auf dem Kopf, und erzählte von seiner Familie.

2

Mir wurde schwummerig, als ich Charlo zum erstenmal sah. Ehrlich. Nicht, daß ich hingefallen und weg gewesen wär, aber meine Beine waren wie Gummi, ich mußte kichern und wußte plötzlich, daß ich Lungen hatte, sie waren total leer und ließen keine Luft mehr raus.
Charlo Spencer.
Da drüben, der an der Wand.

Fiona stupste mich.
– Da ist er.
Ich guckte hin und wußte, wen sie meinte. Es konnte kein anderer sein. Nach allem, was ich gehört, was ich erwartet hatte. Er war in einer Clique und trotzdem ganz für sich. Die Hände in den Taschen, nur die Daumen guckten raus, eine Zigarette zwischen den Lippen. Das macht mich jetzt noch ebenso an wie damals. Zigaretten sind sexy, auch wenn sie stinken und man Krebs davon kriegt. Schwarze Bomberjacke, Wranglers, Laufschuhe – er trug, was sie damals alle trugen, aber die Uniform war speziell für ihn gemacht. Die anderen Jungs sahen neben ihm blöd und unförmig aus. Groß, taff, aalglatt, unzugänglich. Aber er wußte, daß wir ihn beobachteten.
Wir hatten zusammen in einem Kreis getanzt, unsere Jacken und Pullis und Taschen vor uns auf dem Boden, ich schwitzte ein bißchen und spürte den Schweiß, als ich Charlo sah. Das war kein Schwarm – da drüben stand kein David Cassidy oder David Essex –, das war Sex. Ich wär am liebsten hingegangen und hätte ihn gebissen.
Er nahm die Zigarette aus dem Mund – sie war angeklebt, er mußte ein bißchen ziehen, ich spürte es förmlich – und blies einen tollen Rauchstrahl nach oben ins Licht, der den alten Rauch wegdrängte und geradewegs an die Decke stieg. Dann klebte er sich die Zigarette wieder an die Lippe, die Hand fuhr wieder in die Tasche. Er war elegant. Paßt irgendwie hier nicht her, das Wort, aber es trifft ihn genau. Die Musik. Frauen erinnern sich immer an die Musik. *Sugar Baby Love.* Von den Rubettes. Genau das richtige Stück, sanft und schnell, kitschig und brutal, hoch und sehr männlich zugleich. Charlos Kennmelodie, nur wußte er das nicht. Er hatte nichts damit zu tun, der D.J. hatte sie spontan ausgesucht. Im nachhinein finde ich es super, wie sie paßte, aber in dem Moment wußte ich nicht, daß er mich angucken würde. Daß er sich von der Wand abstoßen und auf mich zugehen, daß er vor mir stehenbleiben würde. Ich hatte nicht mal Zeit, davon zu träumen.
Er kam zu mir rüber. Die Zigarette landete auf dem Fußboden, er trat sie achtlos weg. Er kam schnurstracks auf mich zu, aber er guckte

mich nicht an, und ich hatte unheimliche Angst, daß er an mir vorbeigehen würde.
– Willst du tanzen?
Ich ließ ihn einen Augenblick zappeln.
– Warum nicht?
Es war perfekt abgepaßt. Die Rubettes waren zu Ende, und Frankie Valli sang *My Eyes Adored You.* Das muß er sich so zurechtgelegt haben. Bei Frankies *My* schob er seine Arme durch meine Arme, und als Frankie bei *Eyes* angelangt war, lagen seine verschränkten Hände auf meinem Rücken. Er hatte getrunken, man roch es, aber es störte mich nicht. Richtig betrunken war er nicht. Er hatte die Arme auf meine Hüften gelegt und drehte mich im Kreis rum.
But I never laid a hand on you –
My eyes adored you –
Ich legte meinen Kopf an seine Schulter. Ich gehörte ihm.

3

Eine Weile wußte ich überhaupt nichts. Wo ich war. Warum ich da unten lag. Dann sah ich Charlos Füße. Dann seine Beine, die mit dem Fußboden ein Dreieck bildeten. Er war ganz weit weg. Hoch über mir. Ich mußte mich nach hinten biegen, um ihn anzusehen. Dann beugte er sich vor. Guckte mein Gesicht an. Prüfend, suchend. Ob irgendwo ein blauer Fleck war. Oder Blut. Sehr besorgt. Er drehte meinen Kopf, in seinem Gesicht war ganz viel Sorge und Liebe. Nur in die Augen guckte er mir nicht.
Du bist hingefallen, sagte er.

4

Ich hatte eine ältere Schwester, Carmel, und zwei jüngere, Denise und Wendy, und drei Brüder, Roger, Edward und George, alle jünger als ich, George ist noch ein Teenager, genauso alt wie meine Nicola, und die Eltern, Hilda und Roger. Die O'Learys, St. Francis Avenue 97.

Wendy ist tot. Sie war sechs Jahre jünger als ich. Manchmal kam sie als Babysitter zu uns; sie war ganz toll, morgens stand sie mit den Kids auf und machte ihnen Frühstück, damit wir im Bett bleiben konnten. Damit *ich* im Bett bleiben konnte. Sie war bildhübsch, phantastische Figur, phantastisches schwarzes Haar, wie in den Fotos aus der Werbung. Nicola und John Paul hingen sehr an ihr, sie machten nie Theater, wenn wir weggingen, denn dann übernachtete Wendy bei uns. Wir gingen damals noch richtig weg, Charlo und ich, nicht bloß ins Pub an der Ecke, das auch, aber wir fuhren auch in die Stadt, ins Kino. Manchmal sogar zum Tanzen wie damals, als wir noch nicht verheiratet waren. Jedenfalls in der ersten Zeit. Damals hab ich noch nicht soviel getrunken, nur wenn wir weg waren, zu besonderen Gelegenheiten. Wendy saß bei ihrem Freund auf dem Soziussitz, er ist mit der Maschine an eine Brücke in Wicklow gefahren, irgendwo bei Glendalough. Am hellichten Tag. Er hat die Kontrolle verloren, ist ins Schleudern gekommen, zu schnell gefahren, was weiß ich. Von Motorrädern, vom Fahren versteh ich nichts. Sie ging erst seit ein paar Wochen mit ihm. Mammy und Daddy wußten nichts von seiner Maschine, sie hatte es ihnen nicht erzählt. Die Polizei kam zu ihnen ins Haus. Uns sagte Eddie Bescheid.

Wenn ich zurückdenke, finde ich, daß wir es schön zu Hause hatten. Carmel hat es anders in Erinnerung, und Denise redet nicht drüber, wahrscheinlich, weil sie dann einer von uns recht geben müßte. Mir oder Carmel.

Ich weiß noch, wie ich in meinem Kinderbett lag, und über mir wehte der Schlafzimmervorhang; ein Vorhang mit Blumen drauf. Die Sonne schien an die Wand, wenn der Vorhang ins Zimmer wehte. Von unten hörte ich das Radio, und Mammy summte beim Tischdecken. Mir war warm. Carmel lag in ihrem Bett und schlief. Denise gabs noch nicht. Das ist meine erste Erinnerung, und ich glaube, sie stimmt. Ich glaube, da war noch was, aber das weiß ich nicht genau: Ich höre meinen Vater im Schuppen Kohle in einen Eimer schaufeln, das Kratzen der Schaufel auf dem Zementboden. Wenn das stimmt, muß es ein Wochenende gewesen sein, denn unter der Woche wurde vormittags bei uns nie angeschürt. So ganz traue ich dieser Erinnerung nicht, ich hab das Geräusch nämlich unheimlich gern, bis heute, vielleicht, weil man sich dabei immer auf ein schönes Feuer im Kamin freut. Das Kinderbett war weiß, an manchen Stellen war die Farbe abgeplatzt, und man sah das Holz drunter. Am Kopfende war das Bild von einem Rehkitz. Ich hatte es die ganze Zeit für einen Hund gehalten, und als Daddy das Bett dann viel später für Eddie vom Boden holte, war ich elf, und da war es ein Rehkitz. Ich guckte nach, wo die Farbe abgeplatzt war, ob es auch dasselbe Bett war. Wenn ich *glücklich* denke und *Zuhause*, sehe ich immer einen Vorhang wehen und die Sonne an der Wand und daß ich kuschelig daliege und einen neuen Tag vor mir habe, und erst dann denke ich daran so, wie man als Erwachsener an diese Sachen denkt. Ich sehe Blumen auf dem Vorhang, aber in unserem Zimmer waren nie geblümte Vorhänge. Letzte Woche, als ich drüben bei Mammy war, hab ich sie gefragt. Hatten wir mal geblümte Vorhänge, hab ich gefragt, und sie hat gesagt nein, immer nur gestreifte.

Das hab ich Carmel erzählt. Wir waren zu dritt was trinken gegangen, wir drei Schwestern, es hatte Kindergeld gegeben, und ich erzählte ihnen von meiner ersten Erinnerung. Ich war noch nicht fertig, da zog sie schon ein Gesicht, aber da wars zu spät. Es kam vom Trinken, sonst hätte ich es Carmel nie erzählt, sie ist ein kaltschnäuziges Biest.

– Du Glückliche, sagte sie. Willst du meine erste Erinnerung wissen?

– Nein, sagte ich.

– Ich sag dirs.

– Ich wills nicht wissen.

– Ich hab mir deine auch angehört.
Ich kann tüchtig rausgeben, wenns drauf ankommt. Es hat Jahre gedauert, bis ich kapiert hatte, daß sie nicht immer im Recht sein oder das letzte Wort haben muß, auch wenn sie die Älteste ist. Daß sie immer noch meint, das muß so sein, ist ihr Problem. Ich hab sie trotzdem echt gern. Manchmal tut mir Denise leid, die immer dazwischen steckt. Meine Schwestern waren unheimlich anständig zu mir, das wollen sie zwar nicht hören, aber es stimmt; sie waren phantastisch. Ohne ihre Hilfe hätte ich es nicht geschafft.
Meine Mammy hat zwischen mir und Roger zwei Kinder verloren. Zwei Fehlgeburten. Ich kam 1956 und Roger 1959. Das hat sie mir erst vor zwei Jahren erzählt, ich hatte vorher keine Ahnung. Ich weiß noch, wie sie lächelte und mir den Kopf streichelte, mich hochhob, mir das Kleid zurechtzupfte. Ein gelbes Kleid. Sie hat mich nie angebrüllt. Ob ich mich wohl daran erinnern würde, wenn ich sie hätte weinen sehen oder weinen hören, als ich noch ganz klein war? Ich war echt geschockt. Sie hatte es für sich behalten. Sie war immer so lieb, sie hatte immer Zeit für mich. Carmel sagt, so war das nicht, sie hat es gewußt, sagt sie; sie hat Mammy im Elternschlafzimmer weinen hören. Daddy war nie da, sagt sie. An die Sache mit dem Kleid erinnere ich mich vielleicht nur deshalb, weil ich meine beiden, Nicola und Leanne, so angezogen habe. Das gelbe Kleid, das ich für Nicola hatte, hat dann Leanne gekriegt; es war noch gut. (Wenns irgend geht, will ich keine getragenen Sachen für meine Kinder.) Vielleicht erinnere ich mich nur noch, wie ich Nicola angezogen habe, und bilde mir das andere nur ein. Aber an das gelbe Kleid kann ich mich wirklich erinnern. Es war mir zu groß, es muß eins von Carmel gewesen sein.
– Ich hab nie ein gelbes Kleid gehabt, sagt sie.
Ich hätte sie nicht fragen sollen.
– Ja doch ja doch ja doch, sage ich.
Find ich ganz blöd, wenn ich das so sage, ja doch dreimal hintereinander, besonders, wenn ich so an die Kinder hinrede, aber das hab ich von Charlo übernommen.

Ich hab auch ein Kind verloren.

Als ich klein war, hab ich mich immer gefreut, wenn es kalt war, denn im Haus gabs immer einen warmen Raum, die Küche oder das Wohnzimmer, und wem kalt war, der mußte da einfach hin. Wir paßten alle rein, vor den Fernseher oder an den Tisch. Eine Ecke von Daddys Sessel gehörte nur mir. Er konnte Zigarettenrauch so an einen hinblasen, daß es aussah, als wenn er einem aus beiden Ohren kam. Das ist auch so eine Sache, an die sich Carmel nicht mehr erinnert. Wie er es gemacht hat, daß der Rauch in zwei Richtungen zugleich ging, weiß ich nicht. Mitgekriegt hab ich es nie, ich mußte mich mit dem Rücken zu ihm stellen. Charlo hat es auch nicht rausgekriegt, er wollte es bei John Paul machen. Er hats versucht, aber der Rauch ist immer nur bis zu John Pauls Hinterkopf gekommen.

Früher gab es im Winter mehr Eis, da gibt Carmel mir recht. Wenn wir vor dem Schlafengehen Wasser vors Haus schütteten, hatten wir am nächsten Morgen eine Rutschbahn. Und keiner beschwerte sich. Heutzutage hast du gleich eine Klage am Hals. *Heutzutage* ... Ich rede schon wie eine Alte. Aber es ist ja auch schon über dreißig Jahre her. Und noch eine Sache, an die ich mich erinnere und die es nicht mehr gibt, sind kalte Füße. So kalt, daß einem die Tränen kommen. Ich erinnere mich, wie ich zu früh in der Schule war und an meinem Pult saß und es kaum noch aushielt, bis die Lehrerin kam und die Heizung anstellte, meine Füße taten so weh, als wenn ein Auto drübergefahren oder was ganz Schweres und Spitzes draufgefallen wär. Das war die Kälte. Ich hatte Socken. Ich hatte ordentliche Schuhe. Ich kriegte Porridge zum Frühstück. *Flahavans, die Frühstücksfreude.* Ich trampelte mit den Füßen und ballte die Fäuste, es tat gemein weh. Ich war nicht die einzige. Wir litten alle darunter. Das sind Wachstumsschmerzen, sagte Mammy – ich glaube, so hat sie es gesagt –, aber das konnte ja nicht sein. Ich wuchs ja nicht nur an den Zehen, aber weh taten mir nur die, und das auch nur im Winter. Ich hab meinen Kindern nie gute Schuhe kaufen können – *gute* Schuhe –, und sie haben nie über kalte Füße geklagt. Die arme Leanne mußte mal einen ganzen Winter in Turnschuhen rumlaufen und hat nicht ein einziges Mal gejammert. Einmal waren sie klitschnaß geworden, ich hab sie ihr ausgezogen, als sie von der Schule kam, und mit Papier ausgestopft und sie ans Feuer gestellt und konnte nur hoffen, daß sie bis zum nächsten Morgen trocknen würden, weil ich kein Geld hatte, ihr ein zweites Paar zu kaufen. Vor dem Schlafengehen waren sie noch feucht, das heißt nicht mehr ganz richtig naß, und da hab ich sie in den Backofen getan. Vorgeheizt und dann ganz niedrig gestellt und rein damit. Eine Stunde hab ich in der Küche gesessen und sie immer wieder rausgenommen, damit sie nicht zerlaufen. Es hat geklappt. In dem Moment hätte Charlo reinkommen müssen, dann hätte er mal gesehen, wie arm ich dran war. Er hatte Geld, ich wußte, daß er Geld hatte, ich roch es an seiner Fahne. Aber an dem Abend kam er nicht heim, ich bin ziemlich sicher, daß er nicht gekommen ist. (Es bringt mich um, das hinzuschreiben und zu lesen – *ich hab meinen Kindern nie gute Schuhe kaufen können.* Und ich weiß ja, daß es nicht nur seine Schuld war.) Aber meine Kinder haben sich nie beschwert, und wenn ihnen wirklich kalt gewesen wär, hätten sie es schon gesagt. Das ist das Gute an der Gegend, in der wir wohnen: Du bist nie allein, es gibt immer welche, denen geht es genauso dreckig wie dir. Jede Menge. Manchmal würde ich ja ganz gern Leute kennenlernen, denen es noch dreckiger geht, aber die seh ich nur im Fernsehen, wenn sie in den Nachrichten was über die Dritte Welt bringen. Die Bilder aus Sarajewo waren schlimm, aber es sah aus, als ob sie wenigstens warme Sachen hatten. Ich hab den Kindern immer zwei Paar Socken angezogen, das fanden sie gut. Nicola wollte immer welche in verschiedenen Farben, das innere Paar sah dann aus wie ein Streifen, richtig flott. John Paul hat immer aufgepaßt, daß die innere Socke tiefer saß als die äußere, damit man sie nicht sah. Das ist der Unterschied zwischen Jungen und Mädchen.

Zu Hause gab es nie Überraschungen, nicht mal zu Weihnachten. Wir wußten, was wir kriegen würden, die Geschenke vom Weihnachtsmann und unsere Weihnachtskleider. Einmal wollte ich auch eine Überraschung haben, weil meine beste Freundin Deirdre eine kriegte. Da muß ich acht oder neun gewesen sein. Ich schrieb an den

Weihnachtsmann, daß ich mir eine Überraschung wünschte, aber ich schrieb in den Brief auch rein, was er mir bringen sollte, weil Mammy eine Andeutung gemacht hatte, was ich kriegen würde, und am Ende wärs sonst was anderes geworden. Es gab überhaupt nie Überraschungen bei uns, keiner klingelte an der Haustür, keiner guckte durchs Küchenfenster. Was vom Sonntagsbraten übrig war, gabs am Montag mit gekochten Kartoffeln, am Dienstag als Auflauf. Was es am Mittwoch und Donnerstag gab, weiß ich nicht mehr, am Freitag gab es Fisch und Chips – ohne Chips wär uns der Fisch im Hals steckengeblieben –, am Samstag Eintopf, sonntags Eis. Wenn ich morgens aufwachte, wußte ich genau, wie alles laufen würde. Samstag war Badetag. Ich kriegte das Badewasser nach Carmel und saß zusammen mit Denise in der Wanne. Mammy schrubbte, Daddy trocknete uns ab.

– Hat er nicht.

– Hat er doch, Carmel.

– Nicht mich.

– Klar, dich auch, Carmel.

– Ist ja nicht wahr.

– Stimmts, Denise? frage ich. – Kannst es mir glauben, es stimmt.

Er trocknete uns ab, wir versteckten uns im Handtuch, und er tat, als ob er uns suchen müßte. Sonntagsmesse um halb zwölf, wir saßen immer ziemlich in der Mitte, rechts vom Gang. Daddy hatte seinen blauen Anzug an. Mammy hatte am Samstagabend sein Hemd gebügelt. Nur sein Hemd. Die anderen Sachen machte sie in der Woche, nachmittags, und dabei hörte sie Radio. Nach der Messe ging Daddy ins Pub, in die Mint, da holte er den Sunday Independent und das Eis. Im Sommer fuhren wir nach dem Essen nach Skerries oder Bray. Bray war am besten, fand ich, mit dem schönen langen Fußweg am Wasser. Vom Schwimmen war ich nicht begeistert; nicht, daß ich wasserscheu gewesen wär, was mich störte, war das Abtrocknen hinterher. Wir picknickten am Strand, aber ohne eins von diesen feinen karierten Plaids mit Fransen, Mammy tat alle Picknicksachen auf eine Strickjacke oder ein Jackett. Ich

spüre noch heute den Sand zwischen den Zähnen, wenn ich in ein Brot biß. Zu Hause oder anderswo wär das scheußlich gewesen, aber am Strand fanden wir nichts dabei. Einmal haben wir unser Picknick im Regen gemacht.
– Wenns zu schlimm wird, gehn wir wieder.
Typisch Mammy. Und Daddy machte mit. Außer uns war kein Mensch am Strand.
– Können wir nicht in eine Schutzhütte gehen?
Das war einer der Jungen, wahrscheinlich Roger, der Älteste.
– Du hörst, was deine Mammy sagt.
Für die Heimfahrt kriegten wir Eis oder Pommes, je nach Wetter. Wir kriegten alle dasselbe, damit es keinen Streit gab. Eine Tüte Pommes für zwei. Daddy paßte auf, daß es gerecht zuging!
– Du bist dran. Jetzt du. Das war eine große, du kriegst dafür zwei kleine.
Das hat Charlo auch immer Spaß gemacht, so mit den Kindern zu spielen. Das konnte er ganz toll, wenn er in Stimmung war. Verreist sind wir nur ein einziges Mal. Ich hab gefragt, und Mammy sagt, es stimmt. Wir konnten uns keinen Urlaub leisten, hat sie gesagt. Manchmal hätten wir ihn uns schon leisten können, aber dann hätten wir auf was anderes verzichten müssen, das wars nicht wert, fanden die Eltern. Später, als ich verheiratet und die anderen auch fast alle aus dem Haus waren, sind sie dann öfter mal verreist. In dem Sommer, ehe Daddy gestorben ist, waren sie zusammen in Spanien. Damals sind wir nach Courtown gefahren. Ich war dreizehn. 1969 war das. Ich fand es toll. Wir hatten für eine Woche einen Wohnwagen gemietet, in den paßten wir alle rein, die Betten waren irgendwo versteckt, das von mir und Carmel kam aus der Wand und wurde auf den Tisch geklappt. Nur daß man im Dunkeln raus mußte, wenn man aufs Klo wollte, das war nicht so toll. Die Toiletten waren in einem großen Betonklotz in einer Ecke vom Campingplatz. Der Fußboden war holperig und ständig naß. Geputzt wurde täglich, aber der Geruch blieb. Es gab eine Abteilung für Frauen und eine für Männer. Bei den Männern ist es eine Katastrophe, sagten die Jungs. Morgens

ging man da auch zum Waschen hin. Vier Waschbecken nebeneinander, man mußte anstehen. Und es war immer kalt. Fenster gabs nicht, nur eine Glühbirne an einem dicken krummen Draht. Ich sah gern zu, wenn die Frauen sich wuschen, wie sie sich darauf konzentrieren und sich trotzdem unterhalten konnten. Bei Mammy hab ich nie zugesehen, sie ging immer nach uns, wenn wir alle abgefüttert und draußen waren. Sie konnte es nicht haben, wenn wir im Wohnwagen rumhockten.

– Raus mit euch in Gottes schöne Natur.

Das sagte sie immer, wenn sie »draußen« meinte: Gottes schöne Natur. Sie sagt es immer noch. Dabei ist sie überhaupt nicht fromm oder so. Sie steht nicht auf Religion, wie Nicola sagen würde. Daddy hat das nie so gesagt. Sie muß es aufgeschnappt haben, ehe sie ihn kennenlernte. Im Wohnwagen war ein Klo für Notfälle, aber Daddy sagte, wenn ich einen von euch erwische, der es benutzt, bring ich ihn um. Es war nur ein Eimer mit einem komischen Deckel in einem kleinen Schrank für sich. Roger hatte sich fest vorgenommen, bis zum Ende der Woche mal reinzupinkeln. Er sagte nichts, aber wir wußten Bescheid. Beinah hätte er es geschafft. Er hatte den Deckel schon auf und seinen Pimmel draußen, aber da hat Daddy ihn doch noch erwischt. Wir hatten Roger nicht gewarnt. Daddy schleifte ihn im Dunkeln zu den Toiletten, und der Boden war naß und dreckig. Schiffsschaukeln, Bingo und Fritten. Ich erinnere mich an einen Hügel über dem Hafen und langes Gras, und wie wir da durchgegangen sind. Ich freundete mich mit einem Mädchen an, das Frieda hieß. Sie wohnte drei Wohnwagen weiter. Ihre Mammy war eine ganz Nette, jung und richtig hübsch. Sie lag den ganzen Tag am Strand und ließ Frieda machen, was sie wollte, und gab ihr viel mehr Geld, als ich hatte. Frieda war ein Einzelkind, ihr Daddy war nicht mit. Mein Vater arbeitet in Südamerika, sagte sie, damals hab ich ihr das geglaubt, aber jetzt weiß ich es natürlich besser. Sie lieh mir ihre Bluse, aber als Schokolade draufgekommen war, mußte ich sie zurückgeben. Wir lernten zwei Jungs aus Belfast kennen. Wie meiner hieß, weiß ich nicht mehr. Ich kriegte nur die zweite Wahl. Der andere hieß Liam. Er war sechzehn und groß, und ich fand ihn bildschön. Weil er einen dicken Akzent hatte, konnte ich ihn nicht so richtig verstehen, aber dadurch wurde er nur noch aufregender. Geheimnisvoll. Ja, so blöd war ich damals. Frieda erzählte mir, sie hätte sein Ding gespürt, beim Küssen hinter der *Crock o'Gold*. Ich fragte nicht weiter. Meinen Typ fand ich nur deshalb gut, weil er Liams Freund war. Später – da hatte ich ihm schon erlaubt, seine Hand auf meinen Busen zu legen (auf dem Pulli) – kriegten wir raus, daß sie gar nicht befreundet waren. Sie hatten sich gerade erst kennengelernt, als wir sie trafen. Zwei Tage danach prügelten sie sich, und mein Typ besiegte Liam. Es war das erstemal, daß ich jemandem erlaubt hatte, mich anzufassen. Es war ein richtiger Busen, die Jungs sagten Titten dazu. Ich kriegte ihn schon in der Grundschule. Daß er mich angefaßt hatte, war mir nicht recht gewesen, aber hinterher war es ein tolles Gefühl. Als ob ich ein bißchen erwachsener, irgendwie freier geworden war. Küssen machte mir Spaß. Er hatte keine Ahnung davon, er drückte nur seine Lippen irgendwie hin, ich mußte ihm die Zunge in den Mund stecken und damit um seine Zähne rumfahren, und dann machte er es mir nach. Ich weiß noch, wie er nach Luft geschnappt hat. Der Trick ist, aufzuhören, ehe einem der Mund zu wund wird, aufzuhören und wieder anzufangen, damit der Mund sich ein bißchen ausruhen kann. Frieda hatte zwei Knutschflecke, ich hatte keinen, mein Typ konnte so was nicht. Außerdem hätte meine Mammy mich umgebracht.

Carmel gibt zu, daß sie Courtown toll fand. Sie war alt genug, daß sie zum Tanzen durfte. Ich erinnere mich, wie sie ins Bett kletterte.

– Wie wars?

– Wahnsinn.

– Wie war die Musik?

– Wahnsinn.

– Und die Typen?

– Geht dich nichts an.

In dem Wohnwagen kriegten alle alles mit.

– Ruhe da drüben.

Denise hat jetzt selber einen Wohnwagen. Bei Courtown. Sie fahren sogar im Winter hin. Wär toll, auch so was zu haben, wo man mal hinfahren könnte. Sie hat es mir nie angeboten, ich hab sie nie gefragt. Es liegt nicht an Denise. Es liegt an Harry, ihrem Mann. Er ist ein ziemlicher Kotzbrocken, das findet sogar Denise; wenn wir zusammen weggehen, läßt sie so was schon mal raus.

– Zeig mal deine Möpse. Paula! Paula!

Roger und seine Kumpel hinter der Hecke, wahrscheinlich nicht Roger selber, er wußte ganz genau, daß ich ihn fertigmachen konnte, wenn ich wollte.

– Zeig mal deine Möpse.

Ich ging weiter und guckte nicht zur Hecke rüber.

Ich kriegte meinen Busen in der sechsten Klasse. Nur zwei in meiner Klasse hatten schon einen, ich und Fiona. Monatelang steckten wir ständig zusammen, nur wir zwei. Weil wir einen Busen hatten. Ich war wahnsinnig stolz darauf, als ich erst mal drüber weg war, wie Mammy mich angeguckt hatte. Es war nach dem Baden am Samstagabend; ich stand auf dem Handtuch, bibberte und tat, als wenn mir sonstwie kalt wär. Mammy wusch Denise die Haare. Dann trocknete ich mich langsam ab. Ich wickelte mich nie ganz in das Handtuch ein oder rubbelte mir damit den Rücken ab, das mochte ich nicht. Ich nahm mir erst den einen Arm vor und dann den anderen, dann ein Bein bis zum Fuß, dann das andere Bein. Immer mußte ein Stück richtig trocken sein, bis das nächste drankam, bloß keine Hetze. Ich sah, wie Mammy mich anguckte. Meinen Busen. Und dann mich, mein Gesicht. Ich kapierte nicht, was los war, ich dachte, daß sie eine Wut kriegt. Sie guckte schnell weg, als sie merkte, daß ich sie anguckte, und dann kam etwas, das hat mich glatt umgehauen: Sie ist rot geworden. Beim Haarewaschen wurde sie richtig wild, so daß Denise anfing zu heulen. Alles wegen mir. Sie guckte nicht noch mal zu mir hin.

– Hör auf zu jammern, sagte sie zu Denise. – Ist doch nichts passiert.

Und dann ging sie raus.

– Sie ist gemein, sagte Denise.

– Ja, sagte ich. – Sie hats nicht so gemeint.
– Hat sie wohl.
– Hat sie nicht.
– Weh getan hats aber doch.
Ich werde das nie vergessen, diesen Ausdruck auf Mammys Gesicht. Als wenn ich ihr wer weiß was getan hätte. Ich wußte nicht, wie und warum, nur daß ich ihr furchtbar weh getan hatte.
Ein paar Tage später sah dann alles anders aus.
– Wir gehen heute in die Stadt, wir zwei, sagte sie.
Nur wir beide, ohne Geschwister. Toll. Sie sagte mir nicht warum, aber das war auch egal. Daß es nicht zum Arzt oder zum Zahnarzt ging und auch sonst nichts Unangenehmes war, soviel hatte ich schon mitgekriegt. Ich erinnere mich an eine Sache auf dem Weg in die Stadt. Ich guckte aus dem Busfenster auf die Straße, wo eine Frau ihren kleinen Jungen vermöbelte. Ich drehte mich um, weil ich Mammy die Frau zeigen wollte, und auf der anderen Straßenseite regnete es. Als ich wieder hinguckte, war es auf der Straßenseite von der Frau noch trocken. Sie hatte aufgehört zu hauen. Ich begriff das nicht, ich dachte, es ist ein Wunder oder ein Zeichen, und kriegte es mit der Angst zu tun. Es ist nur Sonnenregen, sagte Mammy. In dieses Gefühl von damals kann ich mich heute noch reinversetzen. Es war, als wenn du im Dunkeln die letzte Stufe verfehlst und einen Schritt ins Nichts machst.
Bei Clery kaufte sie mir zwei Büstenhalter. Dann ging sie mit mir in ein Lokal und kaufte mir einen gefüllten Krapfen und eine Fanta. Ich sollte nicht die Krapfenkrümel in die Fanta spucken, sagte sie, das machten nur Kinder, und ich sei kein Kind mehr.
– Schließlich trägst du jetzt einen BH. Sie rückte ganz nah an mich ran und flüsterte es mir zu, so was hatte sie noch nie gemacht. Sie stupste mich und lachte, als ich rot wurde, aber es war ein nettes Lachen, da lachte ich auch. Sie guckte mich an, als ich das letzte Stück Krapfen in den Mund steckte.
– Das erste Mal, sagte sie, daß keine Marmelade auf deinen Sachen ist. Aus Kindern werden Leute.

Als ich meine Tage kriegte, war sie toll. Sie sagte mir vorher, wie alles laufen würde, Aufklärung nannte man das damals. *Damals*, wie sich das anhört . . . Ich brauchte nicht zur Schule, und sie klärte mich auf. Wir saßen in der Küche und tranken Tee. Warum ich blute, was man dann macht, wie lange es dauert, warum es manchmal weh tut. Brauchst keine Bange zu haben, wenn was schmutzig wird, sagte sie, das kriegen wir alles wieder sauber.

– Bereit sein ist alles, sagte sie.

Am Montag kriegte ich einen Entschuldigungszettel mit, ich hätte mich am Freitagnachmittag nicht wohl gefühlt. Meinen Freundinnen hab ich erzählt, was wirklich war. Ich ging plötzlich ganz anders. Ich war aufgeklärt. Die ganze Zeit hatten wir rumgekichert, wenns um diese Sache ging, hatten geguckt, ob wir was im Lexikon drüber finden. Es ging um Löcher, in die man was reinsteckte, soviel wußten wir, es ging um Babies und um Blut, aber vom Blut redeten wir nicht. Nur von den Löchern und von dem, was man reinsteckt. So richtig konnten wir es uns nicht vorstellen. Eigentlich kann ich es mir immer noch nicht so richtig vorstellen, nicht mal nach vier Kindern und über zwanzig Jahren Sex. Wir kicherten rum, und wir hatten Schiß. Und jetzt war ich in der Clique die einzige, die aufgeklärt war. Zum erstenmal war ich bei was die Erste geworden. Es war so mit das Tollste, was mir je passiert ist. Die Mädchen standen um mich rum und taten total cool, aber ein paar kriegten den Mund gar nicht wieder zu. Ich sagte Penis, so wie man Pult oder Straße sagt. Erigiert. Menstruation. Vagina. Tampon. Migräne. Große Worte; sie hatten alle Muffensausen.

Das Gesicht von Mammy damals im Badezimmer, als wenn ich ihr was ganz Furchtbares angetan hätte, das ist eine von den wenigen Sachen aus meiner Kindheit, an die ich mich nicht gern erinnere. Sie haben mich bestohlen, hat sie gedacht, als sie meinen Busen sah. Sie haben mir mein kleines Mädchen weggenommen. Bei Nicola ist es mir nämlich ganz genauso gegangen, nur hab ich mich mächtig zusammengerissen, mir nichts anmerken lassen und mich allein ausgeheult. Der Gedanke, daß so viel von Nicolas Leben schon vorbei war, machte mich richtig fertig, dabei wußte ich natürlich, daß ich mich blöd benahm. Ich bin mit Nicola auch in die Stadt gefahren, aber nicht zum BH-Kaufen, bei ihr kam erst die Periode und dann der Busen, sondern in einen Film nur für Erwachsene, Dirty Dancing, das hatte ich ausgesucht, weil sie da schönen Sex machen, die Kamera zeigt die Körper ganz nah, aber von der Seite, ohne Haare, manchmal ist die Frau eine Weile oben, kein Gegrunze, viel Zärtlichkeit. Sie fands toll und ich auch. Ich hab ihr die Kassette mit dem Soundtrack gekauft. Natürlich hatte sie alles schon mal gesehen, im Fernsehen und auf Video, aber im Dunkeln und auf der großen Leinwand und nur wir zwei – das war doch was anderes. Immer, wenn Patrick Swayze ins Bild kam, stupste ich sie, und nach einer Weile stupste sie zurück.

So locker war es hinterher nie mehr zwischen uns. Nie mehr.

5

Der Bulle hieß Gerard.

– Gerard, Missis Spencer, sagte er, als ich ihn fragte.

– Ich bin Paula, sagte ich.

– Ja, sagte er. – So hat mans mir gesagt.

– Goldrichtig, sagte ich.

Er war ein bißchen daneben, er wußte wohl nicht, ob das ein Witz sein sollte und ob Witze in so einem Moment angebracht sind. Er aß seinen Keks ganz schnell, wie ein kleiner Junge, der hofft, er kriegt noch einen. Den zweiten aß er dann langsamer.

– Wo sind Sie her, Gerard? fragte ich.

– Dublin, sagte er.

– Und wo da?

– Churchtown, sagte er.

– Kenn ich nicht.

– Sehr nett, sagte er.
– Netter als hier, was?
– Na ja, ganz nett eben, sagte er.
– Wohnen Sie bei Ihren Eltern?
– Ja.
– Mietfrei.
– Nein. Ich geb ihr zweihundertfünfzig im Monat.
Ich nickte.
Er hatte vergessen, daß er Polizist war. Er hatte vergessen, seine Mütze abzunehmen. Er erzählte von seiner Familie. Sein Vater verkauft Fische an die Franzosen, seine Mammy macht nicht groß was. Seine Schwester studiert, sie will Tierärztin werden.
– Sie hat eine Menge drauf, sagte er.
Sein Zwillingsbruder studiert auch irgendwas. Am Trinity College.
– Und Sie haben nicht studiert, Gerard?
– Nein, sagte er.
Er wurde rot.
– Ist eben nicht für jeden, sagte ich.

6

– Echt scharf, der Typ, sag ich dir.
Ich höre es noch wie heute. Da hatte ich Charlo Spencer noch nie gesehen. Echt scharf waren für uns alle Typen, die nicht ausgesprochen häßlich waren. Ein Mann oder ein Junge mußte schon ganz übel drauf sein, verkrüppelt oder so, wenn er für uns nicht scharf war. Sogar Väter konnten scharf sein. Es war okay, wenn man es von dem Vater einer Freundin sagte, er mußte nur gut genug aussehen. Von meinem Vater haben sie nie so geredet. Ich glaube, Deidre hat es gesagt, das von Charlo meine ich, und die anderen

gaben ihr recht. Deirdre hatte eine Art zurückzugucken, wenn ein Typ sie ansah, – das kriegten wir alle nicht hin. Es war 1973, kurz vor Weihnachten, das weiß ich noch, weil ich bei H. Williams arbeitete und den ganzen Tag Keksdosen hinten in den Gängen stapeln mußte. Danach war ich fix und fertig. Ich versuchte, eine von den Dosen aufzumachen, und fing an, das Klebeband vom Deckelrand wegzuknibbeln, aber ich kam nicht zu Ende damit, das Klebeband war ellenlang, und eine Kundin guckte zu mir hin, ich seh sie noch vor mir. Ihre Brille saß ein bißchen schief, und sie hatte einen hübschen Mantel an. Schwarz und ganz schlicht, aber irgendwie sah er teuer aus. Und warm. Mein Gesicht brannte. Ich machte das Klebeband wieder an, ganz langsam und sorgfältig, als wenn das so sein müßte. (Wann bin ich zum letztenmal rot geworden? Es muß Jahre her sein.) Die Kekse, das Klebeband, Charlo Spencer ist ein echt scharfer Typ – das war alles an einem Tag. Es war kalt. Wir standen vor der Mint. Diese Art von Kälte, bei der einem immer ist, als ob man aufs Klo muß, bei der man mit den Füßen stampft und die Hände in die Ärmel schiebt. Deshalb ist mir wohl auch der Mantel von der Kundin in Erinnerung geblieben. Ich war total durchgefroren. Bei keinem von uns war im Haus für die ganze Clique Platz. Und Eltern waren damals wohl auch anders. Meine Eltern hätten uns nicht alle zusammen ins Haus gelassen, auch wenn sie Platz genug gehabt hätten, auch wenn ich das einzige Mädchen gewesen wär und mein eigenes Zimmer gehabt hätte.

Er war wirklich scharf, besser könnte ich ihn nicht beschreiben – vom ersten bis zum letzten Augenblick. Er war kein schöner Mann, das nicht. Als wir zum erstenmal auf dem Feld draußen Sex hatten und so betrunken waren, ich besonders, und ich gar nicht richtig wußte, was da abging, nur daß er schwer auf mir lag und mir furchtbar schlecht war, hinterher gings mir ganz mies, ich war naß und wund und hatte ein schlechtes Gewissen und furchtbaren Schiß, da hätte ichs schon ganz gern gehabt, wenn er einer von diesen schönen Männern gewesen wär. Einer wie Robert Redford oder Lee Majors. Die hätten mich auf starken Armen nach Hause getragen. Die hätten

mich gar nicht erst auf einem Feld gevögelt, nicht auf einem von unseren Feldern jedenfalls, die eigentlich gar keine sind, sondern bloß Brachland, das nach dem Bauen übriggeblieben ist. Charlo stand auf.
– Scheißkalt.
Er wischte seinen Schwanz an der Innenseite von der Bomberjacke ab. Ehrlich. So richtig wurde mir das erst am nächsten Tag klar, als ich zur Ruhe gekommen war und darüber nachdachte und mir alles ein bißchen ausschmückte. Schöne Männer machen so was nicht. Das Gras war naß gewesen und hatte nach Tierkacke gerochen. Robert Redford hätte ein Picknickplaid mitgebracht.
Er war echt scharf, er war achtzehn, er hatte braune Augen, er war mal Skinhead gewesen, hatte dreimal vor Gericht gestanden und einmal im Jugendknast gesessen. All das erfuhr ich an dem Abend vor der Mint. Er hatte eine Narbe von einem Messerstich –
– Auf dem Bauch.
– Nein, auf dem Arm.
– Auf dem Bauch, sagte Fiona.
– Woher weißt denn *du* das, sagte Deirdre.
– Also wenn dus unbedingt wissen mußt, er ist in demselben Team wie mein Vetter, und er hat sie gesehen. In der Dusche.
Das fanden wir toll.
– In der Dusche!
Damals hatte ich noch nie eine Dusche gesehen. Eine Dusche war für uns das, was heutzutage ein Wasserbett oder ein Whirlpool ist, eine Sache für die Reichen und irgendwie verrucht.
– Stellt euch das vor, Mädels.
– Seife, Seife, Seife!
– Und ein Waschlappen!
Deirdre fing an, sich zu waschen, unter den Armen und dann – sie sah sich um – zwischen den Beinen.
– Herrje, guckt bloß!
– Beim nächstenmal, sagte Tina, – fragst du deinen Vetter, wie lang sein Schwengel ist.
– Herr-je!

Sein Phantombild kannte ich also schon: Ein echt scharfer Typ mit braunen Augen, Narben, einer Vorstrafe und einem Schwengel, den er lässig über die Schulter legen konnte. Das sah ich vor mir, und genau das kriegte ich auch.

7

Der Arzt guckte mich nie richtig an. Er beguckte sich Teile von mir, aber er sah mich nie als Ganzes. Er guckte mir nie in die Augen. Besoffen, sagte er sich, seine Nase zuckte und witterte, und dann war der Fall für ihn gelaufen.

8

Das Haus war leer. Nicola war bei der Arbeit. (John Paul war nicht mehr da.) Leanne war in der Schule. Jack spielte mit der Jüngsten von nebenan. Sie ist drei Jahre älter als er, aber sie kommandiert ihn gern rum, und er läßt sich gern rumkommandieren. Ich hatte das Haus für mich. Gerard, der Bulle, war gegangen. Ein netter junger Typ. Ein armes Schwein.

Es kam nicht überraschend. So halb und halb hatte ich es immer erwartet. Charlo war tot.

Er war seit über einem Jahr nicht mehr im Haus. Ich hatte ihn rausgeworfen. Mit Karacho. Aber wir hatten es nie offiziell gemacht, mit einer richtigen Trennung oder so. Er hatte kein Hausverbot, das war nicht nötig gewesen. Er war immer noch mein Mann. Deshalb war Gerard zu mir gekommen. Ich war immer noch Mrs. Spencer.

Ich machte noch eine Tasse Tee, weil das so üblich ist. Ich ging nicht an den Wodka. Ich nahm mich zusammen. Ich tat mir einen Löffel Zucker mehr in den Tee.
Charlo war tot.
Ich machte ein Häufchen aus den Krümeln, die Gerard übriggelassen hatte, und steckte sie in den Mund. Ich esse nicht oft Kekse, meist hab ich kein Geld für so was. Und danach ist mir immer irgendwie flau.
Ich merkte den zusätzlichen Löffel Zucker.
Ich liebte ihn immer noch. Ich hatte ihn geliebt, ehe ich ihn kannte, und hatte nie aufgehört, ihn zu lieben. Sobald ich ihn sah, noch ehe ich sein Gesicht richtig erkennen konnte, wußte ich, was Liebe ist. Es war fürchterlich. Schon war ich eifersüchtig, schon rechnete ich damit, daß er mich verlassen würde, wünschte mir fast, daß er ein Arschloch wär, da hatte ich noch nicht mal seine Stimme gehört. Ich hab ihn geliebt, als ich ihn rauswarf. Ich hab ihn geliebt, als Gerard klingelte. Ich liebe ihn jetzt.
Dann der Schock.
Mein Magen fiel unter den Tisch. Meine Knöchel taten weh; mein Herz raste. Ganz plötzlich. Charlo ist tot, hatte Gerard gesagt, aber nicht, wie es passiert war. Ich hatte ihn nicht gefragt. Ich wußte nicht, wie er gestorben war.
Ich kriegte die Tasse nicht hoch. Ich wollte keinen Tee mehr. Der Tisch bremste mich. Ich mußte aufstehen. Ich mußte es wissen. Ich brauchte Leute im Haus. Ich brauchte Lärm. Ich mußte es rauskriegen. Es war lebenswichtig. Er war noch nicht tot. Ich mußte es wissen. Noch keine Tränen. Keine Tränen. Er war nicht tot. Wer weiß, was passiert war. Mein Mund ging auf, ein Krächzen kam raus. Ich mußte was tun. Ich mußte es rauskriegen. Ich wußte nicht wie. Ich mußte was tun. Ich brauchte Bewegung.

9

Ich bin gleich nach der mittleren Reife abgegangen; von Anfang an hat mir diese Scheißschule gestunken. Drei Jahre hab ich es ausgehalten, länger als eins meiner Kinder bisher, aber wohl gefühlt hab ich mich dort nicht eine Minute. Die Grundschule war toll, wohl weil wir nur die eine Lehrerin hatten, und die war ganz lieb. Ich weiß nicht mehr, wie sie hieß, aber sie war echt lieb. Wenn wir groß waren, wollten wir alle Lehrerin werden. Wir waren nur Mädchen. Vierundfünfzig. Ein Höllenlärm, wenn die Lehrerin nicht da war: Vierundfünfzig kreischende Mädels. Ich war gut in der Schule, besonders in Aufsätzen. Die mußte ich immer laut vorlesen, noch ehe die Lehrerin sie selber gelesen hatte, das fand ich toll.
– Ach, Miss . . .
– Nun komm schon . . .
– Ich mag nicht . . .
– Ach, komm . . .
Sie wußte, daß ich darauf brannte, nach vorn zu gehen. Und daß ich mich gern bitten ließ.
– Wollen wir Paulas Aufsatz hören, Mädels?
– Jahaaa!
Dreiundfünfzig Stimmen.
Ich kann mich an keinen mehr erinnern. Wovon handelten sie? In meinem Kopf ist das alles weg. Aber an den Beifall hinterher und die lächelnden Gesichter erinnere ich mich noch. Ich war gut in der Schule. Bei ihr glaubte man einfach, daß man gut war.
Ich war noch keine halbe Stunde in der Mittelschule, als mir aufging, daß ich damit total falsch lag. September 1969 – nach Courtown. Sie ließen uns auf dem Hof warten, bis die Älteren drin waren. Der Direktor stand auf den Stufen und sagte, wir sollten still sein. Er hatte uns nicht gesagt, wer er war, ich dachte mir nur, er müßte der Direktor sein. Er las die Klassenlisten vor.
– Klasse 1.1. Zum letztenmal: Ich bitte mir Ruhe aus!
Ich war in der 1.6, der zweitletzten.

– O'Leary, Paula.
Auf dem Hof standen nur noch zwanzig Kinder. Ich glaube, es fing an zu regnen. Ich ging an ihm vorbei durch die Tür.
– Für Montag besorgen Sie sich bitte die richtigen Söckchen, Miss O'Leary.
– Jaha.
– Ja heißt das hier, Miss O'Leary.
– Ja.
– Und wir sagen Sir. Ab durch die Mitte. Die offene Tür da hinten.
Mister O'Driscoll. Von den Lehrern weiß ich noch alle Namen. Es gab nicht einen darunter, der kein ausgemachtes Arschloch gewesen wäre. Ob Männer oder Frauen – alles Arschlöcher. Arschlöcher. Widerlich. Vor meinem ersten Tag dort hatte Carmel mich schlau gemacht. Ich wollte es eigentlich gar nicht hören, sie vermasselte mir alles damit.
– Er ist ein Drecksack. Er guckt dich nie an, und er stinkt.
Aber sie hatte recht. Mit allem.
– Mein Name ist Mister Waters. W. A. T. E. R. S.
– Ein Vollidiot, sagte Carmel. – Hält sich für superschlau. Du siehst die Schwitzflecke unter den Armen, wenn er was an die Tafel schreibt. Durchgeschwitzt bis aufs Jackett. Paß auf, er buchstabiert seinen Namen und sagt dann irgendwas Witziges dazu, der Klugscheißer.
– W. A. T. E. R. S. Ihr seid zwar die 1.6, aber das müßtet eigentlich sogar ihr euch merken können.
Furchtbar, diese vielen verschiedenen Lehrer. Eine einzige Lehrerin war viel besser gewesen. Ich gewöhnte mich nie dran. Den ganzen Tag ein blödes Arschgesicht nach dem anderen. In einer Klasse, in der es stank und immer zu warm oder zu kalt war. Ich mußte mich neben Derek O'Leary setzen, weil wir den gleichen Nachnamen hatten und er direkt vor mir reingekommen war. Er furzte den ganzen Tag. Hob den Hintern an, damit man es auch hörte, das dreckige Schwein. Raffzähne. Sardinengestank, sobald er den Mund aufmachte. Er versuchte mich anzufassen, bis ich ihm eine schmierte.

Verfick dich, sagte ich und mußte prompt aufstehen, weil ich gestört hatte.

– Na, Paula? Ist wohl nicht sehr angenehm, was?

Da stand ich schon eine halbe Stunde.

– Nein, Miss.

– Setzen.

– Danke, Miss.

Derek O'Leary glotzte mich an und machte sein blödes Maul auf.

– Du stinkst nach deinen Tagen.

– Du stinkst nach Scheiße.

– Tage.

– Scheiße.

– Tage.

– Scheiße.

Drei Jahre lang.

– Ja, um Himmels willen, was haben sie euch denn in der Grundschule beigebracht?

Wir waren die Idioten, die Nullspanner. Unter uns war nur noch die 1.7, das waren die Bekloppten, man sah es ihnen an. Wir hatten Hauswirtschaft zusammen. Man merkte es daran, wie sie ihre Rührschüsseln hielten, irgendwie verquer. Zwei schielten, drei stotterten. Zwei wurden im zweiten Jahr schwanger, damals gab das noch einen großen Aufstand. Das Komische war, daß sie auch noch nebeneinander saßen. Sie gingen am gleichen Tag ab, wurden während des Unterrichts rausgerufen. Beim Weihnachtskuchenbacken, glaube ich, wir machten gerade den Marzipanbelag drauf. Sie kamen nicht wieder. Die hat beide derselbe Typ angebufft, sagten wir und zeigten ihn uns gegenseitig, einen unterbelichteten langen Lulatsch, der beim Metzger arbeitete, den machten wir zum Vater. Einen Namen hatte er nicht. Der Metzger, Mister McQuaid – den gibts übrigens immer noch – redete ihn nie an. Er brachte die Tierhälften aus dem Kühlraum und trug sie wieder zurück, aber schneiden durfte er sie nicht, Mister McQuaid ließ ihn nicht ran, es wär wohl auch nicht gut fürs Geschäft gewesen. Die Mädchen hießen Sandra Collins und Bernadette Ryan. Sie kamen nicht wieder. Leanne, meine Zweitjüngste, ist in diesem Jahr auf die Mittelschule gekommen. Ihre Klasse heißt Carolin nach einer alten irischen Harfenistin. Alle Klassen heißen nach irischen Musikern. Wir waren einfach die 1.6. Wir kriegten das schlechteste Klassenzimmer und die schlechtesten Lehrer, die Vollidioten. Sie waren bescheuerter als wir.

Es war ein ganz schöner Schreck, als mir aufging, daß ich dumm war. Da war ich noch gar nicht drin. Er las die Namen vor, kam zu F und G, las weiter bis O, und bei den ersten fünf Klassen war ich nicht dabei, und der Schulhof wurde immer leerer, und ich hätte heulen können. Ich hatte alle meine Bücher mit, meine Tasche war bleischwer. Und die Schuluniform war komplett bis auf die Söckchen.

Flaschengrün, ganz toll. Und es fing an zu regnen. Alle meine Freundinnen waren schon drin, bis auf Fiona. Und Fiona mochte ich nicht so gern wie die anderen. Sie nahm sich so wichtig.

– 1.6. Brady, Harold. Brady, Frances. Brannigan, Martin.

Hauptsächlich Jungen.

– Gott, sind das Typen, sagte Fiona. – Guck bloß.

Ich konnte nichts sagen, weil ich mit dem Direktor mitbuchstabierte.

– O'Leary.

Ich griff nach meiner Tasche.

– Derek.

Ich ließ die Tasche wieder los.

– O'Leary, Paula.

Der Gang war endlos. Ich ging hinter Derek O'Leary her. Er guckte sich andauernd um. Ich wollte nach Hause. Ich wollte zu meiner Mammy. Ich ging rein. Mein Arm tat weh vom Taschetragen. Eine Lehrerin zeigte auf eins der Pulte, die noch frei waren.

– Da.

Derek O'Leary saß schon, als ich hinkam. Er rührte sich nicht.

– Rück mal, sagte ich.

Er wollte nicht.

– Hey, sagte die Lehrerin.

Er rutschte an die Wand, und ich setzte mich. Die Lehrerin hieß Miss Harrison. Sie saß vorn und knackte mit den Fingern, wenn einer schwatzte. Dann kam niemand mehr, und sie stand auf und machte die Tür zu.
– Na dann wollen wir mal.
Sie ging zur Tafel.
– Schreibt das ab. Und Ruhe bitte.
Sie war jung. Ein gutes Zeichen, dachte ich. Sie hatte nette Sachen an. Sie war groß. Sie trug das Haar in einem Knoten, der glänzte wie schwarzes Plastik. Montag, schrieb sie ganz oben an die Tafel, und darunter den Stundenplan.
– Okay, schreibt das jetzt ab.
– Sind Sie Miss Harrison?
– Hier wird nicht geredet.
Sie las ihre Zeitung.
– Weiter im Text.
Sie wischte die Tafel ab und schrieb Dienstag oben drüber.
– Okay.
– Was ist M. W.
– Hier wird nicht geschwatzt. Metallwerken.
Sie sah uns nicht an. Sie fragte nicht nach unseren Namen. Sie fragte nicht, ob wir schöne Ferien gehabt hatten oder aufgeregt waren. Sie war eine widerliche Schnepfe. Ich spürte Derek O'Learys Hand an meinem Bein. Ich rutschte weg. Ich hörte ihn hochziehen. Dann machten seine Hände wieder an meinem Rock rum. Ich setzte mich seitlich hin, damit er nicht an meine Beine rankam. Ich sah ihn nicht an, er war ekelhaft. Miss Harrison war bei Mittwoch, aber wegen Derek O'Leary hatte ich den Dienstag nicht abschreiben können. Er faßte mich wieder an, am Schenkel, weil ich mich weggedreht hatte. Diesmal kriegte ich es mit der Angst zu tun; er wollte mir weh tun. Ich schmierte ihm eine.
– Verfick dich!
Er brüllte und hielt sein Gesicht fest.
– Was ist da drüben los? Steht mal auf, alle beide!

– Sie wars!
– Ruhe!
Sie kam an unser Pult und guckte uns an, besonders mich. Ich guckte zurück. Sie ging wieder nach vorn und nahm das Klassenbuch. Dann guckte sie mich noch mal an.
– Die Schwester von Carmel O'Leary?
– Ja, Miss.
– Noch so eine.
Derek O'Leary durfte sich hinsetzen, und ich mußte den Rest der Stunde stehen. Carmel hatte recht gehabt.
– Gräfin Rotz von Popelsburg.
Sie war eine aufgeblasene Kuh. Wenn sie in die Klasse kam, machte sie ein Gesicht, als ob wir schlecht rochen.
– Du da. Hol die Stange und mach das Fenster auf.
An einem nassen Tag, als die Mäntel an den Haken hingen und die Luft warm und feucht war, sprühte sie mit ihrem Parfüm in der Klasse rum. Sie korrigierte unsere Hausarbeiten nicht. Wir mußten die Hefte aufgeschlagen hinlegen, aber sie guckte nie rein. Nur einmal behandelte sie uns wie richtige Menschen, das war, als sie mit ihrem neuen Verlobungsring ankam.
– Wahnsinn, Miss.
– Wie viele Steine?
– Zähl doch selber, dumme Trine.
Wir standen vorn um sie rum, nur die Mädchen, und sie strahlte nur so.
– Jetzt setzt euch wieder, Mädels.
Wir wollten so viel wie möglich davon haben.
– Ist Ihr Mann nett, Miss?
– Sie ist doch noch gar nicht verheiratet! Blöde Henne!
– Halt du bloß die Klappe.
– Setzt euch jetzt wieder. Wirds bald?
Das war im dritten Jahr, zweieinhalb Jahre, nachdem sie mich hatte stehen lassen. Am nächsten Tag war sie so aasig wie immer. Sie gab Mathe. Ich blickte nicht durch, aber es kratzte mich nicht. Ge-

schichte, Geographie, Englisch, Irisch – ich wurde in allen Fächern immer schlechter. Ich glaub, in dieser Penne hab ich kein Stück mehr gelernt. Nur in Hauswirtschaft war ich nicht ganz so schlecht. Miss Travers hatte immer eine Mütze auf, weil sie so fror. Sie hatte einen Sprung in der Schüssel. Den ganzen Nachmittag putzten wir in der Küche den Dreck weg, den die Älteren uns dagelassen hatten. Sie hatte keine Zeiteinteilung. Wir taten gerade erst das geschlagene Ei zum Mehl, wenn es klingelte.

– Das erste oder das zweite Mal, Mädels?

– Das zweite Mal.

– Achgottachgott, wie schnell die Zeit vergeht, wenn man Spaß an einer Sache hat.

Sie war die Beste von allen. Total abgedreht, aber harmlos. Sie versuchte sogar, sich unsere Namen zu merken. Meist waren es die falschen. Mich hat sie mal mit Michael angeredet. Wir hatten keine Jungs in Hauswirtschaft; ich will ja nicht prahlen, aber wie ein Junge hab ich nun wirklich nie ausgesehen. Völlig durchgeknallt, die Alte. Sie ist tot, das weiß ich von Carmel, sie ist in den Ferien in Wales von einem Berg gefallen. Das Schärfste, was ich in dem Fach erlebt hab, war Dympna McQuaid bei der Abschlußprüfung. Sie sollte einen Salat machen, und das kriegte sie auch einigermaßen hin. Miss Travers saß auf ihrem Hocker in einer Ecke und sah, daß Dympna es geschafft hatte, das harte Ei zu pellen und den Salat kleinzuschneiden, ohne ein Blutbad anzurichten – man brauchte sich diese Dympna ja nur anzusehen! –, und lächelte ihr zu und klatschte lautlos. Da geht Dympna zum Backofen, macht den Grill an und stellt den Salat drunter, ehe der Schulinspektor dazwischengehen kann. Seit damals weiß ich, wie verbrannter Salat riecht.

Geschichte und Erdkunde hatten wir bei Mister Dillon, dem wabbelte den ganzen Winter ein dicker Rotzklumpen an der Nasenspitze. Wenn er nah genug rankam, konnte man die Leuchtröhren darin sehen, die wir an der Decke hatten. Und er kam gern nah ran. Wir mußten zusammenrücken, und er quetschte sich daneben und machte an einem rum, und ein paar von den Jungs und er wollten

sich kaputtlachen. Das dreckige Arschloch. Ab und zu mußten wir die Bücher aufschlagen, und dann lasen wir irgendwas über Geschichte. Er schrieb unsere Weihnachtszeugnisse, wir malten mit Buntstiften das Bild von irgendeinem berühmten Typ aus der Französischen Revolution an. Ich weiß noch die Seite: 157.
– Rosa fürs Gesicht, Jungs und Mädels, die Neger haben bei der Revolution nicht mitgemischt.
Er hielt den Füller über dem ersten Zeugnis in der Schwebe.
– Also . . .
Er wollte, daß wir alle hinsahen.
– Eine gute Note für einen Kuß. Wer bietet?
Wenn ich dran denke, wird mir jetzt noch schlecht.
Jemand zeigte auf Derek O'Leary.
– Von dem kriegen Sie einen, Sir.
– Leck mich – Kommt nicht in die Tüte.
– Gestern abend hast dus aber anders gesagt.
– Genug jetzt!
Mister Dillon wurde wieder energisch. Er ist noch da, vor zwei Jahren hab ich ihn gesehen, da ist er gerade in seinen Wagen gestiegen. Den Rotz an seiner Nase konnte ich nicht erkennen, aber er hatte immer noch dieselbe Jacke an.
Englisch bei Mister Waters. Er blätterte das Buch durch.
– Wozu soll das eigentlich gut sein? Gedichte interessieren ja doch keinen von euch, stimmts?
– Nein, Sir.
Der miese Schwanz. Ich war gut in Englisch gewesen, ehe er mit seinem Brylcreem-Kopf daherkam. Er ließ uns nie vergessen, daß wir blöd waren, daß er mit uns nur seine Zeit vergeudete. Auch so ein Schlabberheini. Einmal legte er mir seine Hand auf die Schulter und ließ sie da liegen, während er sich vorbeugte und Bären in Beeren verbesserte.
– Tztztz.
Er hat bestimmt gemerkt, wie laut mein Herz klopfte. Er muß es gemerkt haben.

– Noch mehr Bären, wo Beeren hängen müßten, hmmm?
Er fuhr mit dem Daumen an meinem BH-Träger lang. – Oder umgekehrt?
Es kitzelte mich kein bißchen, daß ein erwachsener Mann mich anfaßte, während er meine Fehler verbesserte. Der Daumen sagte mir, daß er mir weh tun konnte, wenn er wollte, das war alles. Und den Unterschied zwischen Bären und Beeren hatte ich schon gekannt, als ich diese blöde Penne noch nie von innen gesehen hatte.
Das waren die Schlimmsten, die geilen Böcke. Die anderen waren entweder bescheuert oder wurstig oder Weiber. Das war das einzig Gute an Lehrerinnen: Daß sie nicht an dir rummachten. Manchmal hauten sie einen, aber sie hauten ganz normal. Im dritten Jahr kriegten wir Miss Dempsey in Englisch. Nach zwei Jahren ohne Gedichte setzte sie uns plötzlich andauernd welche vor. Wenn wir motzten, wurde sie wütend und verbimste uns mit ihrem Buch. Sie hatte uns nicht im Griff, sie war total hilflos.
– Hören Sie auf mit der beschissenen Klopperei, Sie!
Das brüllte ihr Gus Kinsella ins Gesicht, nachdem sie ihm den Tafellappen um den Kopf geschlagen hatte. Sie brachte immer ihren eigenen Lappen für die Tafel mit. Den hat sie von ihrem Freund zu Weihnachten gekriegt, sagten wir. Die Jungs wußten es anders: Sie wischt sich damit den Hintern und hält ihre Büchse trocken, und für die Tafel nimmt sie ihn nur, weil sie die Kreide braucht. Sie hätte nach der Sache mit Gus Kinsella sofort zum Direktor gehen müssen, das hätte gewirkt, besonders bei Gus Kinsella, der ein viel schlimmerer Finger war als Derek O'Leary. Aber davor hatte sie Schiß. Sie saß in der Falle. Sie konnte uns nicht melden, weil sie dann sich selber reingeritten hätte. Und so ging es den anderen auch. Sie war ein hoffnungsloser Fall. Aber immer noch besser als dieses Brylcreem-Arschloch.
In der neuen Schule wurde ich hart; früher war ich nicht so gewesen.
– Du stinkst nach Scheiße.
Vorher hab ich so was nie gesagt. Jetzt mußte ich mich abgebrüht benehmen und schmutzig denken. Mußte kämpfen. Die Krallen

ausfahren. Vielleicht kommt das sowieso, wenn man älter wird, egal, wo man ist. Mein John Paul war ein kleiner Engel – bis genau drei Tage nach seinem dreizehnten Geburtstag. Nicola hat sich nicht plötzlich oder irgendwie merklich verändert. Aber bei mir hat es mit der ersten Minute in der verschissenen Penne angefangen. Bei Waters mit seinem wandernden Daumen und Dillon mit seinem wabbelnden Rotz kam ich mir schmutzig vor, irgendwas mußte ich an mir haben, das sie anzog, das sie reizte, mich anzufassen. Mein Busen, für den ich zu jung war. Mein Haar. Meine Beine und Arme und mein Hals. Irgendwas an mir war unrein und schmutzig. So dachte ich damals, ich war fest davon überzeugt. Ich sagte keinem was davon, ich hätte nicht gewußt, wie man so was sagt, und ich wollte es auch nicht. Ich war irgendwie, ohne es zu begreifen und ohne daß ich was dagegen machen konnte, eine dreckige Schlampe geworden, die Jungs und Männer aufgeilte. Ich roch an mir rum, vielleicht war es ja das, – ein Geruch, den man abwaschen konnte, und dann würden sie mich in Ruhe lassen, und alles würde sein wie früher. Aber ich roch nichts, und es wurde nie wieder wie früher.
– Verfick dich.
– Verfick dich.
– Fick dich ins Knie.
– Verfick dich.
Tagein, tagaus.
– Laß deine beschissenen Pfoten von mir weg.
– Mach deine beschissene Hausaufgabe allein.
– Gib das zurück, du Fotze.
Ich war nicht die einzige, es ging allen so. Wir kamen als Kinder hin und wurden zu Tieren. Ich mache Derek O'Leary keinen Vorwurf, er hat nur besonders fix gelernt. Am Ende der Woche war die Klasse voll von männlichen und weiblichen Derek O'Learys.
– Verfick dich.
– Verfick dich.
– Verfick dich.
Da brauchte sich nur einer einen Bleistift zu schnappen, der ihm

nicht gehörte, oder zu nah an den Nachbarn ranzurücken. Oder mit dem Kopf die Tafel zu verdecken.
– Verfick dich.
– Verfick dich.
– Verfick dich.
Sie faßten mich an, und ich wehrte mich mit Kratzen. Ich wurde gekratzt und gebissen. Einmal, als ich über Mittag nach Hause gekommen war, brauchte ich im Badezimmer eine halbe Ewigkeit, um das Blut unter den Nägeln wegzukriegen. Ich weiß noch, was für eine Angst ich hatte, Mammy könnte nach oben kommen, und ich müßte ihr alles erklären, von Anfang an. Ich glaube, ihr ist gar nicht aufgefallen, daß ich mich verändert hatte. Zuerst versuchte ich mich zu verkriechen. Ich zog den Pulli vorn runter, um ihn länger zu machen, damit ich mich dahinter verstecken konnte. Aber dann gab ich es auf.
– Was guckste so verschissen?
– Verfick dich.
Es war nicht immer so schlimm, das kann gar nicht sein. Da waren die Pausen um elf und über Mittag. Da war Fiona. Sie hatte so was . . . ich weiß nicht, man kam sich einfach stärker vor, wenn man mit ihr zusammen war.
Inzwischen dachte ich anders über sie, ich mochte sie echt. Wir setzten uns nebeneinander, sooft es ging.
– Geh auf deinen Platz zurück, Fiona Phillips. Auf der Stelle!
– Nein.
– Wie bitte?
– Ich will hier sitzen.
– Ich gehe zum Direktor.
– Gehn Sie doch!
Fiona war fix und faul zugleich, eine tolle Mischung. Das war einfach ihre Art: Sie war sexy, ohne was davon herzumachen. Ein paar Jahre später waren die Kerls so scharf auf sie, daß ihnen der Sabber aus dem Mund lief, und sie hat sich einen Dreck darum gekümmert. Bei ihr kam Dillon nicht an.
– Rück ein Stück, Fiona Phillips. Wirds bald?

– Kein Platz, sagte Fiona.
– Dann rückt noch ein bißchen zusammen. Kommt schon . . .
– Nein.
Dillon war geschlagen. Er konnte nichts machen. Er konnte Fiona zu Weihnachten eine schlechte Note geben, aber das kratzte sie nicht. Ihre Eltern konnten nicht lesen, und wenn sie ihren Bruder richtig nahm, las der ihnen was Falsches vor. Hauen konnte er sie nicht, sie hätte zurückgehauen, und dann hätte es erst recht Zoff gegeben. Es war großartig. In der Klasse hörte man keinen Mucks.
– Sie sind eben zu breit, Miss Philips.
Auf so was hatte Fiona nur gewartet.
– Nicht so breit wie Sie!
Ich hatte gute Freunde, eine ganze Clique. Um vier war die Schule aus. Es gab die Pausen. Es wurde gelacht. Es gab Freistunden, die Lehrer meldeten sich oft krank. Wir hatten nie alle Stunden, die uns zustanden. Wir blieben in der Klasse und krakeelten, schlugen alles kurz und klein und uns gegenseitig grün und blau, und niemand scherte sich darum. Ich verzog mich mit Fiona in eine Ecke, wir quatschten stundenlang. High Chaparral war ihre große Liebe. Ich mochte Blue Boy, sie Manolito, und wenns um die ging, kriegten wir uns regelmäßig in die Wolle. Sie war verrückt nach Mono, es kam fast so weit, daß wir uns geprügelt hätten.
(Ich guck manchmal nachmittags High Chaparral auf Sky, und Fiona hatte recht: Mono sieht viel besser aus als Blue Boy. Mono kann einen echt scharf machen, aber Blue Boy, dieser arme Trottel, hat von so was keinen Dunst. Mit dreizehn hab ich das nicht so gesehen. Jetzt hätte ich richtig Lust, Blue Boy mal eine Nachhilfestunde zu geben. Wär eine nette Abwechslung für die langen Nachmittage, und eine bessere Lehrerin als die verwichsten Arschlöcher aus meiner Penne wär ich allemal.)
Sie hatte nicht mal einen Namen. Die Grundschule hieß Saint Mary's. Unsere Schule war die Mittelschule und Schluß. Das Kloster, in das die feinen Schnösel gingen, hieß Holy Rosary. Zu denen, die in der Grundschule gut waren, hatten sie gesagt, sie sollten doch die Auf-

nahmeprüfung für Holy Rosary machen. Zu mir haben sie das nicht gesagt.
Ich hab gerade versucht, mich an die Namen der anderen aus meiner Klasse zu erinnern, aber die sind weg. Total weg. Ich weiß noch, daß es an dem Morgen, als ich dort anfing, geregnet hat, aber die Namen von denen, die hinter mir saßen, weiß ich nicht mehr. Nur den von dem kleinen Miststück neben mir.
– Wie nennen wir es, wenn es ein Junge wird?
– Nicht Derek.
– Was?
Ich bin fast sicher, daß es anfing zu regnen, als wir auf dem Schulhof standen und warteten.
Einen Typ hatten wir in der Klasse, der war ganz arm dran. Er hatte einen scheußlichen Unfall gehabt, und sein Gesicht war total kaputt. Rot und wund und weiß und ohne Augenbrauen, die Haut straff gespannt und unnatürlich glatt. Auf einer Seite wuchsen die Haare erst zwei Zentimeter über seinen Ohren, so was von weiß, wie die Haut da war, hab ich nie wieder gesehen. Angeblich hatte er als kleiner Junge einen Topf mit Fritieröl vom Herd gezogen. Er sprach nur, wenn er angesprochen wurde. Und ehe er antwortete, gab es immer eine ellenlange Pause, als wenn er alle Kraft zusammennehmen müßte, um die Worte rauszukriegen. Ich weiß genau, wie er aussah, ich könnte ihn zeichnen, aber ich weiß nicht mehr, wie er hieß. Ich fand es furchtbar peinlich, daß wir ihn in unserer Klasse hatten. Er war der Beweis dafür, daß mit uns nichts los war, daß wir gerade mal einen Tick besser als die Bekloppten waren. Aber ich wollte ihm auch helfen. Manchmal lächelte ich ihn an, aber nicht so, daß er denken konnte, ich hätte Lust auf ihn; ich hab das Lächeln zu Hause geübt. Der verdammte Name fällt mir einfach nicht ein.
Ich wurde anders. Das sehe ich nicht erst jetzt so; ich wußte es damals schon. Ich wurde anders. Ich versuchte nicht mehr, mich zu verstecken. Ich drängelte mich vor.
– Was guckste so, du Scheißer?
– Ich guck doch gar nicht.

– Verfick dich.
Früher fand ich schmutzige Wörter fürchterlich, jetzt dachte ich mir nichts mehr dabei. Als Derek O'Leary versuchte, mich anzufassen, machte ich es bei ihm genauso. Das heißt, ich faßte ihn nicht einfach an, ich ging ihm kräftig an die Eier. Er rutschte von der Bank. Er konnte es nicht begreifen, er war fix und fertig.
– Rache ist Blutwurst.
– Steh auf, Derek O'Leary!
Er kriegte kein Wort raus.
Von da an machte ich es regelmäßig. Einen Präventivschlag würde man so was heute nennen. (Ich hab das ganze Zeugs über den Golfkrieg mit Charlo geguckt, er konnte gar nicht genug davon kriegen.) Derek O'Leary hatte keine ruhige Minute mehr. Es war nicht lustig für ihn. Er ließ viel Platz zwischen uns. Ich hatte Macht; einmal im Leben hatte ich Macht. Die Macht, Jungs zappeln zu lassen. Ich probierte es aus.
– Heb das auf.
Zwei sausten gleichzeitig hin, und ich sagte nicht danke. Ich übte mein Lächeln. Ich guckte über die Schulter in den Spiegel, fuhr mit der Zunge über die Zähne. Ich hielt mir das Haar über den Kopf und ließ es fallen und drehte mich um.
Bist du das Mädchen mit dem glänzenden Haar?
Ich hab einen Jungen gewichst. Ganz hinten auf der letzten Bank. In Religion, im dritten Jahr. Martin Kavanagh war so mit das Beste in dieser blöden Penne, und das einzig Gute in unserer Klasse. Groß und kräftig, und nichts als Scheiße im Gehirn. Ein großer Slade-Fan. Ich hab ihn nicht masturbiert; ich hab ihm einen runtergeholt, das ist ein bißchen was anderes, glaube ich. In Religion. Sie wußten alle Bescheid, das war der Witz bei der Sache. Keiner guckte hin, nur Fiona, sie hatten alle Schiß vor Martin. Ich bin Linkshänderin. Mit der linken Hand hab ich die Weihfastentage in mein Heft geschrieben, mit der rechten hab ich ihn gewichst. Wir hatten die Plätze getauscht, sonst wär es nicht gegangen. Er kann unmöglich was davon gehabt haben. Die Bänke waren zu niedrig,

im dritten Jahr waren wir längst zu klein dafür, ich stieß mit der Hand andauernd unten an das Pult. Für mich war es das erste Mal. Ich guckte nicht hin. Sein Ding war heiß und füllte meine ganze Faust. Ich wollte fertig werden, ehe es läutete. Rauf runter, rauf runter; meine Faust rutschte ab und krachte an das Pult. Ich packte wieder zu. Rauf runter – ich spürte seine Hose, den Reißverschluß, den Stoff. Nach einer Weile muß es eine Qual für ihn gewesen sein. Ich guckte ihn an. Er starrte auf die Tafel und biß sich auf die Lippen. Mich guckte er nicht an. Seine Knie stießen an das Pult, dann schossen seine Beine nach vorn bis unter die Bank vor uns.

– Niiaah!

– Wer war das?

Und dann kam er. Es ging mir durch und durch, ich wußte ja nicht, was da passierte. Ich hab gedacht, ich krieg Brandblasen, so heiß war es. So hatte ich mir das nicht vorgestellt. Welche Farbe? Er stieß meine Hand weg und machte die Hose zu. Sein Zeugs war nicht mehr heiß. Komisch, wie schnell es kalt geworden war. Ich mochte nicht hinsehen. Ich bückte mich und wischte mir die Hand innen und außen an meinem Söckchen ab und hoffte auf das Beste. Blut war es nicht, soviel wußte ich. Keine Ahnung, wo das andere gelandet war, auf dem Fußboden oder auf dem Pult oder auf dem Rücken von dem Typ vor ihm. Ich hab nicht hingeguckt.

Es klingelte. Alle wußten Bescheid.

Ich habs ihm gemacht, er hats mir nicht gemacht. Ich habs gemacht. Zum erstenmal gewichst.

Ich war stolz. Ich war eine Frau.

– Wie wars?

– Toll.

Ich hatte überlebt.

Ich war jemand.

Ich bin dann zwei Wochen mit ihm gegangen. Das mußte sein. Du kannst einen Typ nicht bloß so wichsen, du mußt ihn lieben. Ich habs nicht noch mal gemacht, er hats nicht verlangt.

Dabei steh ich eigentlich auf Romantik. Wenn es irgendwo am Strand gewesen wär oder meinetwegen noch im Park. Wenn Martin mir in die Augen gesehen hätte. Wenn er nicht so bescheuert gewesen wär. An der Wand hinter uns war eine Weltkarte. Jemand hatte Südamerika Titten und eine Fotze angemalt. Ich wischte mir die Hand am Söckchen ab. Eigentlich sollte man sich überhaupt nicht die Hand abwischen müssen. Mir fiel wieder Robert Redford und sein Picknickplaid ein.
Fest steht, daß ich es im Holy Rosary nicht gemacht hätte. Und wenn ich in der 1.1 gewesen wär, wohl auch nicht. Angefangen hatte es damit, daß ich aufgerufen wurde, als es anfing zu regnen, und das Ende vom Lied war, daß ich auf der letzten Bank einem gutaussehenden Vollidioten einen runterholte. So machte man sich in der 1.6 einen Namen.

10

Ich – damals.

Das Mädel, das Martin Kavanagh gewichst hat, war eins siebenundfünfzig. Ihre Schwester hatte sie gemessen. Sie hatte glattes braunes Haar. Sie hatte sich vorgenommen, es so lange wachsen zu lassen, bis sie drauf sitzen konnte. Sie hatte schöne Haut, in unserer Familie gabs keine Akne, und Frauenbeine, das kleine Mädchen war ein für allemal weg. Eine Narbe knapp über dem linken Knie, da hatte ihr Bruder sie mal mit dem Messer erwischt. 85er Büste. Das war damals ein gängiges Wort, Büste. Braune Augen und ein nettes Lächeln. Sie hatte sich schon dreimal die Beine rasiert. Sie wußte, daß sie dumm war, aber es störte sie nicht sehr. Sie wollte nicht mehr Lehrerin werden, sondern Stewardeß oder Schauspielerin. Aber im Grunde hätte sie jeden Job gemacht. Ihre Mutter sagte, sie wäre hübsch genug, um Model zu werden, aber sie hatte einen schiefen Zahn, damit war es also nichts. Auch Sängerin wär sie gern geworden. In einer Band. Das einzige Mädchen. Da konnte sie auf einem Hocker sitzen und die langsamen Nummern singen. Sie kannte den ganzen Text von *American Pie*, von vorn bis hinten. Und *Vincent*. Sie saß auf dem Fensterbrett in ihrem Zimmer, wenn sie Vincent sang. Sie haßte die Schule, aber sie war glücklich. Sie war froh, daß sie Martin Kavanagh gewichst hatte. Sie schämte sich und war stolz. Sie war jemand. In ein paar Monaten würde sie von der Schule abgehen. Nach der mittleren Reife. Die Prüfung würde sie mit links machen. Sie hatte ihr ganzes Leben vor sich.

Ich – jetzt.

Die Frau, die Charlo Spencer masturbiert hat, ist eins sechzig, aber sie ist in letzter Zeit ein bißchen eingegangen, sagt ihre Schwester. Sie hat immer noch braunes Haar, muß aber dabei mit Zeugs aus der Flasche nachhelfen. Sie sieht gut aus, wenn sie daran denkt, sich gerade zu halten, und wenn man nicht so genau hinguckt, aber so genau gucken tut sowieso keiner. Ihr Hintern hängt ein bißchen, aber außer ihr weiß das niemand. Ihr Gesicht ist voll von roten Äderchen, die zusammenlaufen wie kleine Flüsse auf einer Landkarte, nur in Rosa. Man kann sie gut verstecken. In zwei Monaten wird sie neununddreißig. Gebt ihr einen Spiegel, Make-up und eine halbe Stunde Zeit, und sie richtet sich her wie eine Dreißigjährige. Schaut sie an, wenn sie morgens aufsteht, und ihr denkt, sie ist fünfzig. Sie putzt Büros, für zwei Pfund fünfzig die Stunde. Vormittags putzt sie auch privat. Bei einer Stellenvermittlung ist sie auf der Liste, aber sie hat kein Telefon. Sie hat vier Kinder. Sie ist Witwe. Und Alkoholikerin. Sie hat Wunden im Herzen, die nie aufhören weh zu tun. Manchmal denkt sie, daß sie Krebs hat und daß sie ihn verdient. Sie hat keine besonders hohe Meinung von sich, aber ist nicht mehr so sicher, daß sie dumm ist. Sie schlägt sich durch, sie fällt immer wieder auf die Füße. Sie hat Knitterfalten an den Armen, aber der Hals ist noch in Ordnung.

11

Der Chinese hat einen Münzfernsprecher. Die Frau an der Theke gab mir ihr Telefonbuch. Ich sah unter Coolock nach. Ob es das richtige Revier war, wußte ich nicht, aber dahin hatten sie Charlo meistens gebracht, wenn sie sich mit ihm unterhalten wollten. Unter Coolock stand nur die Credit Union und die Tankstelle. Unter Polizei war auch nichts. R wie Revier brauchte ich gar nicht erst nachzusehen, das war mir klar. Blieb noch 999, der Notruf. Aber was hätte ich da sagen sollen?

Dann hatte ich es. Auf den grünen Seiten vorn im Buch. Eine Liste aller Polizeireviere von Dublin. Dutzende. Coolock. Meldestelle – 8480811. Drei, vier Leute warteten beim Chinesen auf ihr Essen.

– Hallo. Polizeirevier Coolock.

Sie waren fix. Es hatte noch nicht das erstemal zu Ende geläutet.

– Ist Gerard da?

– Welcher Gerard?

– Ich weiß nicht, wie er mit Nachnamen heißt. Er ist Streifenpolizist.

– Jung?

– Ja, sagte ich.

– Bißchen wie Buster Keaton?

– Ja.

– Warten Sie, ich schau nach.

Ich hörte Lachen und eine Schreibmaschine. Schritte. Singen. *I'm leaving on a jet plane. Don't know. If I'll be back again.* Dann: Auf gehts, Gerard. Und wieder Lachen.

– Hallo?

– Ist da Gerard?

– Ja.

– Hier Paula, sagte ich. – Missis Spencer.

– Hallo, Missis Spencer, sagte er so laut, daß alle es mitkriegten.

– Was ist eigentlich passiert, Gerard?

Er sagte nichts.

– Wie ist er gestorben? Das haben Sie mir nämlich nicht gesagt.
– O je. Tut mir leid . . .
– Schon gut. Ich hätte ja fragen können.
– Habs vergessen –
Schon gut.
Kein Lachen mehr. Kein Tippen.
– Er ist . . . Er ist erschossen worden.
– Ach . . .
– Ja. Es war einer von uns. Special Branch.
– Danke, Gerard. Es ist nur, damit ich Bescheid weiß.
– Er war bewaffnet, sagte Gerard.
Ich wollte nichts mehr hören; ich hatte genug.
– Er hat eine Frau umgebracht.
– Wer hat eine Frau umgebracht?
– Mister Spencer.
– Okay.
– Es kommt bestimmt in den Nachrichten.
– Okay. Tschüs. Und schönen Dank.
– Tschüs.

12

In dem Moment, als Charlo anfing, mit mir zu tanzen, war ich keine Schlampe mehr. Das vergeß ich nie. Die Leute guckten mich an und sahen eine andere Frau.
Da, wo ich groß geworden bin – und wohl auch überall sonst –, war man als Mädchen eine Schlampe oder eine Pißnelke, noch ehe man dreizehn geworden war, da konnte man machen, was man wollte: Man war eine Schlampe, wenn man gut aussah; wenn man schnell erwachsen wurde; wenn man auf eine Art ging, die irgendwie sexy war; wenn man saubere Haare hatte; wenn man schmutzige Haare

hatte; mit Plateausohlen und ohne Plateausohlen. Bei allem und jedem kriegte man sofort diesen Namen angehängt. Mein Vater nannte mich eine Schlampe, als ich mir zum ersten Mal die Wimpern getuscht hatte. Ich mußte wieder rauf ins Badezimmer und das Zeug abmachen. Vom Heulen war es sowieso verschmiert. Ich kam wieder nach unten, und er inspizierte mich.

– Sieht gleich ganz anders aus, sagte er.

Dann lächelte er.

– Das hast du doch nicht nötig ...

Meine Mutter hielt sich raus.

Carmel hatte andauernd Zoff mit ihm. Ich erinnere mich an das Gebrüll, an die Schläge. Daran erinnert sie sich auch, aber an das andere, an die guten Seiten von unserem Zuhause und von meinem Vater, will sie sich einfach nicht erinnern. Es war ja wirklich schwer für sie als Älteste; sie mußte unsere Schlachten schlagen. Schlachten? Ausgewachsene Kriege waren das. Er riß ihr die Kleider vom Leib. Er verbrannte eine Bluse, die sie von ihrem ersten Lohn gekauft hatte. Er schleppte sie nach oben ins Badezimmer. Er schrubbte ihr Gesicht mit der Nagelbürste. Er schloß sie in unserem Zimmer ein. Er ging ihr nach, wenn sie das Haus verließ. Er prügelte sie vor ihren Freunden mit dem Gürtel. Er ließ Denise und mich auf seinen Knien reiten – es war peinlich, ich war viel zu alt für so was – und guckte dabei Carmel an. Das sind meine Mädchen, sagte er. Meine braven Mädchen. Er schickte Carmel in die Küche, zum Teekochen. Du bleibst, wo du bist, sagte er zu meiner Mutter.

– Es ist zu ihrem eigenen Besten, sagte er, als Carmel draußen war.

– Ist der Kessel aufgesetzt? fragte er, als Carmel zurückkam.

– Jaha.

– Das ist brav.

Er liebte sie. Deshalb machte er das alles. Väter waren damals anders. Er meinte es gut. Harte Hand und weiches Herz. Carmel haßte ihn, sie hat nur das in Erinnerung behalten. Mit siebzehn hat sie geheiratet.

– Ich hätte jeden geheiratet, um von zu Hause wegzukommen, sagt sie. – Jeder Krüppel hätte mich haben können.
Sie wurde schwanger.
– Das Beste, was mir passieren konnte.
Und dann hat sie geheiratet.
Mein Bruder Roger nannte mich eine Schlampe, als ich mich von ihm nicht anfassen ließ. Ich war vierzehn, er war zwölf. In der Küche, es war dunkel. Zuerst dachte ich, es ist nur Spaß; er war mein kleiner Bruder. Ich war in die Küche gegangen, um einen Schluck zu trinken. Er ging mir nach und faßte mir unter den Rock. Ich dachte, er will mich kitzeln, aber er griff woanders hin. Ich boxte ihn.
– Du, das tut weh, sagte ich.
Ich dachte immer noch, er macht Quatsch.
– Du, das tut weh, sagte ich noch mal.
Er versuchte es wieder.
– Stell dich nicht an, sagte er.
Ich weiß nicht, wie oft ich das in den nächsten Jahren gehört habe. Stell dich nicht an. Unentwegt. Du warst eine Schlampe, wenn ein Kerl dir die Zunge in den Mund stecken durfte, und wenn du ihn nicht ranlassen wolltest, warst du eine Pißnelke. Oder auch eine Schlampe. Je nachdem.
Manchmal beides. Richtig machen konntest du es nie. Noch ehe ich ein richtiger Teenager war, noch ehe ich was über Sex wußte, noch ehe ich mit der Grundschule fertig war: Schlampe. Mein Daddy sagte es, die Typen sagten es, die anderen Mädchen sagten es, Männer in Lieferwagen und Lastern sagten es. Meine Mammy holte mich von der Straße rein.
– Dazu wirst du langsam zu alt, sagte sie. – Du kriegst einen schlechten Ruf.
Ich half ihr beim Bügeln. Ich war gern mit ihr zusammen. Ich räumte die Sachen in den Wäscheschrank, wenn sie mit Bügeln fertig war. Sie gab einem das Gefühl, gebraucht zu werden.
So langsam lernte ich dazu. Tagsüber auf einer Mauer zu sitzen oder sich dranzulehnen war in Ordnung, aber wenn es dunkel wurde, ge-

hörte sich das nicht. Ein Mädel, das im Dunkeln auf einer Mauer saß, konnte einen schlechten Ruf kriegen. Die will sich wohl unbedingt Ärger einhandeln. Wie die da sitzt. Wie die sich großtut. Bis die Leute mit Fingern auf sie zeigen. Sie muß wohl richtig scharf drauf sein.
Mit dem Rauchen war das auch so eine Sache. Wenn Mädels in der Clique reihum eine Zigarette rauchten und dabei lachten und husteten, war das okay. Aber wenn ein junges Mädchen allein rauchte, auf der Straße zum Beispiel, sah das schon verdächtig nach Schlampe aus. Und wenn sie die Zigarette beim Reden im Mund behielt, war die Schlampe perfekt. Eine, die Major rauchte, die stärkste Marke, die es gab, war eine absolute Nutte. Und wer überhaupt nicht rauchte, war eine taube Nuß, eine Jungfrau Maria.
Immer das eine oder das andere, es konnte einen richtig fertigmachen. Oft war ich total kaputt und durcheinander. Es war toll, wenn du wußtest, daß ein Junge dich wollte, aber du selber durftest keinen wollen. Wer mehr als einen anlächelte, war eine Schlampe, wer nicht lächelte, war eine Pißnelke. Wer den Falschen anlächelte, war wieder eine Schlampe und wurde vielleicht von dessen Freundin verprügelt; die war dann eine Schlampe, weil sie die andere an den Haaren gezogen hatte, und die war eine, weil sie die andere gelassen hatte. Jungs konnten dich auffordern, mit ihnen zu gehen, du konntest das umgekehrt nicht. Du mußtest eine Freundin zu dem Jungen schikken, die ihm sagte, daß du ja sagen würdest, wenn er dich auffordern würde. Und wer die falsche Freundin geschickt hatte, stand womöglich auch wieder als Schlampe da. Und dann die Sache mit den Tagen, die man geheimhalten mußte, von denen man nie reden, von denen keiner erfahren durfte, und das ständige Aufpassen, daß nichts roch, und ewig mußtest du im Klo bleiben und so lange spülen, bis das Wasser wieder sauber war, und beim kleinsten Fehler warst du eine Schlampe.
– Schlampe.
Mein kleiner Bruder.
– Schlampe.

Mein Vater.
– Schlampe.
Alle miteinander. Sie zogen alle an einem Strang.
Sobald ich mit Charlo ging, war damit Schluß. Es war sagenhaft. Ich hätte splitterfasernackt mit zwanzig Major zwischen den Lippen rumlaufen und mir das Schamhaar kämmen können – und keiner hätte sich aufgeregt. Ich gehörte jetzt Charlo, und dadurch war ich eine anständige Frau geworden. Die Männer machten keine drekkigen Bemerkungen mehr, wenn ich vorbeiging. Sie hatten alle Schiß vor Charlo, und das fand ich toll. Es war wie eine Rache. Ich hätte Charlo einen Kerl zeigen und sagen können, bring ihn um, und er hätte es gemacht. Das wußten sie. Und ich wußte es. Ich konnte selber gut austeilen. Wenn ein anderes Mädel mir in die Quere kam, hatte die nichts zu lachen. Aber daß man gut austeilen konnte, änderte nichts daran, daß man nur ein Mädchen und eine Schlampe war. Und für die Typen war man eine noch üblere Schlampe, wenn man austeilen konnte. Sie lachten über Mädels, die sich prügelten, auch wenn ihnen beim Zugucken mulmig wurde; wenn Mädels sich prügeln, gehts auf Leben und Tod. Mädels boxen nicht, Mädels kratzen und beißen und gehen sich an die Augen. Mädels wissen, wie wichtig Haare sind. Die meisten Jungs schlagen sich nicht wirklich; Mädchen immer. Jungs tun so als ob; Mädchen nicht. Jungs tun so, als ob Mädels nicht fighten können, und das nehmen ihnen alle ab. Ich war ein guter Fighter, aber das nützte mir einen Dreck.
Charlo konnte kämpfen wie ein Mädchen. Charlo hielt sich nicht an Regeln; wenn er kämpfte, gab es keine für ihn, weil er dann nicht dachte. Erst ganz zum Schluß, wenn er anfing zu treten, setzte das Denken bei ihm wieder ein, und dann wurde er gemeingefährlich. Ein Blick auf Charlo, und die Typen wußten, sie waren tot, wenn ihm danach war. Ich brauchte nur hinzuzeigen.
An dem ersten Abend brachte er mich heim, bis vors Haus. Nach *My Eyes Adored You* hatten sie den Guitar Man aufgelegt, und Charlo ließ mich nicht los. Sein Kopf bewegte sich. Ich guckte hoch, und da war sein Mund, und ich machte meinen auf, ehe er bei mir war, damit

er wußte, daß ich ihn küssen wollte. Ich schmeckte den Rauch und das Bier und hätte fast schwören können, daß er zum Abendessen Setzei und Pommes gehabt hatte, aber es war super. Wir drehten uns im Kreis und knutschten uns ab, bis die Nummer zu Ende war und der D.J. die Platte wechselte – er hatte nur den einen Plattenteller. Wir hörten beide in der gleichen Sekunde auf.

– Wie heißt du? fragte er.

– Paula. Und du?

– Charlo Spencer.

Seine Stirnlocke hing ihm bis über die Augenbrauen.

– Hast du von mir gehört?

– Nein, sagte ich. – Ist das eine Abkürzung für Charles?

– Jaha.

– Nennt deine Ma dich auch so?

– Jaha.

Er sah mich an; er wußte nicht genau, ob ich ihn verscheißern wollte. Manchmal staune ich selber über meine kesse Lippe. Ich hatte es mir nicht vorher zurechtgelegt.

– Deine Jacke gefällt mir, sagte ich.

Er faßte sie an.

– Hübsch, sagte ich.

(– Was hatte Tony an, als du ihn zum erstenmal gesehen hast? fragte ich Nicola.

Tony ist ihr Typ, ein ganz lieber Junge.

– Weiß ich nicht. Irgendwas. Ist ja schon eine Ewigkeit her. Jahre. Vielleicht seine Uniform. Hab ich mir nicht gemerkt.

– Du solltest aber versuchen, dir so was zu merken, sagte ich.

– Warum?

– Weil es später wichtig wird, sagte ich.

Sie sah mich mit gekrauster Stirn an.

– Also manchmal sagst du ganz schön peinliche Sachen.

Sie seufzte, das kleine Miststück, und tat so, als ob sie das eigentlich gar nicht interessierte.

– Was hatte mein Dad an?

– Eine geklaute Bomberjacke.
– Geklaut?
– Jaha. Und Wranglers.
Ich zeichnete sie ihr auf.
– Welche Farbe hatte die Jacke?
– Schwarz.
– Tolles Gedächtnis hast du.
– Schwarz ist leicht zu merken, sagte ich. – Alle Bomberjacken waren schwarz.
– Schwarz ist hübsch.
– Ja. Aber nicht *nur* schwarz. Bißchen Farbe muß schon sein.
– Was für Schuhe? fragte sie.
– Auch schwarz.
– Was für welche?
– Slipper.
– Herrje!
Sie lachte.
– Mit Bommeln dran?
– Ja.
Ich wurde ein kleines bißchen sauer. Daß sie über Wranglers lachte, konnte ich ja noch verstehen, aber Slipper sind ordentliche Schuhe, alles was recht ist.
– Herrje, sagte sie.
Ich war selber schuld, weil ich versucht hatte, sie einzubeziehen. Sie ist zu jung. Sie hat noch keine Vergangenheit. Halt, das stimmt nicht. Aber ihre Vergangenheit ist zu nah an ihrer Gegenwart. Sie braucht noch nicht zurückzusehen. Sie hat – daran glaube ich fest – ihr ganzes Leben noch vor sich.)
Charlo zeigte, daß er Achtung vor mir hatte, das muß ich ihm lassen. Den ganzen Weg bis zur St. Francis Avenue. Er versuchte nicht, mich anzufassen oder hinter eine Mauer zu ziehen oder was sie sonst so machen. Ganz nett mal zur Abwechslung. Wir gingen nebeneinander her. Er sagte nicht viel, und wenn er was sagte, gab er mächtig an, aber so sind die Typen nun mal. Er machte eine Menge Quatsch und

fands in Ordnung, wenn ich darüber lachte. Er ließ meine Hand los, wenn uns jemand entgegenkam oder wir an Leuten vorbeigingen. Ich stellte ihm Fragen. Das gefiel ihm. Ich fragte, ob er schon mal im Knast gewesen war. Er freute sich. Ich hatte mich verraten, ich wußte genau über ihn Bescheid. Ja, in St. Pat's, sagte er.

– Wie lange?

– Drei Monate.

– Herrje. Wie wars denn?

– Och, erträglich. Nicht schlecht.

– Aber das ist ja auch kein richtiger Knast, sagte ich. – Es ist was für Kids.

– Es ist ein richtiger Scheißknast, sagte er. Ich hab in einer Zelle gesessen.

– Allein?

– Manchmal.

– Wär nichts für mich, sagte ich.

Er hatte gesessen, weil er klaute. Sie hatten ihn zigmal erwischt, bei Ladendiebstählen und mit Zeug aus geknackten Autos, meist Radios. Und dann hatten sie ihn auf dem Dach von einem alten Haus in Kinsealy geschnappt, da hatte er das Blei abgemacht, er und noch ein Typ. Die alten Leute in dem Haus hatten die Polizei angerufen.

– Wir haben gedacht, der Kasten ist leer, sagte er. – Haben ein Riesenloch in das Scheißdach gemacht. Tolles Blei.

Ich fragte ihn, ob er noch klaute. Nein, sagte er.

Alle Kids klauen, weil sie der Hafer sticht, und wenn sie erwachsen werden, hören sie auf. Sie brauchen den Kick nicht mehr. Er hatte einen Job. Er war Maurer. Einer von seinen jüngeren Brüdern saß jetzt in Pat's.

– In derselben Zelle?

– Keine Ahnung. Wenn ja, sieht er meinen Namen. Ich kann das kleine Arschloch nicht ausstehen.

(Da kannte ich seine Familie noch nicht. Sie klauten alle. Es lag ihnen im Blut. Das klauten sie übrigens auch, aus der Blutbank in Pelican House.)

Toll war das, mit ihm nach Hause zu gehen. Ich schätze, es war das Beste von all den Jahren mit ihm, auch wenn sich das jetzt vielleicht blöd anhört. Es war warm und windig. Ich erinnere mich genau, und es kratzt mich auch nicht, wenn jemand beweisen kann, daß es geregnet hat, wie der Mann in der Late Late Show, der beweisen konnte, daß man in der Nacht, als der Bischof von Galway Annie Murphy bestiegen hat, den Mond nicht sehen konnte, weil zu viele Wolken da waren. Es hat nicht geregnet, es war wunderschön. Ich hatte kein bißchen Angst vor ihm. Nach nur zehn Minuten war er wie ein richtiger Freund, aber er machte mich auch an. Ich fand ihn – ja, eben echt scharf. Ich hätte nichts dagegen gehabt, wenn er mich hinter eine Mauer gezogen hätte. Aber nein, er hatte Achtung vor mir. Ich wußte, daß er es noch machen würde, ich weiß immer, was auf mich zukommt. Typen sind wie einfache Kreuzworträtsel, du kennst die Lösung, noch ehe du die Frage zu Ende gelesen hast, und meist lohnt es nicht, sie zu machen. Aber das hier war was anderes. Ich fand es schön, daß ich mich schon ein bißchen bei ihm auskannte. Es war was anderes; es war traumhaft. Ich kann daran denken, ohne an all das andere denken zu müssen, das danach kam, die schlimmen Jahre und die schrecklichen Jahre. Warmer trockener Wind, seine trockene Hand, das kernige Klicken seiner Absätze, die Art, wie er rauchte, das Nebeneinanderhergehen. Ich fing an, so zu laufen wie er, um nicht ständig in ihn reinzurennen. Die Typen liefen damals alle so, man sieht sie jetzt noch so laufen, mit vierzig oder Ende Dreißig, als wenn sie Angst hätten vornüberzukippen mit ihren schweren Eiern. Wir müssen sehr komisch ausgesehen haben, wie wir da durch Brookwood gelatscht sind. Wie zwei Pinguine mit Ständer. Aber damals kam ich mir überhaupt nicht komisch vor. Ich ging mit Charlo Spencer. Er hielt meine Hand. Er brachte mich nach Hause. Er war der King, und dadurch war ich auch wer. Keine Queen, keine Prinzessin. Einfach wer. Es war ein Anfang. Es gab mir was. Ich spürte es in meinem Gang.

13

– Was ist mit Daddy schiefgelaufen?
– Er war immer so.
– Nein, das stimmt nicht, Carmel.
– Doch, sagte Carmel.
– Nein, sagte ich. – Weißt du noch . . . Courtown?
– Jaha.
– Weißt du noch, Denise?
– Jaha. Der Wohnwagen.
– War es nicht super?
Carmel kam Denise zuvor, schnitt ihr das Wort ab.
– Ich weiß genau, wie es in Courtown war, sagte sie. – Scheißcourtown.
– Nun machs aber halblang, Carmel!
– Warum? Ich erinnere mich ganz genau. Aber ich weiß, worauf du hinauswillst.
– Erinnerst du dich, Denise? fragte ich.
– Jaha, sagte Denise.
Sie sah Carmel an und guckte schuldbewußt. Sie wollte nicht Stellung beziehen. Sie redete immer Carmel nach dem Munde.
– Da war er doch toll, sagte ich.
– Jaha, sagte Denise.
Sie guckte Carmel an.
– Echt.
– Und nicht bloß damals, sagte ich. Wir haben jeden Sonntag einen Ausflug gemacht. Nach Bray und Skerries. Wir haben immer Pommes und Eis gekriegt.
– Hör bloß auf, sagte Carmel.
– Doch, wirklich, Carmel, sagte ich. – Das kannst du nicht abstreiten.
– Na und? sagte Carmel. – Was soll das, ihr blöden Hennen? Wißt ihr noch, wie oft wir keine Lust auf einen Sonntagsausflug hatten? Wißt ihr noch, was dann passierte? Wißt ihr noch, was passierte,

wenn ihr eure blöden Eistüten habt fallen lassen? Na? Wißt ihr noch, wie Mammy geweint hat, weil sie zu viel Essig auf seine Pommes getan hatte? Na, was ist? Fragt sie doch.

– Damals war er nett, sagte ich.

– Wenn er Lust hatte.

– Er war nett. Zu Hause. Wir haben Fernsehen geguckt. Wir haben immer gelacht.

– Ja doch, kann ja sein.

– Was meinst du, Denise? fragte ich.

Sie tut mir leid, aber daß sie ständig mal hü und mal hott sagt, macht mich verrückt. Nichts im Kopf und kein Mumm in den Knochen. Das ist nicht fair, aber manchmal geht sie mir echt auf den Keks.

– Ich weiß nicht, sagte sie.

Ich gab ihr noch eine Chance, sie braucht immer ein bißchen Anlaufzeit, um sich zu entscheiden, sich einen Ruck zu geben.

– Ja, er war nett.

Das war ein tolles Gefühl. Das war der Beweis. Das, was Denise eben gesagt hatte. Ich hatte mir das nicht alles ausgedacht. Eben noch war mir das Herz in die Hose gerutscht. Jetzt war es wieder da, wo es hingehörte. Ich fühlte mich sicher. Ich fühlte mich normal. Ein sagenhaftes Gefühl und für mich schon lange nicht mehr selbstverständlich.

Denise hatte es bestätigt. Der Mann, an den ich mich erinnerte, war mein Vater. Ich machte mir nichts vor, log mir nicht in die eigene Tasche. Früher mal hatte ich ein schönes Leben gehabt. Meine Eltern hatten mich geliebt. Das Haus war voller Lachen gewesen. Ich war morgens zur Schule gerannt.

Carmel war noch nicht fertig. Sie ging auf Denise los. (Nein, so stimmt das nicht, Paula; sei fair.) Sie guckte Denise scharf an.

– Die ganze Zeit?

– Nein, sagte Denise. – Wer ist schon die ganze Zeit nett? Verdammt, ich behaupte doch nicht, daß er ein Heiliger war, Carmel.

Carmel war ganz erschüttert. Denise hatte ihr widersprochen. Vielleicht zum ersten Mal in ihrem Leben. Denise genoß es.

– Er war nett, sagte sie. – Er hat viel gesungen.
– Das hat Hitler auch gemacht.
– Jetzt hör aber auf, Carmel, sagte ich. – Wenn dir nichts Besseres einfällt . . .
– Ich weiß, auf was du aus bist, sagte sie.
– Was?
– Ich weiß Bescheid.
– Was?
– Du willst die Geschichte umschreiben, sagte sie.
– Ich weiß nicht, wovon du redest, sagte ich. – Ich weiß nicht mal, was du meinst.
– Du wirst deine Gründe haben, sagte Carmel.
– Verfick dich, Carmel.
(Das stimmt nicht, was Carmel sagt. Daß ich die Geschichte umschreiben will. Im Gegenteil. Ich will die Wahrheit wissen, keine Wahrheit erfinden. Sie hat auch ihre Gründe.)
– Das ist mein Haus, sagte Carmel. Verfick du dich.
Sie guckte Denise böse an.
– Verpißt euch. Alle beide.
Aber es war nicht ernst gemeint. Sie schenkte uns nach. Denise war ein bißchen zittrig, das merkte ich, als sie ihr Glas in die Hand nahm. Der Kick war vorbei, sie war wieder unten.
– Es ist nicht bloß Daddy, sagte Carmel. – Alle Männer sind gleich. Im Grunde sind sie alle Arschlöcher.
– Sind sie nicht, sagte ich.
Ich weiß nicht, ob ich wirklich anderer Meinung war. Aber Carmel geht so was zu glatt von den Lippen, und die Leute nehmen es ihr ab.
– Doch, bestimmt, sagte Carmel. – Im Grunde schon. Finde ich.
– Nein, aber wirklich –
– Doch, sagte Carmel. – Sogar die netten.
– Ja, sagte Denise.
Das ärgerte mich. Sie wollte Carmel mal wieder schöntun.
– Nein, sagte ich. – Was ist mit deinem Harry? Der ist doch ganz lieb.

(Das sagte ich nicht aus Überzeugung. In meinen Augen ist ihr Harry ein mieser kleiner Schlappschwanz.)

– Er kann auch ein Arschloch sein, sagte Denise. – Du bist ja nicht die ganze Zeit mit ihm zusammen.

– Ach Scheiß, sagte ich. – Das gilt für alle Leute, nicht bloß für Männer.

– Vielleicht, sagte Carmel. – Kannst schon recht haben.

– Ich trink keinen Gin mehr, sagte Denise.

– Schiebs nicht auf den Gin, Schätzchen, sagte Carmel.

– Tu ich ja nicht, sagte Denise. – Aber ich will immer nicht heulen, und jetzt tu ichs doch.

– Herrje.

– Hört mal zu, sagte ich. – Ich hab zwanzig Jahre, fast zwanzig Jahre mit einem Arschloch zusammengelebt. Dem Arschloch aller Arschlöcher. Ich kenn mich da aus. Nehmt ihr mir das ab?

– Kein Problem, sagte Carmel.

– Nicht alle Männer sind Arschlöcher, sagte ich.

– Nenn mir einen, der keins ist, sagte Carmel.

– Okay.

– Dann los. Einen wenigstens.

– Okay, sagte ich. – Herrje, ich glaub, ich bin besoffen.

– Geschenkt, sagte Carmel. Nenn uns einen. Los.

– Der Typ von Nicola. Tony.

– Der ist lieb, sagte Denise.

– Er ist ein grüner Junge, sagte Carmel. – Der wird noch.

– Er ist lieb, sagte ich. – Stimmts, Denise?

– Jaha.

– Robert Redford, sagte ich.

– Der! sagte Carmel. – Hast du ihn in dem letzten Film gesehen? Ist auf dem Kinokanal gelaufen. Da hat er sich eine Frau für ne Million Dollar gekauft.

– *Ein unmoralisches Angebot*, sagte Denise.

– Also jedenfalls war er in dem ein verschissener Drecksack.

– Das war doch gar nicht er, sagte ich. Das war die Rolle.

– Nicht mal 'n Zehner würd ich für die Schlampe hinlegen. Mit wem ist die doch gleich verheiratet?
– Bruce Willis.
– Das ist vielleicht ein Arschloch!
– Charlo mochte ihn.
– Das darf nicht wahr sein.

Ich ging glücklich nach Hause. Ich lag glücklich im Bett. Das kam selten vor, wenn nicht Jack oder Leanne zu mir kamen und sich ankuschelten und ich ihnen beim Schlafen zuhörte und wußte, daß sie mich brauchten. Das hier war was anderes. Es hatte nichts mit Liebe zu tun oder mit den Kids oder daß ich gebraucht wurde. Hier gings um mich. Ich war voll da. Ich war nicht betrunken. Ich betrank mich nicht mehr so wie früher. Mein Kopf war klar. Ich war hellwach; es war weit nach Mitternacht. Ich war voll da. Ich war in Ordnung. Ich hatte etwas richtig hingekriegt. Ich konnte meinem Gedächtnis trauen. Mein Vater war mein Vater; meine Vergangenheit war meine Vergangenheit. Ich konnte noch mal anfangen. Ich konnte mir glauben. Die Sachen, die ich im Kopf hatte, stimmten. Mein Vater war ein netter Kerl gewesen. Charlo war ein liebevoller Ehemann gewesen. Ich war eine gutaussehende Frau, ich war nicht immer so wie jetzt gewesen. Früher war ich mal ein kleines Mädchen, das seine Aufsätze vor der ganzen Klasse vorgelesen hat. Ich hab nur am Wochenende getrunken. Mein Haar war fast so lang, daß ich drauf sitzen konnte. Ich glaubte daran, wenn ich betete: Komm, Herr Jesus, sei unser Gast, und segne, was du uns bescheret hast. Die Männer pfiffen hinter mir her. Ich hatte ein nettes Lächeln. Ich hatte es geübt, aber es fiel mir leicht. Ich kochte ein tolles Sonntagsessen. Ich entdeckte Bisto-Fertigsoße. Charlo schälte die Kartoffeln und putzte die Möhren. Ich lag in meinem Kinderbett, und der Wind spielte mit den Vorhängen. All diese Sachen waren in meinem Kopf, und sie stimmten. Nur ein paar Worte von Denise. Er war nett. Der Beweis. Meine Vergangenheit war wirklich. Ich konnte mich draufstellen, und sie würde nicht unter mir einbrechen. Sie war da. Ich konnte noch mal anfangen. Die Männer pfiffen hinter mir her. Daddy lachte. Mein Mann schälte die Kartoffeln.

14

Sie waren draußen auf der Straße – aus dem Garten hatte Carmel sie rausgescheucht – und paßten auf, ob was passierte, Journalisten und Fotografen, Nachbarn und Leute, die bloß mal das Haus sehen wollten. Aber ich merkte nichts davon. Ich war in der Küche. Ich rührte mich nicht. Jacks Foto war am Tag drauf in allen Zeitungen, Jack, wie er aus dem Fenster guckt. Jack ist fünf. Er ist das schönste Kind von der Welt. Wenn ich ihn angucke, kommen mir die Tränen.

– Er hat eine Frau umgebracht.

Mehr wußte ich nicht darüber.

– Es kommt bestimmt in den Nachrichten.

– Okay. Tschüs. Danke.

– Tschüs.

Ich hatte die Nachrichten nicht gesehen. Sie interessierten mich nicht. Mein Mund war wie taub. Ich war bleischwer. Ich konnte nur noch in der Küche sitzen und Tee und Wodka trinken. Sie stellten mir Suppe hin, aber die kriegte ich nicht runter. Sie war zu kompakt, zu massiv, ich konnte sie nicht schlucken.

Nach Hause gekommen war ich problemlos. Ohne was zu denken, was zu spüren. Ich setzte Fuß vor Fuß. Ich teilte mir die Strecke in Teilstücke ein, sieben Ecken, viermal über die Straße. Vorbei am Pub, am Parkplatz, dem Buswartehäuschen, dem Verkaufswagen, der Reinigung, der Kirche. Vorbei an den O'Neills, den Mooneys, den O'Connors. Grünanlagen, Kricketplatz, Unterführung. Ich guckte nicht rechts und nicht links.

Es kommt bestimmt in den Nachrichten.

Ich schaffte es. Ich steckte den Schlüssel ins Schloß. Ruhige Hand. Ich war daheim. Das Haus war noch leer. Ich war allein. Und dann nicht mehr. Carmel und Denise waren da. Ich lag auf dem Fußboden. Sie hoben mich auf.

– Paula, Schätzchen.

Sie drückten mich. Und dann war ich in der Küche.

– Lausekalt hier.
– Sie braucht Wärme, sonst kriegt sie einen Schock.
– Mir gehts gut, sagte ich.
– Setz dich da hin, sagte Carmel. – Mach gar nichts.
– Heut läßt du dich mal verwöhnen, sagte Denise.
– Übertreibs nicht, Denise, sagte Carmel.
Ich setzte mich, und sie rückten dicht an mich ran.
– Hier, sagte Carmel.
Sie stellte einen Becher Tee vor mich hin.
– Ist ne Menge Zucker drin.
– Danke.
Dann stellte sie die Flasche auf den Tisch.
– Vielen Dank.
– Schon gut.
Ich kippte den Wodka in den Tee.
– So ists recht.
Eine neue Mischung. Schmeckte nicht schlecht.
– Er ist tot, sagte ich.
– Stimmt, sagte Carmel.
Sonst nichts.
– *Ich* sag es Nicola, sagte ich.
– Okay.
– Wenn sie kommt.
– Jaha.
– Sie hat Arbeit, sagte ich.
Warum ich das gesagt hab, weiß ich eigentlich nicht, aber ich erinnere mich genau daran. Ich wollte es Nicola sagen. Sie war in manchem älter als ich, in ihrem hübschen jungen Kopf machte sie sich alte Gedanken. Ich weiß nicht, ob ich das Kraft nennen soll oder was Abartiges; wenn ich mies drauf war, hatte ich ein schlechtes Gewissen. Es war meine Schuld; ich hatte sie bestohlen, ich hatte sie verbogen. Ich war stolz auf sie. Manchmal verblüffte sie mich. Ich hatte mein Leben gründlich versaut, ihr würde das nie passieren. Nicht, weil sie Arbeit hatte oder schön war – meine Kinder sind alle

schön –, sondern weil sie auf eine ganz besondere Art die Achseln zucken konnte. Mit diesem Achselzucken würde sie an allen Charlos und Arschlöchern vorbeikommen. Sie würde nie ein Alki werden wie ihre Mutter. Sie würde nie wie fünfzig aussehen, ehe sie verdammt noch mal fünfzig war, und dann würde sie wahrscheinlich aussehen wie vierzig. Nicola war was ganz Besonderes. Manchmal war ich so neidisch auf sie, daß ich ihr sonstwas hätte antun können. Ich betete sie an. Sie war mein Stolz und meine Freude. Ist es noch.

Jack und Leanne hatten den Fernseher laut gestellt, und Denise ließ den Staubsauger heulen – Staubsaugen war schon immer ihre Leidenschaft –, und ein paar von ihren und Carmels Kids liefen im Haus rum, aber ich hörte nur die Tür klicken.

Nicola war da.

Halb sechs.

Sie wußte es, sie mußte es wissen. Sie mußte ja an all den Häusern mit den Gesichtern hinter den Scheiben vorbei. Ein oder zwei, die ich kenne, hatten sie bestimmt angeglotzt, als sie vorbeikam. Sie muß die Journalisten gesehen haben, hatte, als sie näher kam, dieses Ich-lächele-nie-Gesicht aufgesetzt, und die Journalisten würden sich gesagt haben, daß das Charlos Tochter sein mußte, es hatte einen Riesenansturm gegeben, vielleicht sogar ein Gerangel, als sie vorbeikam. Klickklick, die Kameras. Sie hatte sich durchgedrängelt, und die Meute hatte ihr Platz gemacht. Wehe, wenn nicht! Sie hatte, das Klicken und Surren der Kameras im Ohr, die Haustür aufgemacht. Sie hatte die Blitzlichter hinter sich gesehen –

– Miss Spencer –

– Nicola. Hierher, hierher –

– Miss Spencer –

Sie hatte sich nicht umgedreht.

Auf dem Foto im Herald sieht man fast so was wie ein Lächeln; eine Schulter ist abwehrend hochgezogen. Das Foto wird ihr nicht gerecht.

Ich hörte nur die Tür klicken.

Carmel brachte sie zu mir in die Küche. Sie hielt die Jackenaufschläge vorn zusammen, als ob es kalt und windig wäre.

– Dein Daddy ist tot, Schätzchen.
Ich stand nicht auf. Meine Beine schafften es nicht.
– Oh.
Sie zuckte die Achseln. Ich hätte drauf wetten können, daß sie das machen würde. Was alles in einem Achselzucken liegen kann ... Ich beugte mich vor und umfaßte sie. Drückte mein Gesicht an ihren Bauch. Ich weinte. Ich hoffte, sie würde weinen, sie brauchte das, ich wollte, daß sie weinte. Und ich wollte das Gefühl haben, daß sie mich brauchte. Ich wollte, daß sie meinen Kopf hielt. Ich hörte es in ihrem Bauch grummeln.
Carmel streifte meine Arme ab und rettete die arme Nicola.
– Wie? fragte sie.
Ich wischte mir die Augen. Carmel wartete ab, ob ich antworten würde.
– Erschossen, sagte ich.
Und zuckte jetzt auch die Achseln.
Wir fingen alle an zu lachen.
– Erschossen, sagte ich noch mal. – Das muß man sich mal vorstellen.
Wir lachten immer noch. Denise machte die Küchentür zu, damit die Kinder nichts mitkriegten; denn eigentlich gehört sich so was nicht. Ganz schön fies, darüber zu lachen, wie der eigene Mann umgebracht worden ist. Wir mußten uns alle die Augen wischen. Sogar Carmel.
– Von der Polizei, sagte ich zu Nicola.
Sie nickte.
– Sie bringen es im Fernsehen, sagte ich.
Sie runzelte die Stirn.
– Haben sie es gefilmt?
– Wie? Nein, nein, nur die Meldung. Es kommt bestimmt in den Nachrichten.

15

Seine Mutter musterte mich von oben bis unten, als ob sie mich kaufen wollte. Ich stand vor der Hintertür. Charlo ging vor mir rein.
– Das ist Paula, sagte er, sauste durch die Küche und ließ mich auf der Schwelle stehen; hinter mir die Dunkelheit, vor mir seine Mutter. Gott, war ich breit. Und ich konnte nicht weg. Er wollte aufs Klo. Bei anderen Sachen hatte er es nie so eilig.
Ich platze gleich, hatte er gesagt, als er die Hintertür aufmachte, das hatte ihn aber nicht daran gehindert, mir in dem Durchgang zu seinem Haus an den Hintern zu greifen. Ich quiekte. Ich mußte auch mal, außerdem war mir kalt, sie hatten mir die Jacke geklaut. Seine Mutter hatte es bestimmt gehört.
– Hallo, sagte ich.
Ich sagte hallo und nicht tach oder so was. Mütter sagen den Freundinnen ihrer Söhne immer nach, daß sie ordinär sind. Von den Freundinnen von Roger und Eddie hat meine Mammy das auch gesagt. Mütter sind überall gleich. Ich war total zu, ich hatte keine Jacke an, wahrscheinlich Gras am Rücken und ein schiefes Grinsen, aber ich sagte hallo und nicht tach oder so was. Ehrensache.
– Komm rein, sagte sie.
– Vielen Dank, sagte ich.
Sie machte Brote für Charlos Dad und seine Brüder, die saßen alle vor dem Fernseher. Ich hab nie rausgekriegt, wie viele Brüder Charlo eigentlich hatte. Schwestern hatte er auch. Die waren leichter zu zählen: es waren drei. Die blöden Säue. Ich guckte zu, wie sie die Brote butterte. Sie ist die einzige, die ich kenne, die Butter direkt aus dem Kühlschrank schmieren kann. Ich staunte nur so.
– Mach die Tür zu.
Ich schaffte es nicht.
– Du mußt sie anheben.
Ich versuchte es, aber sie ging nicht zu. Ich machte mir schon fast in die Hose.

– Laß mich mal.
Sie stieß mich mit dem Ellbogen weg, legte beide Hände unter den Türknauf und hob die Tür ächzend den letzten Zentimeter an. Die Falle schnappte zu.
– Einer von den faulen Säcken da drin muß sie irgendwann mal richten.
Ich blieb da stehen, wo sie mich hingestoßen hatte, und hoffte, Charlo würde zurückkommen und mich retten. Sie klatschte Schinkenscheiben auf die Brote, ich hörte die Luft unter den Scheiben wegzischen. Die Küche war kleiner als unsere zu Hause, die Decke niedriger und zur Hintertür hin schräg. Sie war hinterher angebaut, man mußte zwei schiefe Betonstufen hoch, wenn man ins Haus wollte. Es roch nach Essen. Sie stapelte die Scheiben übereinander – wie ein mehrstöckiges Wohnhaus sah das aus –, hielt sie fest, als ob sie einen Fluchtversuch erwartete, griff sich das Brotmesser und schnitt sie mit einem einzigen Hau durch. Dann ging sie mit dem Teller die paar Schritte bis zur Wand und zog einen Vorhang weg, den ich noch gar nicht richtig gesehen hatte. Dahinter war ein großes Fenster, hinter dem war das Wohnzimmer, und da saßen sie alle beim Fernsehen, ich sah die Köpfe, und Charlo saß dabei, der Stinker.
Sie klopfte an die Scheibe, und eine ältere Ausgabe von Charlo kam ans Fenster, machte es auf und nahm ihr den Teller ab. Dann lehnte er sich raus, holte das Fenster wieder ran und machte es zu.
Sie zog den Vorhang vor. Sie war groß und schwer. Ich mußte an eine Indianerfrau denken oder eine vom fahrenden Volk, so groß und so lautlos wie sie war. Sie wußte von allem genau, wo es lag oder stand, sogar Sachen, die keinen festen Platz hatten. Wie das Messer auf dem Tisch. Ihre Hand packte es beim Griff, während sie den Kaltwasserhahn andrehte und sich zur Spüle drehte. Breite Schultern. Kein Gramm Fett unter dem Kleid, alles Muskeln. Das Kleid hatte ein Blumenmuster, aber richtig bunt war es nicht. Das Haar war schwarz und grau und lang, nie wieder hab ich eine Frau in mittleren Jahren mit so langen Haaren gesehen. Sie trug es offen, nicht irgendwie zu-

sammengebunden, und wenn sie den Kopf schüttelte, um es aus dem Weg zu haben, gehorchte es ihr. Sie war wie ein Standbild, groß und fest, sie hatte was Hoheitsvolles an sich, aber sie war auch böse, das merkte ich gleich, es war unheimlich viel Haß in ihr.
Der Kessel war riesig. Ein Schwung, und er stand auf dem Gas. Dann drehte sie sich um und guckte mich an. Sie war dicht vor mir. Fast auf Tuchfühlung.
– Trinkst du Tee?
– Ja.
Ich wußte nicht, ob ich welchen kriegen würde. Es war gemein von Charlo, mich da stehenzulassen. Vielleicht hatte er gedacht, daß wir uns nett unterhalten würden; vielleicht wars ihm aber auch scheißegal. Er kannte schließlich seine Mutter. Eine nette Unterhaltung – so was war bei ihr nicht drin.
– Hast du einen Namen?
– Ja. Paula.
– Richtig. Hat er ja gesagt.
Sie hieß Gert, aber das hab ich erst hinterher erfahren. Als ich Charlo fragte, mußte er erst überlegen.
Sie hatte jetzt die Teekanne in der Hand. Sie kam auf mich zu. Einen Moment dachte ich, sie würde mir das Ding über den Kopf hauen. Sie schmiß den Deckel auf den Tisch. Sie würgte an dem Türgriff rum, bis die Tür auf war. Sie goß das, was noch in der Kanne war, in den Garten, ich hörte es auf den Beton klatschen. Sie trat einen Schritt zurück und hebelte die Tür zu.
– Einer richtets schon irgendwann.
– Wo ist die Toilette?
– Oben.
– Danke.
Ich hechtete die beiden Stufen hoch ins Haus. Da war es heller. Aus dem Zimmer rechts hörte man einen Film – Schüsse – und wie die Männer drüber redeten. Ich ging die Treppe hoch. Alles, was ich jemals getrunken hatte, wollte dringend aus mir raus. Ich beugte mich ein bißchen vor, um es besser transportieren zu können. Oben war es

dunkel, kein Lichtschalter zu sehen. Ich unterschied Türen. Eine schien offen zu sein. Ich stieß sie auf und zog den Rock hoch, es fing schon an zu pieseln. Ich ging rein und machte Licht. Es war ein Schlafzimmer, und auf einem der Betten lag ein Mann. Mein Schlüpfer war mir bis auf die Knie gerutscht.
– Herrje!
Er war wach und hob den Kopf.
– Tschuldigung, sagte ich.
Meine Beine waren innen naß; ich kriegte den Schlüpfer nicht wieder hoch.
– Macht nichts, sagte er. – Eine Tür weiter.
Sein Kopf sank zurück.
Ich machte das Licht aus.
– Danke, sagte er.
Ich würde es nicht schaffen. Hauptsache, dachte ich, es ist Linoleum drunter. Ich hielt den Rock hoch, stieß die nächste Tür auf, machte Licht, sah die Badewanne – und dann ging es los. Ich guckte nach unten: Linoleum.
Es war die längste Pinkelei meines Lebens und die lauteste, ich hatte nur noch dieses Geräusch im Ohr. Das vergeß ich nie. Noch Tage danach brauchte ich nicht aufs Klo, es kam nichts raus. Und ich hab nie wieder Cidre getrunken.
Den Rock hatte ich gerettet, er war trocken. Das meiste von dem Klopapier brauchte ich zum Aufwischen, ein bißchen ließ ich übrig. Sie hatten nur ein Handtuch, ein dreckiges weißes. Damit wischte ich den Rest auf, dann spülte ich es aus und hängte es über die Badewanne. Ich zog an der Spülung und betete zur Muttergottes, daß alles mit runterging. Es dauerte eine halbe Ewigkeit, bis ich sicher war, daß das ganze Papier verschwinden würde. Ich spülte meinen Schlüpfer aus. Aber wohin damit? Ich hatte keine Taschen, meine Jacke war geklaut. Das Klo war zu gefährlich, ich sah ihn förmlich drin rumschwimmen, sah mich unentwegt spülen, warten, bis der Spülkasten wieder vollgelaufen war, horchen, ob einer der Brüder nach oben kam oder die Eltern . . . unmöglich.

Ich hab ihn dann aus dem Fenster geworfen, mir war schon alles egal, ich wollte ihn nur noch loswerden. Naß und schwer, wie er war, ist er wohl im Garten gelandet oder vielleicht sogar über der Mauer. Ich horchte, aber ich hörte nichts fallen. Es war ein guter. Ich machte das Fenster zu.

16

Mit meinem ersten Typ bin ich mehr aus Quatsch gegangen. Da war ich elf. Er mußte mich vorher fragen, das war so üblich. Es lief alles sehr förmlich, sehr sittsam ab. Wie früher eine Verlobung, nur daß er nicht bei meinem Vater um meine Hand anhalten mußte. Das wär vielleicht ein Ding gewesen, wenn der kleine Knopf bei uns geklopft und gefragt hätte, ob er meinen Daddy sprechen kann.
Er gefiel mir, weil er zwei Jahre älter als ich und nett angezogen war. Ich erinnere mich an einen orangebraunen Kordsamtanzug mit Weste. Die Weste saß so gut, daß die Hemdsärmel aussahen wie drangenäht. Keine Falten; nur da, wo sie hingehörten. Er hatte keine Geschwister, das fand ich auch gut. Irgendwie einzigartig und ungewöhnlich. Exotisch. Intelligent. Traurig. Er hatte wunderschönes blondes Haar, nicht zu weißblond, und im Sommer kriegte er tolle Farbe. Sein Stirnrunzeln war total lieb, eine einzige dünne Falte schräg über die Stirn, echt super sah das aus. Ich hab ihn manchmal geärgert, ihm schwierige Fragen gestellt oder ihn in Verlegenheit gebracht, nur damit er die Stirn runzelte. Am liebsten hätte ich diese Falte geküßt, hätte sie mit der Zunge oder mit dem Finger nachgezogen. Beim Stehen guckten seine großen Zehen sich an, aber gehen tat er ganz normal. Ich war erst elf, aber ein knackiger Hintern hatte schon damals was für mich; toll sah er aus in seiner Kordhose. Er hatte noch einen richtigen Babybauch, aber sein Gesicht war schon ziemlich erwachsen, das paßte nicht so recht zusammen. Und wenn

er sich dann umdrehte und man seinen Hintern sah, konnte man echt ins Schleudern kommen und kriegte Schuldgefühle, auch wenn man erst elf war. Man tat sich leichter, wenn man ihn in Raten anguckte. Natürlich blaue Augen zu dem hellen Haar. Schön geschwungene Oberlippe. Das Kinn schmal auslaufend, aber nicht spitz. Die Wangen. Die Stirnlocke. All das seh ich noch vor mir, aber an seinen Namen erinnere ich mich nicht mehr. Was ist bloß los mit mir, daß ich mich an keine Namen erinnere?

Noch komischer kommt es mir vor, daß ich nicht mehr weiß, in welchem Haus er gewohnt hat. Ich erinnere mich weder an die Straße noch den Garten noch an die Farbe von der Haustür. Weil ich sehen wollte, ob ich es schaffe, hab ich mich heute früh, als Jack in der Schule war, eine Weile still hingesetzt und bin in Gedanken in unserer Straße, der Straße, in der ich als Kind gewohnt hab, von Haus zu Haus gegangen, von unserem Haus bis zur Ecke, dann über die Straße, auf der anderen Seite bis zur nächsten Ecke, wieder über die Straße und zurück zu unserem Haus. Ich konnte mich an alle Namen erinnern und an alle Leute, die zu den Familien gehörten. Es war ganz einfach, als ich erst mal angefangen hatte, und darüber war ich heilfroh – oft überlege ich nämlich, ob mein Verstand futsch ist, ob ich ihn mir durch das Trinken und mein Leben überhaupt ruiniert habe –, aber ich war auch unheimlich traurig; so traurig, daß ich heulen mußte. Wie glücklich und zufrieden all diese Leute waren. Mutter, Vater, Kinder. Und in fast allen Häusern ein Hund. Das war so schön, daß ich gleich wußte, ich würde weinen müssen, noch ehe ich mit meiner Runde fertig war. In dem Moment wünschte ich fast, Carmel wär gekommen und hätte mir das alles kaputtgemacht. Es war so lange her. So unerreichbar. Und dann dachte ich an die Straße, in der ich jetzt wohne, und an die Leute um mich rum, an den Unterschied. Ich wußte ja, daß ich nicht als einzige in den letzten zwanzig Jahren in der Scheiße gelandet war, aber das war kein Trost. Sogar die Hunde sind heutzutage anders. Gar keine richtigen Haustiere, sie wissen nicht mehr, woran sie sind. Ich sehnte mich nach diesen Leuten von damals, den Nachbarn; den netten und den ver-

rückten, denen, die tranken, und denen, die täglich zur Messe gingen, den Mädchen und Jungs und Babys.
Er muß um die Ecke gewohnt haben, denn in den Häusern von unserer Straße hatte ich ihn nicht gefunden, und in der Nähe wohnte er bestimmt. Mit elf wär ich nie mit einem Typ gegangen, der weit weg wohnte, und weit weg war, wenn man mehr als drei Minuten laufen mußte. Mit dem also wollte ich gehen. Meine Freundinnen gingen alle mit einem Typ oder redeten zumindest drüber. Das wollte ich auch, daß über mich geredet wurde. Meine beste Freundin Dee war in drei Wochen mit drei Typen gegangen, jedesmal am Sonntag hat sie Schluß gemacht. Fiona war die erste von uns, die mit einem Knutschfleck ankam, sie war nur zwei Tage mit dem Typ gegangen. Den Rekord hielt Mary O'Gorman. Sie hatte einem Typ gesagt, sie würde mit ihm gehen, und nach einer halben Stunde hat sie Schluß gemacht.
– Er war nur scharf auf meine Jacke, sagte sie.
Ein verrücktes Huhn, die Mary. Es war eine Jeansjacke, ihr großer Bruder hatte sie ihr geschenkt, der wollte sie nicht mehr. Manchmal trug er sie noch, aber sie gehörte ihr, und er kriegte sie nur geborgt.
– Er muß mich erst fragen, sagte sie.
Sie war eigentlich nicht in unserer Clique. Wir konnten sie alle gut leiden, aber nicht so gut, daß wir sie aufgenommen hätten. Ich glaube, es hat sie nicht gestört, vielleicht hat sie es nicht mal gemerkt. Würd mir leid tun, wenn sie sichs zu Herzen genommen hätte. Ich hab mich immer gefreut, wenn ich sie Jahre später, ehe ich geheiratet hab und weggezogen bin, auf der Straße oder im Bus getroffen hab. Sie hatte immer irgendwelche Heuler drauf, und die erzählte sie ganz laut, ihr wars schnuppe, wer zuhörte.
– Herrje, seine Hände. Ich hab gedacht, ich hab drei Titten.
Man konnte sich schlapplachen über sie. Sie machte über alles Witze.
– Der Bus muß irgendwo stehn und nen Haufen machen. Ich wart hier schon ne halbe Ewigkeit.
Ich fand es toll, wenn ich sie zufällig traf, aber ich hab nie versucht, sie näher kennenzulernen, auch dann nicht, als es die Clique nicht mehr gab, als Dee nach England gegangen war und Fiona geheiratet

hatte. Irgendwas störte an ihr. Sie paßte sich nicht an. Ich schon. Mir war es lieber so. Ich denke, ich war trotzdem zufrieden, jedenfalls hab ich es so in Erinnerung. (Ich würde mich freuen, wenn ich sie jetzt treffen würde. Ich glaube, ich würde sie erkennen. Sie mich wohl nicht. Wenn sie an mir vorbeilaufen würde, weiß ich nicht, ob ich es schaffen würde, daß sie stehenbleibt.

– Was hast du denn so gemacht, würde sie fragen.

Wo würde ich anfangen?)

Jedenfalls war es jetzt Zeit für mich. Ich wollte mit einem Typ gehen. Und zwar mit dem Richtigen. Auswahl gab es genug. Jeden Morgen strömten sie zu Hunderten aus den Häusern. Die Eltern waren alle ungefähr gleich alt; und ihre Kinder waren auch alle ungefähr gleich alt. Typen in meinem Alter gab es haufenweise. Aber damit fing es schon an: Er mußte älter, wenigstens ein bißchen älter sein. Nur würde einer, der sehr viel älter war, wohl nein sagen. Ich wußte, daß ich älter aussah als ich war – das kriegte ich immer wieder zu hören, die Leute guckten mich meist komisch an dabei –, aber mehr als zwei Jahre Altersunterschied war wohl nicht drin. Stephen Rooney war dreizehn und echt nett, aber häßlich wie die Nacht, der Ärmste. Wenn man zu Stephen Rooney hallo sagte und jemand kriegte es mit – das war, als wenn einem der Rock hochgeweht wird, so daß jeder den Schlüpfer sehen kann; man wär am liebsten in ein Mauseloch gekrochen. Harry Quigley war ein richtig schöner Junge, aber er war vierzehn und sah zu gut aus. Dee sagte, er hätte es mit Missis Venison gemacht, die unten an der Ladenzeile wohnte – ihr Mann war in der britischen Marine –, und das klang glaubhaft. Er war schon wie ein Mann, ein glatter kleiner Mann. Sein kleiner Bruder, Albert, war genauso hübsch, aber er war erst zehn. Der Albert wär mir am liebsten gewesen, ich hätte mit ihm schmusen, ich hätte ihn überall mitschleppen und ihm sagen können, was er anziehen soll. Aber da hätte ich was zu hören gekriegt.

– Du holst sie dir wohl schon aus der Wiege.

– Wo hast du denn seinen Kinderwagen?

– Schlampe.

Tagelang hatte ich Typen im Kopf, wirkliche Typen zur Abwechslung, die Monkees wohnten nicht in unserer Straße. Ich nahm den mit der Weste, weil er fast zwei Jahre älter war als ich, aber eben nicht zu alt, und klein für sein Alter, nur so groß wie ich. Ein richtig gutaussehender Junge war er nicht, ich sah das ganz nüchtern. Manches an ihm war wirklich hübsch, aber das reichte nicht. Dafür war er elegant. Wie Charlo. Ich steh auf Eleganz. Eleganz bei einem Mann ist nämlich sehr selten, jedenfalls bei Iren und besonders in Dublin. Es hängt nicht so sehr an den Sachen, sondern an der Art, wie sie getragen werden. Flippige Fummel waren noch nie mein Fall, das ist nicht das, was ich unter Eleganz verstehe, sondern wie einer seine Sachen trägt, ob sie sauber sind und zusammengehören und richtig passen. Du kannst hier einen ganzen Tag durch die Gegend laufen, ehe du einen Mann mit einer Hose siehst, die wirklich sitzt. Charlo sah immer gut aus, auch in Jeans und T-Shirt. Wie jemand angezogen ist, läßt tief blicken, finde ich. (Inzwischen laufe ich rum wie die letzte Pennerfrau, aber das läßt wohl auch tief blicken. Früher hab ich mir jeden Morgen noch im Bett überlegt, was ich anziehen soll. Viel Auswahl hatte ich nie, aber das gehörte einfach zu meinem Tag. Jetzt trag ich die Turnschuhe auf, die Nicola ausrangiert hat, als sie vor drei Jahren von der Schule abgegangen ist und sie nicht mehr für den Sport brauchte. Und Bluejeans, die nicht mehr blau sind und in denen mein Hintern größer aussieht, als er ist. Aber am Sonntag leg ich mich immer noch ins Zeug. Oder wenn ich weggehe. Alle Jubeljahre einmal. Meine Schwestern nehmen mich mit, damit ich mal rauskomme.) Mein erster Typ war ein eleganter kleiner Mann. Gekauft und genäht hatte ihm die Sachen seine Mutter, aber getragen hat er sie. Er hielt sich gerade, auch etwas, was mir gefällt – Männer mit gerader Haltung kommen in Dublin nicht so geballt vor, und steckte nie die Hände in die Taschen. Er schwenkte die Arme. Ein knuddeliger kleiner Bengel. Genau richtig. Ich hatte durchaus Chancen, daß er ja sagen würde. Hübsch genug für so einen bist du, dachte ich, und beschloß, mich in ihn zu verlieben.

– Kennst du ...

Verdammt, wie hieß der Typ doch gleich!
– Den find ich toll.
Dee war meine beste Freundin, die wollte ich zu ihm schicken. Ich konnte ihr vertrauen, und ich war auch schon zu einem von ihren Typen gegangen und hatte ihm gesagt, daß sie mit ihm gehen wollte. Wir saßen vor der Hintertür von unserem Haus, nur ich und Dee. Ich war aufgeregt. Vielleicht hatte ich mich für den Falschen entschieden, aber das würde ich Dee ansehen.
– Ja, sagte sie. – Der ist nett.
Gott, was war ich froh! Es muß ein schöner, milder Tag gewesen sein.
– Ich würd gern mit ihm gehen, sagte ich.
– Jaha, sagte sie.
Das sollte nicht heißen, daß sie auch mit ihm gehen wollte, es war einfach nett gemeint.
– Würdest du es ihm sagen? fragte ich.
– Okay, sagte sie.
Ich wartete an der Ecke. Sie ging hin und sagte es ihm. Sie kam zurück.
– Er sagt ja.
Ich wartete auf ihn, Dee ging inzwischen zu den Läden runter. Er kam zu mir.
– Willst du mit mir gehen?
– Jaha.
– Danke.
War das nicht lieb? Danke hat er gesagt. Ich weiß es noch genau. Und das wars. Ich ging mit ihm.
Ich lief hinter Dee her.
– Was hat er gesagt?
– Jaha hat er gesagt.
– Ist doch Klasse.
Ich ging elf Tage mit ihm, dann machte ich Schluß. Wir haben uns nie geküßt, aber das war völlig in Ordnung. Wir haben uns nur zweimal getroffen, aber das war auch völlig in Ordnung. Das Entscheidende war, mit einem Typ zu gehen, nicht, daß man andauernd mit ihm zu-

sammen war. Du konntest mit einem Typ gehen, ohne dich ein einziges Mal mit ihm zu treffen. Ich machte Schluß, weil ich Lust dazu hatte. Einfach so. Ich wollte, daß es sich rumsprach: Sie hat mit ihm Schluß gemacht. Ich wollte die Macht.

– Warum machst du Schluß mit ihm?

– Darum. Okay?

Man brauchte eine Freundin, um dem Typ zu sagen, daß man mit ihm gehen wollte, aber Schluß machen mußte man selber.

– Ich will nicht mehr mit dir gehen. Okay?

– Okay.

– Wir können trotzdem befreundet bleiben.

– Okay.

– Bis dann.

– Bis dann.

War nichts weiter bei.

Ich hab danach nie mehr mit ihm gesprochen. An dem Abend hab ich ein bißchen geheult, aber im Grunde war es ein tolles Gefühl. Jetzt konnte ich schon was riskieren. Wenn einer nein sagte, war es nicht mehr so schlimm. Ich hatte einen Typen gehabt, einen netten noch dazu, und hatte Schluß mit ihm gemacht. Ich konnte weiter sammeln.

Danach bin ich ein Jahr mit Dutzenden von Typen gegangen. Wir tauschten sie untereinander aus, ohne daß sie es merkten. Sie blickten gar nicht richtig durch. Wahrscheinlich fanden sie es toll, daß ihnen die Mädels nachliefen. Für uns war es wie Fangenspielen, man legte den einen ab und lief dem anderen nach. Es war alles nur Jux und Gaudi und völlig harmlos. Wir taten nur so als ob, wir machten die Älteren nach. Manchmal ging ich mit einem Typ auf ein Feld, da blieben wir eine Weile, ohne irgendwas zu machen, manchmal sogar ohne zu reden, dann gingen wir zurück zu den anderen. Die stießen sich an, wenn sie uns kommen sahen. Ich gab mir mächtig Mühe, rot zu werden.

In dem Alter sagten sie noch nicht Schlampe zu uns, wir waren noch zu jung. Außerdem dachten die Typen alle, sie hätten die Sache im

Griff. Sie fragten uns, ob wir mit ihnen gehen wollten – aber nur, wenn wir ihnen einen Schubs gaben. Richtig Küssen und Anfassen war nicht drin. Es war irgendwie eine Besitzfrage. Man mußte einen Typ haben. Ich bin mit fast allen Typen in unserer Straße gegangen, die im richtigen Alter waren. Sogar mal mit Krümel O'Farrell, weil er mir leid tat. Einen Nachmittag lang, aber vor dem Abendessen hab ich Schluß gemacht, ich wollte mit einem anderen gehen, wenn es dunkel wurde, und nicht den ganzen Tag vertun. Armer Krümel. Wenn man auf der Straße rumbrüllte, mußte man schon mit sieben sehr vorsichtig sein.
– Ich hab Lust auf Krümel!
Bis zu meinem Hochzeitstag, da war er dreiundzwanzig, hieß er nur Krümel. Er sah gar nicht übel aus, aber er war ein Volltrottel. Einer von denen, die ihr Gesicht nicht beherrschen können.
Wir gingen mit Barry Feeney, Dessie Feeney – das waren Zwillinge –, mit Fergie O'Toole, Francis Xavier Elliott, Kevin Harrison, Sean Williamson, Frano Grant – einen Tag, zwei Tage. Dreieinhalb Wochen war mein Rekord. Das war mit Martin Kearns, und darauf war ich stolz. Bei Dee und Fiona hatte er nein gesagt. Er war echt scharf. Ich mußte Carmel hinschicken.
– Weißt du noch?
– Allerdings.
– Welcher war denn das? fragte Denise.
Sie ist jünger als wir. Als sie soweit war, gabs in unserer Straße schon wieder einen neuen Schub von Typen. Ich glaube, sie stand nicht sehr auf Typen, sie war mehr für Sport. Sie lief viel. Harry ist so ziemlich der einzige, mit dem sie gegangen ist, und den hat sie geheiratet. Er ist auch gelaufen, glaube ich. Sie hat ein paar Pokale und Medaillen gewonnen, wenn sie die nach Hause brachte, wurde gefeiert. Mit Eis. Ich machte damals alle möglichen Diäten und mochte nicht mitessen. Es war nicht bös gemeint, aber Denise war sauer drüber und meine Mutter auch.
– Martin Kearns, sagte ich. – Er hatte Brüder. Er war nett.
– Und ob ich mich daran erinnere, sagte Carmel.

Sie richtete sich auf, das macht sie immer, wenn sie was loswerden will.

– Ich war sechzehn –

– Ist nicht wahr, sagte ich.

– Ist wohl wahr. – Ich hab gearbeitet.

– Ich war erst elf, sagte ich. – Da kannst du also erst vierzehn gewesen sein. Höchstens.

– Jetzt hör mal zu, sagte sie. – Ich erzähl meine Fassung, und dann kannst du uns was vorlügen. Also das war so, Denise: Dieses kleine Miststück hat mir aufgelauert, als ich nach Hause kam. *Von der Arbeit.*

– Was für einer Arbeit? fragte ich.

– Halt die Klappe. Sie hat in der Diele auf mich gewartet. Ich mach die Tür auf, und da steht sie. *Carmil,* sagt sie. *Carmil.*

Wir lachten. Sie kann gut Kinder nachmachen, das Gesicht, die Hände und alles. Man merkt, wie gern sie Kinder hat.

– *Carmil.* Tust du mir einen Gefallen, *Carmil*? Dann tu ich dir auch einen, *Carmil.* Ich brauchte Tampax, das hatte ich vorhin vergessen aus der Apotheke mitzunehmen, also sagte ich okay, ich würd ihr einen Gefallen tun.

– Das hat sie erfunden.

– Wieso erinnere ich mich dann daran, Missis?

– Du denkst dir das aus.

– Ich erinnere mich daran. Glasklar. Ich dachte, du wolltest dir eine Bluse von mir borgen oder so.

Sie wandte sich wieder an Denise.

– Dann hat sie mir gesagt, was sie von mir wollte. Verfick dich, hab ich zu ihr gesagt.

– Hast du nicht. Das hättest du bei uns zu Hause nie gesagt.

– Ich hab zu dir gesagt, du sollst dich verficken.

– Hat sie nicht. Du weißt doch, wie das bei uns war. Sie hätten uns umgebracht.

– Denise, sieh mich an. Ich hab zu Paula gesagt, sie soll sich verficken.

Ich ließ sie weiterreden.

– Und dann ging das Gequengel los. Du hast gesagt, du machst es, *Carmil.* Du hast gesagt, du machst es, *Carmil.* Bis ich mürbe war. Die Treppe hoch, ins Schlafzimmer, ins Klo, die Treppe wieder runter, – sie ging mir einfach nicht von der Pelle. Du hast gesagt, du machst es, *Carmil.* Du hast gesagt, du machst es, *Carmil.* Also –

Sie zündete ihre Zigarette an. Super, wie sie das immer hinkriegt. Carmel hätte gut Ärztin werden können. Sie haben – einen Schnupfen; wenn die Patientin schon glaubt, sie hat Krebs, die Ärmste.

Sie tat das abgebrannte Streichholz wieder in die Schachtel.

– Also, sagte sie, – bin ich raus und hin zu den Kearns. Lauter Jungs. Es war mir furchtbar peinlich. Ich klopfe. Mister Kearns macht auf.

– Du, der war echt scharf, sagte ich.

– Mister Kearns! sagte Denise.

– Jaha.

– Der Vater!

– Genau.

– Herrje.

– Er war toll, sagte Carmel. – Sah besser aus als alle seine Söhne, und die waren auch nicht häßlich.

– Der muß doch uralt gewesen sein, sagte Denise.

– Jünger als wir jetzt, sagte Carmel.

Da blieb uns erst mal die Spucke weg.

Carmel erzählte weiter.

– Ja, also Mister Kearns macht auf. Höchstpersönlich. Ich wär am liebsten gestorben. Ja? sagt er. Ist –? Und da hatte ich den Namen vergessen und steh da, rot wie ne Tomate. Mit offenem Mund. Und wünsche dich sonstwohin, Paula. Er guckt auf mich runter. Ich wär am liebsten im Erdboden versunken. Bloß weil ich zu faul war, selber in die Apotheke zu gehen. Er glotzt. – Ist Ihr Sohn da? frag ich. – Welcher? fragt er zurück. – Ich hab sieben. Und guckt. – Vier sind zu Hause, wenn dir das reicht. War als Witz gemeint, ganz klar, aber er hats nicht richtig hingekriegt, es klang irgendwie schmierig, ihr wißt schon, als ob er was von mir wollte. Vorher fand ich den Mister

Kearns nämlich wirklich gut. Bildschöner Kerl. Ich hab mir oft einen gefingert und dabei an ihn gedacht.
– Carmel!
– *Carmil.* Doch, ehrlich. Wenn ich an ihn gedacht hab, bin ich dreißig Sekunden danach gekommen. Und dann muß er hergehen und das mit seinen dummen Sprüchen kaputtmachen. Und die Stimme paßte auch nicht zu ihm. Sie war lange nicht so scharf wie er. Hatte was von Donald Duck. Von dem läßt du dich nicht unterbuttern, hab ich mir gesagt. – Der Dreizehnjährige, sag ich. – Das muß Martin sein, sagt er. – Ja, sag ich. – Würden Sie ihm bitte was ausrichten? Richten Sie ihm doch bitte aus, daß Paula O'Leary mit ihm gehen will. Der hat vielleicht geglotzt! – Wenn Sie mir den Gefallen tun, sag ich, läuft sie nämlich für mich zur Apotheke und holt mir meine Tampons.
Was haben wir gelacht!
– Glaub ihr kein Wort, sagte ich zu Denise. Das ist glatt erfunden. Sag mal, Carmel, an wen hast du denn danach gedacht?
– Wann?
– Wenn du dir einen gefingert hast.
– Ach so. An Eddie Kearns. Anderthalb Minuten.
– Wenn wir im Zimmer waren?
– Jaha.
– Herrje, sagte Denise. – Das hab ich ja nie gewußt.
Manchmal ist sie schon ganz schön blöd, da kann sie einem richtig leid tun.
– Ich sag dir noch was, was du nie gewußt hast, sagte Carmel. – Ich habs mit Derek Kearns gemacht.
Carmel fragte ihn, einfach so. Sie war dreizehn. Ich hatte sie darum gebeten, und nach dem üblichen Hin und Her – neinneinnein, also meinetwegen – hat sie es dann gemacht. Auf die übliche Art. Sie war so alt wie er. Sie ging direkt zu ihm hin. Er spielte Fußball. Sie ging nach dem Spiel zu ihm hin, als er sich seinen Pulli schnappte, der war einer der Torpfosten gewesen. Es war ein grüner Pulli, sah handgestrickt aus, V-Ausschnitt. Die Jungs wollten alle zum Abendessen.

Wir hatten eine Ewigkeit gewartet, bis das Spiel aus war. Es ging den ganzen Nachmittag. Auf der großen Grünfläche hinter unseren Häusern. Es war kein richtiges Match, sie kickten nur hin und her, und ab und zu gabs ein Tackling. Zum Schluß bewegten sie sich kaum noch, sie ließen den Ball aufspringen und warteten, bis er auf sie zugetrudelt kam. Carmel maulte ein bißchen, aber sie blieb da. Die Typen wußten alle, was wir wollten, daß wir einen fragen würden, ob er mit einer von uns gehen will. Aber sie wußten nicht, wer von uns welchen fragen würde. Wir fanden das gut, sie waren bange und aufgeregt. Aufgeregt, weil sie nicht wußten, wem von ihnen es galt. Aufgeregt, weil es ja vielleicht um Carmel ging, und bange, daß es um mich gehen könnte. Das weiß ich noch genau, weil es mir erst aufging, als Carmel zu ihm hingegangen war, und da war es zu spät. Sie sagte was zu ihm, er nickte, und sie kam zurück. Auf ihre Art sah Carmel toll aus. Auf einem Pfosten vor unserem Haus stand was über sie. Mit Kreide, wir kriegten es gut ab, die Eltern sollten es nicht sehen. Daddy hätte gesagt, daß sie selber schuld war. So war er eben, er wollte uns behüten. Carmel weinte beim Wegmachen. Carmel O'Leary hat große Titten. Ohne Schreibfehler.
– Er hat ja gesagt.
Dreieinhalb Wochen bin ich mit ihm gegangen. Dann hab ich Schluß gemacht, weil er Schluß machen und ich ihm zuvorkommen wollte. Noch kein Typ hatte mit mir Schluß gemacht. Ich wurde den Gedanken nicht los, daß er nur mit mir ging, weil ich Carmels Schwester war. Dee und Fiona waren grün und gelb vor Neid. Ich hab Schluß mit ihm gemacht, und dann hab ich es ihnen erzählt, und da haben sie sich noch mehr geärgert.
Es waren gute Jahre, die von zehn bis zwölf. Spaßjahre. Schwierig und ungut wurde es erst hinterher.
Carmel ist da anders. Sie erinnert sich nie an was Gutes. An die Erstkommunion oder an Sachen, die damit zusammenhängen, erinnert sich doch jeder. Carmel nicht.
– Nichts, sagt sie.
– Dein Kleid.

– Nein.
– Das Geld.
Sie schüttelt den Kopf. Sie will sich nicht erinnern. Es steckt irgendwo in ihrem Kopf, aber sie läßt es nicht raus. Sie hat ihre eigene Fassung.
Der erste Kuß.
– Eine Zunge mit Haar dran. Ohne Quatsch.
Ihr erster Schultag.
– Ich saß noch gar nicht richtig, da hat sie schon gehauen.
Ihr Hochzeitstag.
– Echte Schnarchnummer.
Unser Vater.
– Da gibts Sachen, von denen ihr nichts wißt.
Denise schnappte nach Luft.
– Was meinst du damit? fragte ich. Wir waren bei Denise in der Küche. Wir hatten eine Flasche aufgemacht und einen Karton O-Saft. Die Frittentüten lagen auf dem Tisch. Das sah Denise nicht ähnlich. Meist wird sie um so ordentlicher, je betrunkener sie ist. Ich hab schon erlebt, daß sie im Pub Tische und Stühle richtig hingestellt hat, wenn sie voll war. Einmal hab ich sie sogar mit dem Ärmel eine Pfütze auf dem Tisch aufwischen sehen.
Carmel goß sich Saft ein.
– Verdammt, Carmel, was meinst du damit?
Seit Jahren kriegten wir diese Andeutungen zu hören. Ich hatte sie satt. Sie störten mich. Sie dachte sich solche Sachen einfach aus.
– Was meinst du damit?
– Gar nichts.
– Gar nichts, sagte ich. – Warum läßt du dann so was erst raus? Jetzt hast du angefangen, also bring es gefälligst zu Ende.
Denise fing an aufzuräumen, sie hoffte wohl, wir würden gehen. Ich rührte mich nicht vom Fleck.
– Setz dich, sagte ich zu Denise.
Sie kramte weiter in der Küche rum und guckte uns nicht an.
– Was? sagte ich zu Carmel.

Sie guckte in ihr Glas. Sie machte ihre Zigaretten auf und holte eine raus. Ich mußte den Arm von Denise wegschieben, sie angelte nach meiner Frittentüte.

– Was. Sind. Das. Für. Sachen. Von. Denen. Wir. Nichts. Wissen.

Denise schüttelte eine Tüte.

– Sind noch n paar drin.

– Verfick dich, Denise, sagte ich.

Ich sah Carmel an.

– Na? Was ist?

Sie weinte.

Es kommt vom Trinken. Du denkst dir Sachen aus, wenn du trinkst, und wenn du genug getrunken hast, glaubst du sie auch, sie werden wahr. Ich kann ein Lied davon singen. Was ich mir alles eingebildet hab, wenn ich voll war! Einmal stand für mich fest, daß Jack tot ist. Ich saß oben auf der Treppe. Ich hatte ihn aus seinem Bettchen geholt und hielt ihn in den Armen. Ich heulte und drückte ihn an mich. Mitten in der Nacht. Er lächelte, dann fing er an zu weinen, aber ich wollte es nicht glauben. Es war sein Engel. Er war tot. Ich war abends weg gewesen, und da war er gestorben. Ich wußte es. Plötzlicher Kindstod. Ich hätte ihn glatt umgebracht, um es zu beweisen. Charlo nahm ihn mir ab, brachte ihn wieder ins Bett und beruhigte ihn. Ich saß auf der Treppe. Ich trauerte. Große Klumpen Trauer kamen in mir hoch. Ich fand das schön. Das zeigte doch, wie sehr ich ihn geliebt hatte.

– Du dämliche Schlampe.

Charlo stand unter der Schlafzimmertür.

– Es ist meine Schuld.

– Komm ins Bett, verdammt noch mal.

Ich war böse; jetzt hatte er es kaputtgemacht, ich konnte nicht mehr dran glauben, und was da hochkam, war nicht Trauer, sondern Rotz und Krabbencracker. Ich trinke keinen Tropfen mehr, schwor ich mir, ich laß nie wieder die Kinder allein. Ich trinke keinen Tropfen mehr. Ich bin hoffnungslos. Ich bin unfähig. Aber jetzt seh ichs ein, jetzt kann ich mich bessern. Nie wieder. Ich ging in das Zimmer von Jack und John Paul. Ich guckte Jack an. Ich legte meine Hand auf seinen

Rücken und spürte, wie er atmete. Schnell und kräftig, als wenn er dabei wuchs. Ich verdiente ihn nicht. Ich verdiente ihn nicht. Es ging schon wieder los, fast wünschte ich, er wäre tot. Um zu beweisen, wie hoffnungslos ich war, eine Schlampe, ein Alki. Auf der Titelseite vom Herald. Tot aufgefunden, während Mutter in der Kneipe saß. Ich küßte John Paul. Ich legte mich zu ihm ins Bett. Am nächsten Morgen wurde ich davon wach, daß er versuchte, über mich wegzusteigen. Er war total daneben. Seine Mutter im Sonntagskleid und guten Schuhen neben ihm im Bett. Und Kotze auf dem Kopfkissen. Ich drehte das Kissen um und machte die Augen zu.
Ich wußte, was Carmel da machte. Als Teenager hatte sie es schwer gehabt mit unserem Vater, es hat sich nie mehr richtig eingerenkt, zu Weihnachten und bei Taufen kriegten sie sich regelmäßig in die Wolle, und jetzt brauchte sie einen guten Grund, um ihn zu hassen. Sie hatte sich da was ausgedacht, und das glaubte sie auch. Und fand es gut, daß sie sich dafür hassen konnte. Ich wußte genau, was sie da machte.
Mein Vater hat ihr nie was getan.

17

Das muß er gewesen sein. Auf dem Boden, unter einer Decke. Zuerst war die Kamera weit weg, man sah nur den Wagen und Häuser dahinter. Das gelbe Absperrband und Polizisten innerhalb der Absperrung. Einer stieg über das Band und ging von der Kamera weg. Ich weiß nur noch zwei Worte von dem, was der Reporter sagte.
– Ein Mann –
Es war der Reporter mit dem nördlichen Akzent. Er sieht nett aus; als ob er lieber mit was anderem sein Brot verdienen würde. Der Name fällt mir nicht ein. Ich kann mich immer nur an Charlie Bird erinnern, und der war es nicht.

Dann fuhr die Kamera auf den Wagen zu, aber sie hatte nicht den Wagen im Visier, sondern Charlo, der danebenlag oder davor, je nachdem, mit der Decke drüber, oder vielleicht war es auch was anderes, jedenfalls war er zugedeckt. Er muß mit dem Gesicht nach unten gelegen haben, denn sein Fuß war noch in der offenen Tür, man sah die Hinterseite von seinem Fuß und sein Bein, das verschwand dann kurz vor dem Knie unter der Decke. Er muß aus dem Auto gefallen sein. Es sah aus, als ob er hängengeblieben war, als er ausstieg. Den Wagen kannte ich nicht. Die Socken schon. Grünes Rhombenmuster, ich hatte sie ihm gekauft. Der Wagen war ordentlich geparkt, er war auf den Weg gefallen. Hübsche Häuser, groß und mit vielen Bäumen. Er gehörte da nicht hin.

18

Mein Name ist Paula Spencer. Ich bin neununddreißig. Letzte Woche hatte ich Geburtstag. Ich bin Witwe. Ich war achtzehn Jahre verheiratet. Mein Mädchenname ist O'Leary. Mein Mann ist letztes Jahr gestorben, fast genau vor einem Jahr. Die Polizei hat ihn erschossen. Er hieß Charles Spencer, alle nannten ihn Charlo. Bis auf seine Mutter und meinen Vater. Und den Pfarrer bei der Beerdigung. Ich habe vier Kinder. (Es hätten fünf sein können, ich hatte eine Fehlgeburt.) Nicola ist die Älteste. Sie ist achtzehn. Sie hat Arbeit und einen festen Freund, Tony. Ein großartiges Mädchen, um das ich mir keine Sorgen zu machen brauche. Danach kommt John Paul. Er ist sechzehn. Ich weiß nicht, wo er ist. Er hat mal irgendwo in der Stadt kampiert, in einem Abbruchhaus, aber ich glaube, da ist er nicht mehr. Er läßt sich nicht mehr blicken. Keiner redet mit mir über ihn. Ich rede mit keinem über ihn. Alles spricht dafür, daß er drogensüchtig ist. Er hat meine Mutter beklaut. Schon ein paarmal. Ein Junkie. Bei mir macht er das nicht, er weiß, hier ist nichts zu holen. Heroin. Er hat eine Tätowierung auf dem Arm, die hab ich ihm geschenkt, es ist das einzige, was uns noch verbindet. Nein, ganz so ist es nicht, aber ich kann nur so damit fertig werden. Wenn ich nicht so tun will, als ob alles in Butter ist und er noch zu Hause wohnt oder demnächst wiederkommt. Das Geld für die Tätowierung hat er von mir zum vierzehnten Geburtstag gekriegt; vielleicht haßt er mich dann nicht mehr, hab ich gedacht. Liverpool F. C. Dabei steht er gar nicht mehr auf die. Es ist hart, daß ich nicht weiß, was mit ihm ist. Jeden Augenblick rechne ich damit, daß wieder jemand vor der Tür steht und mir die Nachricht von John Paul bringt. Jedes Klopfen, jeder Schritt geht mir durch und durch. Die nächste ist Leanne. Sie ist zwölf. Sie ist toll; sie ist phantastisch. Ich wünschte, sie würde nie erwachsen werden. Am Samstag hatte sie einen Knutschfleck am Hals. Sie hat gemerkt, daß ich es gesehn hab, gesagt hab ich aber nichts. Sie sagt so komische Sachen, daß ich immer lachen muß. Eine gute Schülerin, aber ein bißchen vorlaut, sagen die Lehrer. Intelligent und kreativ und gut in Mathe, aber zu schnell dabei mit dummen Sprüchen. Ihre Hausaufgaben könnte sie gewissenhafter erledigen. Sagen die Lehrer. Sie soll die Schule zu Ende machen, bis zur Reifeprüfung. Die erste von den Spencers, die das geschafft hat. Zum Schluß kommt Jack, mein Baby. Er ist fünf. Ein heller Kopf, schnelle Auffassungsgabe. Und sehr lieb. Er hat noch sein Babygesicht und seinen Babybauch. Wenn ich mies drauf bin, geh ich immer zu Jack und guck ihn an. Gut genährt sieht er aus; blühend. Sich von Jack drücken zu lassen, ist das Schönste von der ganzen Welt. Ich hab ihm Bye Bye Blues beigebracht, und er weiß genau, wann er es singen muß. Für seine Sachen hab ich mehr Geld ausgegeben als für die von allen anderen zusammen. Buchstäblich vom Munde hab ich sie mir abgespart, damit er nett aussieht. Gebrauchte Klamotten für Jack? Nie! Er ist mein Maskottchen, meine Bestätigung. Mein Baby. An seinen Vater erinnert er sich nicht. Sagt er. (Ich vergeß nie, wie im Supermarkt mal eine Frau Leanne angestarrt hat, das ist jetzt viele

Jahre her. Sie war mir irgendwie unheimlich. Ihr Korb war leer. Die Frau merkte, wie ich sie ansah. – Ich hab den Mantel erkannt, sagte sie, versuchte zu lächeln und ging weg. Ich hatte den Mantel von der Wohlfahrt, vom Vincent de Paul. Nie wieder. In Grund und Boden hab ich mich geschämt. Aber das allein war es nicht. Wo war ihre Tochter? Es war Wochenende. Warum war ihr Korb leer? Es war ein ganz gewöhnlicher blauer Mantel. Arme Frau!)

Mein Vater ist tot. Er ist an Krebs gestorben, nach langem Kampf. Meine Mutter ist gesund und munter. Sie ist sechzig und fühlt sich einsam. Ich hab zwei Schwestern und drei Brüder. Eine dritte Schwester ist gestorben. Mit meinen Schwestern stehe ich mich gut, aber mit meinen Brüdern hab ich nicht viel Kontakt. Roger mag ich nicht, und das beruht auf Gegenseitigkeit. Ich hab ihn seit Jahren nicht mehr gesehen, nicht mal zu Weihnachten. Er wohnt in England. Meine Mutter hat mir gesagt wo, aber ich hab es mir nicht gemerkt, es interessiert mich nicht. Er ist geschieden. Charlo hat ihn mal vermöbelt. Er hatte es verdient.

Ich bin Alkoholikerin. Das hab ich noch keinem gestanden (will ja auch keiner wissen). Ich hab nie was dagegen gemacht, hab nie versucht aufzuhören. Ich glaube, wenn ich es wirklich wollte, wenn ich soweit wär, könnte ich es. Ich hab schon immer gern was getrunken, schon als Sechzehnjährige, als ich noch gar nicht mit Charlo ging. Ich könnte nicht sagen, bis wann es mir einfach nur geschmeckt hat und ab wann ich es gebraucht hab. Es ist ganz allmählich gekommen. Mein Vater hat nie viel getrunken, meine Mutter trinkt überhaupt nichts.

(– Kannst du dich erinnern, daß Daddy jemals betrunken war? frage ich meine Schwestern.

– Nein, sagt Carmel.

– Nie, sagt Denise.)

Früher hab ich den Alkohol in Cola oder Schwarzer Johanna ertränken müssen. Inzwischen bin ich mehr für O-Saft, aber ich trinke alles. Seit wann ich so bin, weiß ich nicht mehr. Meine Kinder kriegen kein ordentliches Essen, weil ich trinke. Meine Kinder müssen dafür büßen, daß ich trinke. Aber ich hab es im Griff, ich seh inzwischen wieder Land. Ich trinke jetzt nur noch, wenn Jack im Bett ist. Seit drei Monaten, einer Woche und drei Tagen. Leicht ist es nicht. Ich seh zu, daß ich nicht im Haus rumsitze; ich geh mit ihm in den Park. Ich stell die Flaschen hinten in unseren Schuppen und werf den Schlüssel in das lange Gras. Dafür hab ich mir extra ein Vorhängeschloß geholt, um die Flasche wegzuschließen. Ist mir so eingefallen. Den zweiten Schlüssel hab ich in die Tonne geworfen, an dem Tag, als die Müllabfuhr kam. Ich hab eine Familienpackung Kartoffelchips wieder ins Regal gestellt, um dafür das Schloß kaufen zu können. Es ist nur klein, wahrscheinlich könnte ich es knacken, aber ich tus nicht. Darauf bin ich stolz. Wenn Jack im Bett ist, suche ich den Schlüssel. Manchmal dauert es eine halbe Ewigkeit, aber ich finde ihn immer. In der Kälte, in Dunkelheit und Regen. Aber wenn er im Bett ist, macht mir das nichts. Manchmal schick ich ihn ein bißchen früher rauf. Ich hab keinen Spaß am Trinken. Ich brauche es. Ich zittere. Ich kann nicht mehr denken, hab kurze Blackouts. Fange an zu schwitzen. Ja, ja, ruft das Mädchen, wir brauchen alle was zu trinken. Das steht in einem Buch, das ich mit Jack gelesen habe. Beim erstenmal hab ich gelacht und geweint, und der Schreck ist mir ganz schön in die Glieder gefahren, es war, als wenn sie mich verhöhnen wollte. Ein kleines Mädchen, das auf einen Stuhl klettert, um an die Spüle zu kommen. Ein kleines Mädchen mit gelbem Haar, grünem Rock und blauen Schuhen. Früher hab ich den ganzen Tag getrunken. Morgens schon Gin im Kaffee. Ehe Charlo gestorben ist. Ehe ich ihn rausgeworfen hatte. Es war nicht seine Schuld. Wir haben immer viel zusammen getrunken. Erst wenn du allein bist, merkst du so richtig, was du machst. Als Charlo starb, war ich total abgedreht. Eine Weile jedenfalls, ich weiß nicht wie lange. Das ist anders geworden. Ich krieg es in den Griff, ich mach mir Gedanken drüber. Entscheide bewußt. Gestern abend hab ich Jack zeitig ins Bett geschickt. Hab die Küchenuhr vorgestellt, damit Leanne nicht sagen konnte, daß es zu früh für ihn ist – das hätte sie nämlich gesagt –, und dann mußte ich sie natürlich auch früher hochschicken.

Als sie weg war, hab ich die Uhr wieder auf die richtige Zeit gestellt. Vor ein paar Monaten hätte ich daran nicht gedacht.
Ein Fortschritt.
Ich würde es gern Nicola erzählen. Sie weiß es schon, sie ist nicht dumm. Sie hat Augen im Kopf, und sie hat eine Nase. Aber ich würde gern mit ihr drüber sprechen. Ich glaube, dann könnte ich aufhören. Du reißt dich mehr zusammen, wenn jemand weiß, was du machst. Besonders Nicola. Manchmal vergesse ich, daß sie meine Tochter ist, ich sehne mich so nach ihrer Liebe, daß ich das Gefühl habe, es ist umgekehrt, und ich bin das Kind. Es ist so tröstlich, mit ihr zusammenzusitzen. Ich werde ruhiger, ich schnappe mir nicht so gierig das Glas. Manchmal würde ich gern in ihrem Bett schlafen, aber das geht natürlich nicht.
Ich würde gern zu den Anonymen Alkoholikern gehen, aber ich hab keine Zeit. Ich weiß nicht, ob es die bei uns gibt, und ich weiß auch nicht, wie ich es rauskriegen soll, fragen kann ich nicht. Schon gar nicht den Pfarrer, der alle zwei Monate die verlassenen Frauen der Gemeinde besucht, ihren Tee trinkt und ihre Kekse ißt. Seit sie Charlo erschossen haben, war er nicht mehr da; ich bin ja keine verlassene Ehefrau mehr. Außerdem trau ich ihm nicht von hier bis zur nächsten Ecke. Wie er geguckt hat während seiner Sprüche über den Glauben und über die Heilige Jungfrau, da hab ich gemerkt, daß es ihm nicht um den Tee zu tun war oder die Kekse. Nicht nur Bischöfe brauchen ab und zu mal Entspannung.
Manchmal ist es mir allerdings ganz recht, wenn mich einer anguckt, dann merke ich, daß ich noch da bin, dann wache ich auf. Ich denke, daß ich auch mit einem Priester ins Bett gehen würde, wenn er mir wirklich gefällt. Aber ich kenne keinen, der echt gut aussieht. Bis auf Richard Chamberlain in den Dornenvögeln. Da bin ich mit meiner Hand und meiner Phantasie besser bedient. Andererseits . . . wenn ich überlege, was diese Hand tagsüber alles machen muß – Wischen, Scheuern, anderer Leute Mülleimer und Klos putzen –, hat meine Phantasie ganz schön was zu tun.
Ich denke immer noch an Charlo.

Er fehlt mir.
Ich wünsche ihn mir zurück.
Fakten, Paula.
Ich steh jeden Morgen um acht auf. Früher hab ich viel länger geschlafen, manchmal kam ich überhaupt nicht hoch. Damit ist es vorbei. Jetzt reiße ich mich zusammen und steh auf, wenn der Wecker klingelt. Ein kleiner Sieg. Ich hab mich im Griff. Ich steh auf. Ich zieh mich an und wasche mich, ehe ich runtergeh, rubbele die Kälte aus mir raus und mach die Kinder wach. Ich geh zu Jack rein und kitzle ihn. Er hat das Jungenzimmer jetzt für sich. Ganz verloren sieht er darin aus. Ich mach das Frühstück. Viel zu machen ist ja nicht bei Cornflakes, aber ich mach es, ich stell die Schüsseln auf den Tisch, Löffel daneben, ich hab meine Freude dran. Mit Porridge kann ich sie jagen. Für meinen Vater war Porridge das Größte, weil der angeblich so gesund ist.
– Bauernfraß, hat John Paul immer gesagt.
Was er wohl jetzt so zum Frühstück kriegt?
Stop!
Leanne trinkt Tee, Jack Milch. Ich hab ihn erst letztes Jahr soweit gebracht, daß er sie nicht mehr aus der Flasche trinkt. Er war zur Schule gekommen, da wird so was peinlich. Es hat ewig gedauert, bis er zugab, daß sie aus einem Pu-der-Bär-Becher genauso gut schmeckt. Ich habs mit ihm ausprobiert. Wie in der Werbung: Probieren Sie mal die Marke X.
– Ich will Fasche.
– Das ist ebensogut wie eine Flasche.
– Fasche.
– Versuch doch mal.
– Nein.
– Einen kleinen Tropfen.
– Nein.
– Nur mal einen Schluck.
– Nein.
Zum Verrücktwerden.

Ich trinke Kaffee, zwei Löffel die Tasse. Wenn ich aufstehe, ist Nicola schon zur Arbeit gegangen. Sie kann andauernd Tee trinken. In der Spüle liegt immer ein Haufen warmer Teebeutel, wenn ich runterkomme. Wie Pferdeäpfel.

Morgens sind wir also nur zu dritt, ich und Leanne und Jack, bis auf sonntags, wenn Nicola nicht arbeitet. Ich genieße das. Es macht mir Spaß, sie zu scheuchen, ihnen Beine zu machen. Jetzt kommt, hopphopp. Ich paß auf, daß sie ihre Brote haben und die richtigen Bücher in der Tasche. Ich bin auf Draht. Eine schöne Zeit. Frühmorgens sind wir nicht arm dran. Sie freuen sich. Sie wissen, daß ich mich freue. Ich tu so, als ob ich sauer bin; sie wissen, daß es nur Theater ist. Manchmal nicht – und auch das wissen sie. Kommt schon, beeilt euch. Dallidalli. Dallidalli. Das finden sie herrlich, wenn ich im Haus rumfege und sie antreibe. Dallidalli. Dallidalli.

Dann sind sie weg. Leanne bringt Jack bis zu seiner Schule und paßt auf, ob er seine Klasse gefunden hat, dann geht sie eine Ecke weiter in ihre Schule. Ich bin ein paarmal hinterhergegangen, sicherheitshalber. Es war richtig lieb. Ich bin hinterhergegangen, weil angeblich eine Kindsräuberin unterwegs ist, eine Frau, die versucht, mit geklauten Krankenhauspapieren den Leuten ihre Kinder wegzunehmen. Ich habs im Radio gehört. Kindsraub ist ein großes Geschäft, besonders in Amerika. Verrückte Welt.

Eine halbe Stunde habe ich für mich – für eine zweite Tasse Kaffee, eine Denkpause –, dann muß ich auch los. Viermal in der Woche hab ich Putzstellen. Privat. Zusätzlich zu der Büroreinigung am Abend. An den Dienstagen habe ich nichts, und die gehen mir auf den Geist. Ich könnte natürlich mein eigenes Haus putzen, aber das packe ich irgendwie nicht. Meist putzen wir zusammen, wenn sich zu viel Dreck angesammelt hat. Es ist schon fast eine Tradition, ein Spiel. Leanne hat einen Mordsspaß dran. In einem Schulaufsatz hat sie mal geschrieben, daß Putzen ihr Hobby ist. Weiß Gott, was sich die Lehrerin dabei gedacht hat. Dienstags sitze ich rum und hör mir Gaybo an – Gerry Ryan macht mir zu viele dumme Sprüche. Manchmal geh ich bei Carmel vorbei, ehe ich Jack abhole. Vormittags ist Carmel gut zu haben, die Krallen fährt sie erst bei Dunkelheit aus. Die Putzstellen vormittags finde ich gut. Warum? Vielleicht, weil ich was Nützliches mache, weil ich Bewegung bekomme, Geld dafür kriege. Ich seh mich gern in den Häusern von anderen Leuten um. Komischerweise bin ich fast nie neidisch, obgleich manche Häuser unglaublich sind. Riesig. Manches von dem Zeug, das da steht, das meiste würde ich selber nicht haben wollen, muß ein Vermögen gekostet haben. Dunkle Möbel, Fernseher mit flachem Schirm, CD-Player mit Minilautsprechern. Ich liebe Musik. Da, wo ich am Montag putze, in Clontarf, haben sie eine tolle CD-Sammlung, alles Songs aus den Siebzigern. Ich hab sie gefragt, ob sie mir zeigt, wie man den CD-Player bedient, und das hat sie auch gleich gemacht. Sie ist nett, die Frau, der das Haus gehört. Miriam. Wir sind gleich alt. Als junge Mädchen sind wir zu denselben Tanzereien gegangen. Ich erinnere mich nicht an sie. Sie hat einen Arzt geheiratet. Ich hab Charlo geheiratet. Mott The Hoople, Bad Company, Sparks, Queen – alles da. Vielleicht hol ich mir mal eine Tonbandgerät und nehm ein paar von ihren Sachen auf. CDs sind super; schon diese schicken Farben. Sie sehen echt teuer aus. Toll, daß man nur auf einen Knopf zu drücken braucht, und schon kommt das Stück, das man haben will. Ich kann gar nicht zählen, wie viele Platten ich verkratzt und ruiniert habe, wenn ich einen sitzen hatte.

– *She's as sweet as Tupelo honey* –

Charlo hat mir das vorgesungen, er hockte am Boden dabei.

– *She's an angel of the first degree* –

Er war gerade auf eine Biene getreten. Auf dem asphaltierten Spielplatz. Wir hörten es knirschen und fingen an zu lachen. Ich weiß nicht mehr, wann das war, ich glaube, da kannte ich Charlo noch gar nicht sehr lange.

– Ich hab gedacht, sie fliegt weg, sagte Charlo.

– Vielleicht wars die Königin, sagte ich.

– Jetzt ist sie tot. Armes Ding, sagte Charlo.

– *She's as sweet as Tupelo honey* –

Van Morrison finde ich toll.
– *Just like honey baby from the bee* –
Klasse Musik. Sie haben Lautsprecher im ganzen Haus und keine Kinder, es ist nie richtig schmutzig dort. Mit der Musik vergeht die Zeit schneller.
– *You can take all the tea in China* –
Put it in a big brown bag for me –
Mein Staubtuch flutscht über das Sideboard. Die Bürste kreist im Klobecken. Van ist mein Typ. Ein Walkman wär schön, für die anderen Häuser und dann abends die Büros. Es gibt schon billige. Und für den Zug, wenn ich abends nach Hause fahre. Da könnte ich die Augen zumachen und zuhören und träumen.
– *You can take all the tea in China* –
Beim Zuhören kommen die Erinnerungen, die Musik lockt sie raus. Eins muß ich sagen: Mein Leben hat einen tollen Soundtrack.
Holzfußböden sind in; keiner will mehr Teppiche. Nackte Böden wie bei den armen Leuten. Mein Fall ist das nicht. Wenn ich nach Hause komme, würd ich gern Teppichboden haben. Die Schuhe ausziehen, mit den Füßen einsinken, mich drauflegen und schweben.
– *Sail right around – round the seven oceans* –
Clontarf, Sutton, Killester und Raheny, das sind meine Putzstellen. Raheny ist die schlimmste. Schon am Gartentor, du brauchst gar nicht zum Haus hinzusehen, weißt du, was los ist: Kids. Die ganze Woche über machen sie eine Riesenschweinerei, und am Freitag komme ich putzen, damit sie am Samstag wieder von vorn anfangen können. Ich finde, Kinder müssen auch mal mit anfassen, wenn sie was versaut haben. Meine mußten das immer, sogar Jack, auch wenn die Schweinerei dadurch vielleicht noch größer wird. Du faßt dich an den Kopf: Filzstifte und Farbe an den Wänden und am Kühlschrank, dreckige Klamotten auf der Treppe, überall Krümel und zertretene Brote. Ich hab den Eindruck, daß sie die Woche über keinen Handschlag tun. Sie warten, bis ich komme. Sogar die Videos und CDs muß ich wieder in die Schachteln tun, weil es sonst aussieht, als wenn ich nichts angerührt hätte. Sie arbeitet nicht. Wenn ich komme, fährt

sie weg, klammheimlich, man sieht, daß sie ein schlechtes Gewissen dabei hat. Ist auch nicht mehr als recht und billig. Blöde Kuh. Wenn ich gehe, kommt sie zurück. Einmal hat sie draußen vor dem Gartentor in ihrem Wagen gewartet, bis ich fertig war; ich habs vom Schlafzimmerfenster aus gesehen. Ein paarmal ist sie mir was schuldig geblieben. Wir sehen uns ja nächste Woche. Hab vergessen, zur Bank zu gehen. So was finde ich gemein. Die Woche drauf mußte ich sie dann erinnern. Ich brauch das Scheißgeld. Es ist Freitag. Sie hat ja keine Ahnung. Es ist das einzige Haus, in dem ich neidisch bin. Die Kids haben alles. Ich weiß, wovon ich rede, ich räums ja immer weg. Auf dem Rückweg geh ich an der Schule vorbei und hole Jack ab. Oft bin ich zu früh dran, aber das stört mich nicht. Da stehen immer schon mehr Leute und warten, manche haben sonst nichts zu tun. Und ich unterhalte mich gern ein bißchen beim Warten. Nachdem Charlo gestorben war, konnte ich da nicht stehenbleiben, sie guckten mich alle an und guckten wieder weg, ich habs genau gemerkt. Ich hab es so eingerichtet, daß ich nicht warten mußte, ich bin immer genau zur Zeit gekommen oder ein bißchen später. Die Lehrerin fand das nicht schlimm, wahrscheinlich hat Jack ihr leid getan, wo er nun keinen Daddy mehr hat und eine Mammy, die nach Schnaps riecht. Inzwischen ist es besser geworden, ich werde nicht mehr so nervös. Die Leute haben sich an mich gewöhnt. Die Frau, der man den Mann erschossen hat. Wenn die Kinder rauskommen, ist es mit der Unterhaltung vorbei, sobald wir unsere Kids in Empfang genommen haben, reden wir nicht mehr miteinander. Wir gehen alle getrennt nach Hause. Ein paar Väter sind auch dabei. Die reden überhaupt nicht, nicht mal untereinander. Sie genieren sich. Weil sie keine Jobs haben. Weiberarbeit. Sie können einem leid tun. Mit den Kindern können sies sehr gut, fassen sie behutsam an, um ihnen die Mäntel anzuziehen, halten sie an den Händen, drücken sie. Charlo war nie so. Nicht, daß er ein schlechter Vater gewesen wäre; besonders als die Kinder klein waren. Er konnte wunderbare Spiele erfinden. Tobte mit ihnen auf dem Boden rum. Warf sie hoch und fing sie wieder auf und ließ sich von ihnen mit Wasser begießen, wenn er nicht gerade seine guten Sachen anhatte. Aber er hätte nie ohne mich einen Kinderwagen geschoben. Er hat ihnen nie was beigebracht. Sogar wie man die Schnürsenkel bindet, mußte ich ihnen zeigen. Er hat sich nie ihre Hausaufgaben angesehen, so daß ich schon überlegte, ob er vielleicht Analphabet war und mich all die Jahre an der Nase rumgeführt hatte. Aber es interessierte ihn einfach nicht. Er hätte nie die Kinder von der Schule abgeholt. Ist doch ganz in der Nähe. Sie kennen den Weg. Ich hab zu tun.

Fakten, Paula.

Mit einem von den Männern unterhalte ich mich manchmal. Er tut mir irgendwie leid. Er ist nett. Man kann nie wissen. Vielleicht ist er alleinstehend. Er holt ein kleines Mädchen ab. Ich hab Jack gefragt, ob sie in seiner Klasse ist. Nein, hat er gesagt, aber das will nichts heißen.

– Bestimmt nicht?

– Weiß nicht.

Typisch Jack.

Ich glaube, er ist jünger als ich. Der Mann. (Ab wann sind sie keine Typen mehr, sondern Männer? Ist mir noch nie aufgefallen.) Manchmal sagt er zuerst hallo. Wahrscheinlich hat er eine Frau, die arbeiten geht. Er trägt ordentliche Schuhe, feste schwarze Schuhe. Vielleicht hat er die Nachtschicht. (Ja, ich schwärme ein bißchen für ihn, wie damals für Mickey Dolenz von den Monkees. Der war mein Idol. Wo kommt das Wort her? Ich habs in Leannes Wörterbuch nachgeschlagen. Da steht Abgott, Götzendienst. Ich hatte Bilder von Mickey Dolenz in allen Schulbüchern und an der Schlafzimmerwand. Ich liebte ihn. Ich heulte vor dem Fernseher, wenn die Sendung mit ihm kam. Am Samstagabend. Wir haben sie alle geguckt. So ein Schund, sagte Daddy und kriegte die Wut, wenn wir anfingen zu kreischen. Aber er hat bestimmt nur Spaß gemacht, er hat sie uns nie verboten. Was findet ihr bloß an diesen Schmutzfinken, hat er gesagt, aber nur aus Quatsch. Ich bin voll auf Mickey Dolenz abgefahren, wie Leanne sagen würde. Wir haben Händchen gehalten und sind am Strand langgegangen, und er hat gesungen *Take A Giant Step All*

Around Us. Ich bin losgerannt, und er ist mir nachgelaufen, ich hab mich von ihm fangen lassen, und dann ist er losgerannt und hat zurückgeguckt, und dann mußte er lachen und kam nicht mehr so schnell vorwärts. Zum Schluß sind wir immer ins Wasser gegangen, das war warm wie in der Badewanne.

– *And take a giant step outside your mind* –

Daß er einen Ständer kriegte und mir im Wasser die Brustwarzen hart wurden – so was war nicht drin. Wir liefen am Strand lang, die Sonne ging unter, wir aßen eine Tüte Pommes zusammen. Dann brachte er mich nach Hause zu meinem Wohnwagen. Seiner war der übernächste.

– Gute Nacht, Paula.

– Gute Nacht, Mickey.

An der Ecke blieb er noch mal stehen und drehte sich um und lächelte und winkte und blinzelte mir zu. Am nächsten Morgen sah ich ihn dann wieder, und wir machten genau dasselbe, wir gingen am anderen Ende vom Strand los und liefen nach Hause. Wie wir an das andere Ende gekommen sind, hab ich mir nie überlegt. Mike Nesmith fand ich nicht gut. Er sah zu alt aus, er hätte mich anfassen wollen. Peter Tork war dämlich, Davey Jones ein bißchen zu klein. Männer müssen größer sein als Frauen. Für Blue Boy aus High Chaparral hab ich auch geschwärmt. Mit dem bin ich geritten, es war wie Fliegen, ich spürte das Pferd unter mir gar nicht. Robert Kennedy – nach dem hab ich immer in den Nachrichten geguckt. Ich bin mit ihm am Strand langgegangen. Er hat nie seinen Anzug ausgezogen. Er hat mir Sachen erklärt. Komisch, als sie ihn erschossen, war ich gar nicht richtig traurig, es war irgendwie nicht wichtig. Ich bin mit ihm gegangen, bis ich einen anderen gefunden hatte. Meine Mammy hat geweint, als es in den Nachrichten kam. Ich hab mir ausgedacht, daß er ihr Vetter war.

Ich hab für den einen oder anderen geschwärmt, auch als ich schon verheiratet war. Nichts Ernstes, albern eigentlich. Kein Sex, kein Ehebruch. Nur was, um die Zeit totzuschlagen. Damals hab ich das allerdings nicht so gesehen. Einen von den Busschaffnern fand ich toll, den hab ich geliebt. Ich hab immer auf ihn gewartet, die anderen Busse hab ich wegfahren lassen. Ich hab mir Gründe ausgedacht, um in die Stadt zu fahren, auch wenn ich die Sachen genausogut im Einkaufszentrum oder sogar bei uns in den Geschäften hätte kriegen können. Was ich damals an Fahrgeld zum Fenster rausgeschmissen hab – Wahnsinn! Ich bin fast verrückt geworden, weil ich vor dem Einsteigen ja wissen mußte, ob mein Schaffner drin war. Muß ganz schön bescheuert ausgesehen haben, wie ich die Hand ausstreckte, hochlinste, ob er gerade auf dem Oberdeck war, und die Hand wieder in die Tasche steckte, wenn ich ihn nicht gesehen hatte. Im Depot haben sie bestimmt über mich geredet. Die Verrückte. Ich konnte nicht anders. Er war dünn und hatte schon einen Dreitagebart, da hatte Bob Geldof den noch gar nicht erfunden. Ich lag im Bett und sorgte mich, wenn ich glaubte, daß er die Spätschicht hatte. Er war super. Er nahm das Geld und sagte danke, ohne dumme Sprüche, ohne Geprotze und ohne die Treppe runterzutoben wie Starsky oder Hutch. Ich stellte ihn mir vor, zusammen mit seinen Kindern, alles Jungs. Wie er mit ihnen Ausflüge machte, in der Küche putzte, Coronation Street guckte, eine Tasse Kaffee für seine Frau machte. Keinen Tee. Richtigen Kaffee zum Brühen. Bewley's Coffee. Er hat zu mir nie was anderes als danke gesagt, und ich hab immer nur gesagt: Eine Erwachsene zwei Kinder bitte, aber darauf kams ja nicht an. Bei Wind und Wetter hab ich die armen Kinder in die Stadt geschleppt, nur damit er bei mir kassieren konnte. Und eines Tages hab ich dann nicht mehr an ihn gedacht.

Eine Weile hab ich auch für einen Barmann geschwärmt, den sah ich immer am Sonntagabend, wenn Charlo mich ausführte. Was ich damals an dem gefunden hab, weiß ich nicht mehr. Besonders gut sah er nicht aus. Er blieb so cool, wenn er unter Druck war, ganz lässig tänzelte er hinter seiner Theke hin und her. Schwarzes Haar. Drei leere Gläser konnte er mit einer Hand unter den Zapfhahn halten. Er schwitzte fast gar nicht. Ich hab mir ausgemalt, daß es klopfen würde – oder klingeln oder summen, wenn die Klingel funktionierte –, und dieser Barmann, Eamon, würde vor der Tür stehen. Ein guter Grund

dafür ist mir nie eingefallen, und das war ärgerlich, denn ich mußte ihn ja irgendwie ins Haus kriegen. Er hatte sich in der Tür geirrt.
– Kommen Sie doch ruhig trotzdem auf eine Tasse Tee rein.
Nein, das ging nicht.
Er wollte zu Charlo.
– Kommen Sie doch rein, er ist sicher bald zurück.
Das war schon besser, aber da gab es ein Problem: Was wollte er von Charlo? Freunde konnten sie nicht sein, das hätte alles verdorben. Charlo hatte seine Jacke im Pub vergessen, und Eamon wollte sie ihm bringen. Aber Charlo war jeden Tag im Pub, hätte es nicht bis abends Zeit gehabt? Nein, denn in Wirklichkeit wollte er ja zu mir. In einer Version gestand er mir später, daß er die Jacke geklaut hatte, damit er einen Vorwand hatte, mich zu besuchen.
Er war kein Barmann. Er hatte sich in einen Klempner oder einen Elektriker verwandelt, jemand, den ich ins Haus lassen konnte. Nicht den Milchmann oder Briefträger, in meinen Tagträumen war ich nie eine Schlampe. Wenn ich die Tür aufmachte, war ich immer komplett angezogen.
Meist redeten wir nur miteinander. Nach einer Weile hielten wir Händchen. Er legte seinen Kopf an meine Schulter. Es wurde dunkler. Ich redete; er hörte zu. Es war immer warm. Wir kriegten nie Hunger. Ich hatte mir alles genau zurechtgelegt. Stundenlang konnte ich mir in der Küche, wenn Jack seinen Mittagsschlaf machte, oder vor dem Fernseher oder auf meinem Bett die ganze Geschichte vorerzählen, einmal täglich, monatelang. Immer wieder mit kleinen Änderungen, damit sie mich überzeugte. Endstation war das gemütliche warme Zimmer, in dem wir spätabends saßen und nie aufstehen mußten, um aufs Klo zu gehen, aber bis es soweit war, hatte ich ganz schön zu tun. Ich mußte es so einrichten, daß ich keine Kinder hatte und nicht mit einem Arschloch verheiratet war, und daß ein Mann, der gut und gern zehn Jahre jünger war als ich, sich in mich verliebte. In einer Fassung lernte ich ihn bei Charlos Beerdigung kennen. Bei der richtigen Beerdigung hab ich sogar geguckt, ob ich ihn sehe, ich mußte daran denken, als ich aus der Kirche kam.

Ich konnte mich ganz leicht zum Weinen bringen. Dann wurden meine Lider dick und fingen an zu kribbeln, ich merkte, wie meine Augen rot wurden. Bis dahin konnte ich mich noch bremsen, aber oft ließ ich die Tränen kommen. Ich erfand auch Träume über Sex. Überall, zu jeder Zeit. Dabei mußte ich an die verrücktesten Sachen denken – Männer, Charlo, Obst, alles mögliche. Bescheuerte Sachen. Wie Kinderwindeln riechen, wie sich eine Schultasche anfühlt, wie ich meinen Mantel anziehe, eine Dose aufmache, mich bücke, um eine Socke aufzuheben; ich kriegte keine Luft mehr. Es war gar kein Anlaß nötig. Kein Plan, keine Geschichte, keine besondere Tageszeit. Ich hob mir die Sexgefühle auf, schob sie erst mal weg. Rieb mich an einer Wand, blieb stehen und wartete. In diesem Zustand war ich zu nichts zu gebrauchen. Ich wußte nicht, wer oder wo ich war. Ich mußte die Kinder zählen, zwei Mädchen, zwei Jungen. Ich stellte das Essen in die Spüle statt in den Backofen. Ich ging weg und sperrte mich selber aus, absichtlich. Ich fuhr in die Stadt und vergaß, was ich dort wollte. Ich hatte es nicht im Griff. Ich hob mir alles auf, es wurde immer schlimmer. Und wenn ich dann Charlo hatte, ließ ich es raus, es strömte nur so. Ich lutschte ihn, ich biß ihn. Ich zog ihn an den Haaren, ich machte ihn wütend. Er fand es gut; er fand es furchtbar. Es ging um mich. Ich fickte ihn, ich fickte ihn. Er hatte damit nichts zu schaffen. Es ging um mich. Ich lachte. Ich schlug auf ihn ein. Ich war fix und fertig. Wenn ich leer war und klatschnaß auf dem Bett lag oder auf dem Fußboden, wenn ich wieder denken konnte, liebte ich ihn. Meinen Charlo.)

Jack und ich haben das Haus eine Weile für uns, wenn wir heimkommen. Er trinkt seinen Tee, ich trinke meinen Kaffee, wir sitzen zusammen und reden. In der Küche oder im Wohnzimmer, das darf er sich aussuchen. Er guckt sich um, und dann entscheidet er. Ich blicke da nie so richtig durch. Er denkt nach und macht die Stirn kraus dabei, es geht mir jedesmal unheimlich nah.

– Dahin.

Er führt mich zu dem Sessel.

– Jetzt, Mammy.

Ich setze mich zuerst, dann er. Er trinkt in kleinen Schlucken seinen Tee. Aus seinem Pu-der-Bär-Becher.
– Sehr lecker.
Von der Schule erzählt er mir nie was. Mich stört das nicht. Er denkt sich Sachen aus.
– Was hast du heute gemacht, Jack?
– Amerika.
– Du warst in Amerika?
– Jaha.
– Wie bist du hingekommen?
– Och, einfach so.
Es ist zu schön. In ein, zwei Jahren sind es Lügen. Aber jetzt ist es einfach nur schön.
– Was hast du gesehen?
– Bonbons.
– Ist ja toll.
– Tolle Bonbons.
– Hast du welche gegessen?
– Nein.
– Warum nicht?
– Es waren nur die harten.
– Keine weichen?
– Nein.
Er fängt an zu weinen. Ich muß mit ihm weiche Bonbons kaufen gehen. Ich lese mit ihm, ja, das ist das Neueste. Das hab ich aus einer Anzeige. Mit den anderen Kindern hab ich das nie gemacht, ich wär nie auf den Gedanken gekommen. Es war eine Werbung für Zentralheizungen oder für Kohle in einer Zeitschrift. Ein Mann und sein Sohn sitzen in einem großen Sessel vor dem Feuer. Der Mann hat ein dickes Buch auf dem Schoß und zeigt darauf. Der Junge schmiegt sich an ihn und strahlt. Das will ich auch machen, hab ich gedacht. Und jetzt mache ich es. Pu der Bär ist super, ich glaube aber, ich hab mehr davon als der arme Jack. Zum Totlachen, diese Welt, in der das alles spielt. Christopher Robin gibt andauernd Parties. Kunststück!

Er braucht sie ja nicht zu bezahlen, der kleine Schnösel. Christopher Robin gab eine Party für zwei Helden. Pu war ein Held, weil er Ferkel das Leben gerettet hatte, und Ferkel war ein Held, weil er Oile zu einem schönen Haus verholfen hatte. Für alle war es eine wunderschöne Party, und der windige Tag war nun gar nicht mehr so schlimm. Inzwischen können wir es auswendig, Jack und ich. Manchmal schmuggele ich Fehler ein, und wenn er sie findet, muß ich noch mal von vorn anfangen. Ich staune, wie schnell er sie entdeckt, er ist hellwach. Manchmal sage ich nicht Ferkel, sondern Jack, dann freut er sich. Manchmal bin ich sehr glücklich.

Manchmal muß ich raus, dann packe ich es einfach nicht mehr. Ich kann nicht mehr sitzen, ich muß da raus. Ja, ja, ruft das kleine Mädchen, wir brauchen alle was zu trinken. Das ist dann schlimm. Ich kann mich nicht mehr sehen. Ich kann den Dreck nicht mehr sehen und die Leere und die Füllung, die aus den Polstermöbeln kommt, und daß nichts im Kühlschrank ist. Ich rieche immer noch Charlo im Haus. Ich hab es nicht im Griff. Der Gieper. Die Flasche. Ich muß raus.

– Komm, Jack.

Wir gehen in den Park. In den Hundertmorgenwald. Wir suchen Tieger und Klein-Ruh. Hüpf hopp hüpf hopp. Es ist ein langer Weg dorthin und ein langer Weg zurück. Gut, um die Zeit totzuschlagen, um mich vor mir selbst zu schützen. Die Luft tut mir wohl. Der Schlüssel bleibt im Gras. Wir teilen uns eine Tüte Chips oder Maisringe, wenn ich Geld dabei habe. Er füttert mich, nimmt einen Chip nach dem anderen und steckt ihn mir in den Mund. Er mag die mit Salz und Essig, mir sind die einfachen lieber. Ein paar lassen wir in der Tüte für die Enten. Jack ist immer damit einverstanden, er mault nie. Er paßt auf, daß alle Enten was abkriegen. Und er redet und redet, sein Mundwerk steht nie still. Er läuft um jeden Baum. Es ist schön anzusehen und gleichzeitig irgendwie furchtbar traurig. Mir tut alles weh – vor Liebe und weil ich was zu trinken brauche. Am Licht und am Verkehr sehe ich, wie spät es ist. Zeit zum Heimgehen. Ich bin wie eine Indianerin. Eine Squaw. Meinen Krieger haben mir die Polizisten erschossen.

– Nach Hause, Jack.
– Ja, gleich.
– Nach Hause, Spatz, komm schon.
Ich will zu Hause sein, wenn Leanne kommt. Ich mag ihr keinen Schlüssel geben. Ich möchte, daß sie Essen riecht, wenn sie vor der Tür steht. Ich möchte, daß sie sich aufs Heimkommen freut. Das tut sie auch, und so soll es bleiben.
Ich rieche immer noch Charlo. Besonders in den Kissen.
Neue kann ich mir nicht leisten.
Ich will auch keine.
Fakten.
Ich passe auf, daß Leanne ihre Hausaufgaben macht, sobald sie heimkommt. Nur wenn ganz tolles Wetter ist, lasse ich sie erst raus, dann arbeitet sie nach dem Abendessen. In der Küche, unter meinen Augen. Bei den anderen beiden, bei Nicola und John Paul, hab ich das nicht gemacht, es wäre mir nie eingefallen. Sie saßen an ihren Hausaufgaben, während die Werbung lief, Nicola hat gearbeitet, wenn Werbung lief, die sie nicht mochte. Bei Leanne ist das anders. Ich will wissen, daß sie fertig ist, ehe ich gehe. Ich hab mich lange mit ihrer Lehrerin darüber unterhalten. Ich schau ihr gern über die Schulter. Ihre Aufsätze sind super. Sie weiß, daß ich hingucke. Sie sind sehr komisch, sehr keß. Das einzige, was bei Mammy nicht anbrennt, ist die Kohle.
– Das zeigst du deiner Lehrerin aber nicht, sage ich. – Wo kommen wir denn da hin!
Sie weiß, daß es nicht so gemeint ist. Daß ich ihr damit sagen will, wie gut ich sie finde. Sie konzentriert sich und lächelt, ich höre ihre Gedanken sirren. Alles sieht so ordentlich aus. Gerader Rand, roter Kugelschreiber, schöne Schrift, genau auf der Linie. Wo hat sie bloß den Grips her?
Vielleicht von mir.
Um halb vier muß ich los. Erst bekommen sie noch ihr Essen. Bis um halb fünf, wenn Nicola heimkommt, hat Leanne die Aufsicht. Ich hab Vertrauen zu ihr – muß ich ja wohl –, und sie ist sehr lieb zu Jack. Sie macht den Abwasch für mich.

Dann geh ich in mein Büro. Paula Spencer, Bodensachbearbeiterin. Ich fahre mit dem DART. Wir sind eine ganze Clique, ein halber Wagen voll, und machen mehr Krach als die Kids, wenn sie von der Schule kommen. Mona mag ich sehr, wir sind fast so was wie befreundet. Nach Charlo war sie sehr gut zu mir. Mona hat mich volltrunken und vollgekotzt erlebt und setzt sich trotzdem noch neben mich. Ich würde sie gern näher kennenlernen, aber ihr Mann kann mich nicht ausstehen, so was merkt man. Trotzdem – die Fahrt in die Stadt mit Mona und den anderen ist wie ein Stärkungsmittel, wie ein verdammt guter Schluck. An den Wochenenden fehlt mir das richtig. Dann sind da noch Gwen und Fran. Fran ist auch Witwe. Sie ist acht Jahre jünger als ich und hat fünf Kinder. Sie lacht viel, aber man merkt, was sich dahinter verbirgt, man sieht es an ihrem Gesicht, sie kriegt rote Augen und einen schmalen Mund. Das Lachen ist wie ein Schrei. Sie hat ihren John geliebt; er ist vor einen Zug gefallen. Gesprungen. Gefallen. Der Zug hat ihn voll erwischt. Ich erinnere mich an eine Fahrt in die Stadt, ehe ihr Mann auf die Gleise gefallen war. Es war vor Charlos Tod. Ich hatte ihn schon rausgeschmissen. Fran hatte immer gute Sprüche über Charlo drauf, sie wußte, daß mir das gefiel.

– Hab gestern abend wieder deinen Charlo gesehen, Paula.

– Ihren Ex-Charlo, sagte Mona.

– Wieder beim Chinesen, sagte Fran.

Gwen schaltete sich ein.

– Er hat am Sonntag einen Hattrick gemacht. Ist das nicht riesig?

– Er hat Curry-Fritten gekauft, sagte Fran. – Und eine Frühlingsrolle.

– Die sind toll, sagte Gwen. Ich steh auf Frühlingsrollen.

– Aber kein Fleisch, Paula, sagte Fran. – Der macht nicht mehr viele Hattricks, wenn er kein Fleisch kriegt.

Ich war so glücklich, daß ich fast losgeheult hätte. Ich war unter Freunden, ich wurde gebraucht. Zumindest während der Fahrt in die Stadt. Was soll ich jetzt zu der armen Fran sagen? Er ist nicht gesprungen, er ist gefallen. Ich gucke sie an. Sie sitzt vor mir, aber sie ist

meilenweit weg. Ich sehe, wie ihre Gedanken flackern, eben noch da, gleich wieder weg; mit Valium vollgeknallt. Sie sieht jetzt so alt aus wie ich. Älter. Ich kann mich nicht drüber freuen.
Einer von Monas Jungs studiert, keine Ahnung was. In irgendeiner Hochschule oben in Dundalk. Seit zwei Jahren. Am Wochenende kommt er mit einem Koffer voll Wäsche zurück. Sie hängt seine Unterhosen auf, als obs Fahnen wären. Das ist nicht bös gemeint, ich mach ihr keinen Vorwurf. Sie gibt nie damit an.
Leanne und Jack werden an einer richtigen Uni studieren, in Dublin.
Machs halblang, Paula.
Und sie werden sich ihre Dreckwäsche selber waschen.
Ich steige Tara Street aus. Die anderen fahren weiter bis Pearse Street.
– Treibs nicht zu bunt mit Meister Proper, Paula.
– Keine Bange.
Ich hab nichts gegen das Putzen, nur gegen die Tageszeit. Ich sollte zu Hause sein wie alle anderen auch. Irgendwas wehrt sich in mir. Daß ich arbeite, ist schon in Ordnung. Es ist nichts Glanzvolles – Dolly Parton würde mich in dem Film nicht spielen –, aber es ist mein Job, ich verdiene damit Geld für meine Familie. Es ist nur die Tageszeit. Ich bin schon hundemüde und hab ein schlechtes Gewissen, ich sollte eigentlich zu Hause sein. Das Gebäude ist so leer, man hört nur die anderen Staubsauger jaulen. Manchmal krieg ich es mit der Angst zu tun. Ich würd gern mal die Büros erleben, wenn sie voller Lärm und Leute sind, dann sind sie bestimmt nicht wiederzuerkennen. Wenn du in einem Privathaus putzt, ist das ganz was anderes. Da gibt es Räume, auf die freust du dich, weil die Sonne so schön reinscheint oder weil es die Küche ist, wo der Kessel steht, oder ein Kinderzimmer. Es ist wie eine Reise durch ein kleines Land, jede Ecke ist anders. Als ob du eine Spionin bist oder ein Buch liest.
Die Büros sind sehr ordentlich, in manchen braucht man eigentlich überhaupt nicht zu putzen. Aber es ist furchtbar langweilig. Hier und da steht ein Kinderbild rum und auf den Computern allerlei Schnickschnack, und manchmal liegt ein Paar Socken in einem

Schubfach – ich stöbere da manchmal ein bißchen, wenn nicht abgeschlossen ist –, aber das ist alles. Du schiebst deinen Staubsauger über viele Quadratmeter unpersönlichen Teppichboden, dabei solltest du eigentlich zu Hause bei deiner Familie sein, die Füße hochlegen, ausgehen oder sonstwas. Es ist unnatürlich, du mußt dich dazu zwingen.
Es ist keine schwere Arbeit, aber mein Rücken macht mir zu schaffen. Ich weiß, daß ich beim Staubsaugen keinen runden Rücken zu machen brauche, der Dreck auf dem Fußboden geht auch so weg. Es ist eine Angewohnheit, beim Staubsaugen gewaltig aufzudrücken. Wenn einem die Hände nicht abfallen, ist nicht ordentlich gesaugt. Richtige Wände haben sie dort kaum, nur Raumteiler. Großraumbüros. Wär nichts für mich, Wände sind mir lieber, man braucht schließlich was, wo man sich anlehnen kann. Es muß schwierig sein, sich zu konzentrieren, wenn um einen rum alle telefonieren und durch die Gegend rennen. Es ist so was wie eine Versicherungsgesellschaft; aus den Papieren, die auf den Schreibtischen und in den Papierkörben liegen, werd ich nicht schlau. Der Firmenname hilft da nicht weiter, es sind nur drei Nachnamen. Eigentlich komisch, nicht zu wissen, für wen man arbeitet. Schließlich bin ich ein wichtiges Zahnrad in der Maschine, und keins der anderen Zahnräder hat mich je gesehen. Von den anderen Putzfrauen kenne ich nur die Marie. Sie ist unser Boß, aber sie muß auch putzen. Das Stockwerk über mir. Zur Pause kommt sie zu mir runter. Sie hat einen Wohnwagen in Courtown stehen wie meine Schwester Denise, aber sie kennen sich nicht.
– Es gibt doch bestimmt mehr Wohnwagen als Leute, Paula.
– Du wüßtest, wen ich meine, wenn du sie sehen würdest.
– Kann schon sein.
So läuft das, wenn wir uns unterhalten. Wir reden über nichts, immer im Kreis rum. Die Lebensmittelpreise, das Wetter, das Fernsehen. Ich guck jetzt Coronation Street, das heißt, ich nehme es auf, weil Marie es guckt und wir dann drüber reden können. Wir sagen nie viel, und über peinliche Sachen reden wir überhaupt nicht. Manch-

mal, das muß ich zugeben, hätte ich dazu schon Lust, und ich glaube, Marie würde auch zuhören. Ich bin Alkoholikerin, hab ich dir das mal erzählt? Mein Mann hat eine Frau umgebracht, hab ich dir das mal erzählt? Dann hat ihn die Polizei erschossen, hab ich dir das mal erzählt? Ich weine nachts. Ich schließe die Flaschen im Gartenschuppen ein und werfe den Schlüssel weg. Aber das wär nicht fair. Sie hat bestimmt auch ihre Probleme. Über manches spricht sie nicht. Sie hat fünf Kinder, aber von dem Ältesten ist nie die Rede, ich weiß nicht mal, wie er heißt, und der Jüngste ist geistig behindert. Wir werden uns nie näherkommen. Wir gehen getrennte Wege. Ich fahre mit dem DART nach Hause, sie mit dem Bus, ich weiß nicht, mit welchem. Am Donnerstag gibt sie mir mein Geld.

– Laß nicht alles in dem einen Laden, Paula.

– Bis ich zu dem komme, ist bestimmt schon alles ausgegeben.

Nach Hause.

Das Stück bis zur Tara Street ist scheußlich. Nicht nur wegen der Dunkelheit, sondern weil es so leer ist. Um diese Zeit geht niemand über die Straße am Fluß. Oft graule ich mich. Der ganze Verkehr kommt von hinten. Es ist nicht weit, aber eben auch nicht schön. Auf dem Bahnhof ist es dann besser, da sind viele Leute, die nach Hause wollen wie ich. Manche haben sich nach der Arbeit noch was genehmigt, man sieht es an ihren Gesichtern und wie sie rumstolzieren. Die Plastikröhre rauf zum Bahnsteig. Ich bleibe immer in der Nähe der Rolltreppe. Ich sitze da, summe und freue mich auf den schöneren Teil des Abends. Die Quälerei mit dem Putzen ist vorbei, dafür kommt jetzt die Quälerei mit dem Trinken. Ja, ja, ruft das Mädchen. Ich stehe auf, wenn das Signal auf Grün umspringt. Ich sehe gern zu, wenn der Zug einfährt, wie er so ruhig und geräuschlos angerollt kommt mit seinen hellen Lichtern. Ich steige immer in denselben Wagen, den ersten, und sitze immer auf demselben Platz, meist ist er um diese Zeit frei. Auch von den Leuten kenne ich inzwischen viele. Ich rücke ganz nah ans Fenster und gucke raus. Wir fahren über den Fluß, vorbei an Customs House, dem Irish Life-Gebäude – ich seh mich in der Scheibe, auf diese Entfernung seh ich gut aus –, über die Talbot Street,

in die Connolly. Ein-, zweimal bin ich eingeschlafen. Es ist immer dasselbe: Wenn du aufwachst, ist es schon zu spät. Der Zug hält, die Türen gehen auf, du mußt raus. Stehst auf, taumelst zur Tür, die Tür geht zu. Zu spät, ein kleiner Ruck, der Zug kriecht aus dem Bahnhof. Scheißscheißscheiß. Die Leute gucken dich an, stupsen sich heimlich. Scheißscheiß. Schade um die schöne Zeit. Du grinst. Haha, hab ich doch absichtlich gemacht. Haha scheiß ha, die schöne Zeit. In den ersten Wochen konnte ich kaum die Augen offenhalten, durch die Müdigkeit und das Geschaukel rutschte ich einfach von der Bank. Inzwischen ist es besser, ich bin ein alter Hase. Putzfrau erster Klasse, mit Orden und Ehrenzeichen. Wenn in einem Papierkorb eine Zeitung gelegen hat, lese ich die. Von den Schreibtischen nehme ich nie was weg. Manchmal finde ich auch Bücher im Papierkorb. Beim erstenmal wollte ich es nicht glauben. Ein Buch! Einfach weggeworfen. Ein Wälzer mit fünfhundert Seiten. Danielle Steel. Großer Mist, aber ich habs verschlungen. Inzwischen hab ich sieben Bücher in meinem Schlafzimmer stehen, alphabetisch geordnet. Alle aus dem Papierkorb. Catherine Cookson ist mir die liebste, von der hab ich zwei. Sie ist sehr gut. Beide aus demselben Papierkorb.
Nach Hause.
Zehn Minuten Fußweg vom Bahnhof. Ungefährlich. Die Leute kennen mich, ich kenne sie. Mit all ihren Ecken und Kanten. Ich weiß, was läuft. Es berührt mich nicht sehr, ich bin nicht mehr neugierig. Es gefällt mir hier. Ich hab eine Menge durchgemacht. Sie haben es miterlebt. Ich bin immer noch hier. Sie sind lieb zu mir. Sie haben mir meine Ruhe gelassen, mir zugelächelt, mir geholfen. Sie haben für mich gesammelt. Du rechnest ja nicht damit, daß du für den eigenen Mann die Beerdigung bezahlen mußt, auf so was bist du nicht eingerichtet, wenn er vierzig ist und seit einem Jahr nicht mehr mit dir zusammenlebt. Die Leute hier waren gut zu mir. Ich gehöre dazu, ich geh nicht weg. Aber ein paar Palmen und vielleicht ein See – dagegen hätte ich nichts einzuwenden.
Angekommen! Hurra! Zehn nach acht. Der Fernseher läuft. Leanne und Jack sitzen mit Nicola davor. Sie haben gegessen. Die Küche ist

sauber, da brauch ich gar nicht nachzusehen. Manchmal hat Jack schon seinen Schlafanzug an. Nachts kriegt er noch eine Windel. Ein paarmal hab ich sie weggelassen, aber dann war, bis ich schlafen ging, sein Bett klitschnaß; ich hab noch nicht akzeptiert, daß er Bettnässer ist wie Leanne und John Paul, es nervt mich zu sehr. Bald. Außerdem sieht er mit der Windel unter der Schlafanzughose ganz lieb aus und zwei Jahre jünger. (Einmal, ein einziges Mal, hab ich auch ins Bett gemacht. Der Schock und der Schreck – Wahnsinn! Die Blamage. Die Erleichterung, daß Charlo tot war und nicht neben mir lag. Das waren die schwärzesten fünf Minuten meines Lebens, als ich die Kälte spürte und begriffen hatte, was es war. Daß ich so was fertiggebracht hatte . . .! Die Versuchung war groß, die Bettücher einfach runterzuwerfen und unter die trockene Decke zu kriechen. Mein Kopf dröhnte, ich kriegte keine Tränen raus, nur diese trockenen Schluchzer, die immer so gespielt klingen. Aber nein, ich hab mich aufgerafft, bin aufgestanden und hab die Bettwäsche in die Waschmaschine gesteckt, früh um vier, und die Matratze umgedreht wie eine Scheibe Toast. Es war nichts durchgekommen.) Ich lasse mich neben Leanne auf die Couch fallen. Jack klettert auf meinen Schoß. Nicola freut sich, daß ich da bin. Ein schmales Lächeln. Meine Kinder.

Drei meiner Kinder.

Baywatch.

– Irgendwas stimmt mit diesen Frauen nicht.

– Wieso denn? sagt Nicola.

– Was denn? sagt Leanne.

– Sie sind doch bildschön, sagt Nicola.

– Was stimmt denn nicht mit ihnen? fragt Leanne.

– Ich seh nichts, sagt Nicola.

Ich sage so Sachen auch nur, damit sie in Gang kommen.

– Ihre Schultern, sage ich. – Guckt doch hin.

– Das ist nur vom Schwimmen, sagt Nicola.

– Was hast du denn gegen ihre Schultern?

– Sie sind so breit.

– Das ist nur vom Schwimmen.
– Und von Steroiden.
– Quatsch.
– Doch, bestimmt. Schau sie dir an, Nicola.
– Ganz normale Schultern.
– Wie bei Boxern.
– Es ist vom Schwimmen.
– Wie funktionieren Steroide?

Nicola wird langsam sauer; wenn sie was mag, setzt sie sich sehr dafür ein. Ich lasse sie in Ruhe.

– Wie funktionieren Steroide, Mammy?
– Weiß nicht. Mit Spritzen.
– Ich mag Spritzen, sagt Jack.
– Wirklich, Spatz?
– Jaha.
– Haben sie dich heute gespritzt?
– Jaha.
– Wie oft?
– Siebenmal.
– Hats weh getan?
– Nein.

Wie oft hat John Paul sich heute gespritzt?

Himmelnochmal.

Das ist zuviel.

Die Werbung läuft.

– Das war der Schluß, Jack. Ins Bett.
– Gar nicht wahr. Ist doch bloß die Werbung.

Er hat recht. Ich könnte ihn erwürgen.

– Ins Bett, sage ich. – Komm schon.

Nicola sieht mich an. Sie weiß Bescheid.

Eiserne Regel: Getrunken wird erst, wenn er im Bett ist. Verdammt noch mal, er wird jetzt ins Bett gehen. Eine Tränenflut. Nicola sieht mich wieder an, aber mir ist es egal. Nein, natürlich ist es mir nicht egal. Ich lüge, ich betrüge, ich lasse es Jack büßen. Ich weiß, ich weiß.

Aber ich kann mir nicht helfen. Es geht schließlich nicht um Leben und Tod, ich schicke ihn nur ein bißchen früher als sonst ins Bett, Herrgott, ich brauch was zu trinken. Es war ein langer Tag, ich habs mir verdient. Getrunken wird erst, wenn er im Bett liegt, und da bringe ich ihn jetzt hin.

Dabei wird nicht geschummelt. Ich geh mit ihm rauf, er geht voran, ich richte mich nach seinem Tempo.

– Ich les dir auch noch was vor.

Nicht nur, weil ich ein schlechtes Gewissen habe. Ich lese ihm jeden Abend was vor. Egal, wie mies ich drauf bin, ob ich zittere, Schmerzen habe – ich finde den Schlüssel nicht, es ist zu dunkel – Jack kriegt seine Gutenachtgeschichte. Ohne Abkürzungen. Ich lese jede Seite. Jack kennt den Text auswendig. Er unterbricht, wenn ich was falsch gesagt habe, dann muß ich den Satz noch mal anfangen.

– Die Flaschen des Milchmanns klunkerten.

– Nein, klickerten.

– Klickerten, richtig, als er –

– Fang noch mal an.

– Die Flaschen des Milchmannes klickerten, als er –

Manchmal kann ich kaum die Worte erkennen. Meine Augen kleben zusammen. Ich möchte schreien. Meine Gelenke sind steif. Ich leide Höllenqualen. Ich bin aus Beton gemacht, der weh tut, wenn man ihn anfaßt. Windelweich könnte ich ihn schlagen, weil er so aufpaßt. Auf Fehler lauert. Die Geschichte selbst ist ihm total unwichtig. Ich bin ihm unwichtig.

Aber ich bringe es zu Ende. Immer. Ich schummele nicht. Ich klappe das Buch zu.

– Das wars, Jack.

– Noch eine.

– Nein, Spatz, heute nicht. Ich will auch ins Bett, ich bin sehr müde.

– Viel zu tun gehabt?

– Jaha.

Ich küsse ihn. Er küßt mich.

– Nachtnacht, mein Spatz.

– Nachtnacht.
Ich mache das Licht aus.
– Läßt du die Tür offen?
– Klar.
– Geh.
– Okay. Nachtnacht.
– Geh jetzt.
– Nachtnacht.
Das laß ich mir nicht zweimal sagen. Ich falle fast die Treppe runter. Ich mache große Schritte. Ist mir egal, wo ich hintrete. Mir tut alles schon so weh, da kommts nicht mehr drauf an. Laßt mich raus, ich ersticke. Die Treppe runter. Durch die Diele. Durch die Küche. Vorhang zurückziehen, ich brauche Licht zum Suchen. Tür aufschließen. Ständige Horroridee: Der Schlüssel bricht ab. Raus. Ich weiß, wo ich suchen muß. Raus. Heut hab ich geschummelt. Ich bin hinter dem Schlüssel hergegangen, um zu sehen, wo er landet. So bin ich. Manchmal. Ich habs mir verdient; warum soll ich mich quälen. Ich könnte aufhören, wenn ich wollte. Jederzeit. Das Gras ist naß. Wenn ich nicht so viel Arbeit hab. Ich hab keine Schuhe an. Ist egal. Sterben werd ich schon nicht. Ich weiß, wo der Schlüssel ist. Nur das Licht aus der Küche. Auf dem Gras. Jedenfalls heut früh. Wenn ihn nicht ein Vogel geholt hat. Oder ein Hund oder Igel – ich hab mal einen gesehn. Ich find ihn nicht. Ich steh mir im Licht. Er ist nicht da. Eins dieser Scheißkarnickel ist damit abgehauen. Der Schlüssel der Schlüssel. Ich knack das Schloß nicht. Doch, ich knacks. Ruhig bleiben. Ich knack das Schloß nicht. Ich hab mich im Griff. Kein Kotzen mehr, keine Blackouts. Da bin ich drüber weg. Ich knie mich hin. Da hat er heut früh gelegen, genau da; ich hab die Schritte gezählt. Ich kann immer noch in den Schnapsladen gehen. Kein Geld, kein Geld. Oder ich hör heut abend einfach auf. Ich reiß an dem Gras rum. Hier ist er nicht. Schloß knacken, neues kaufen. Nur dieses eine Mal. Ich fang von vorn an, ich schütte den Rest weg. Bestimmt. Ist doch bloß ein Schloß, kein Verbrechen. Der Schlüssel! Ich hab ihn. Alles unter Kontrolle. Ich heule. Zittere. Kriege den Schlüssel nicht rein. Stop. Ganz ruhig. Du

läßt noch die Flasche fallen. Ich steh mir im Licht. Geschafft. Offen. Die Flasche die Flasche. Ich mach die Tür zu, daß mich keiner sieht. Runter mit dem Schraubverschluß. Flasche an den Mund. Kopf zurück, schluck würg. Schrecklich schön schrecklich schön schrecklich schön. Ich bin jünger. Ich bin fit. Schlank und durchgewärmt.
Nichts tut mehr weh.
Zurück in die Küche.
Eisbeine.
Schrecklich. Jetzt kann ich denken. Bin ganz locker. Werde wieder warm. Ich kann aufhören, wenn ich will. Jederzeit. Und das mach ich auch. Ich geh jetzt zu den Mädels. Kein Zittern mehr. In ein Glas. Gluckgluck. Tolles Geräusch. Vielleicht ist was im Fernsehen, was sich lohnt. Ich bin nicht betrunken. Den O-Saft muß ich verstecken, sie trinken ihn mir sonst aus. Ein Karton, noch nicht angebrochen, ganz hinten auf dem Schrank, da ist er nicht zu sehen, ich habs ausprobiert.
Rein zu den Mädels.
Erst rauf zu Jack. Ich laß das Glas in der Diele. Das brauch ich jetzt nicht. Ich bin ganz ruhig. Rauf zu Jack. Ich liebe ihn so sehr, ich muß ihn sehen. Schläft fest. Die Fäuste auf der Bettdecke. Sein Gesichtchen, seine Stirnlocke. Ich könnt heulen, wenn ich ihn anseh. Schläft fest. Wenn ich mal so schlafen könnte. Im Land, wo der Sandmann wohnt.
Zurück in die Küche, zum Nachfüllen. Mir gehts gut. Ich bin locker. Angenehm faul. Ein schöner Feierabend, ich hab ihn mir verdient.
Rein zu den Mädels.
– Hi.
Sie wissen Bescheid.
Oder nicht?
Egal.
Nicola vielleicht, aber nicht Leanne. Egal. Niemand ist vollkommen, ich tu, was ich kann. Sie können sich nicht beklagen. Was sehen sie da? Spielt keine Rolle. Musik; Leute, die rumlaufen. Sich küssen. Wieder rumlaufen. Der übliche Scheiß. Ich guck gar nicht hin.

Zurück zum Nachfüllen. An der Wand lang bis in die Küche. Ich schenke gleich noch mal voll, wo ich schon hier bin, spart mir einen Gang. Gluckgluckgluck. Musik in meinen Ohren.
Herr du meine Fresse.
Wo bin ich . . . Küche.
Geht noch was rein, wenn ich Platz mache.
Gott, was bin ich mir widerlich.
Alki Paula. Sumpfhuhn.
Ich grinse ins Küchenfenster. Im Küchenfenster seh ich immer gut aus. Ich weiß, daß ich es bin. Will die Vorhänge vorziehen. Greif hin, greif einen halben Meter daneben. Ich weiß noch, was ich tu. Ich weiß, wann Schluß ist. Will schließlich nichts kaputtmachen.
Zurück zum Fernseher. Erst nachfüllen.
An der Wand. Lang.
Ich setz mich. Darf nur den Mund nicht aufmachen.
Mein Kopf kippt nach vorn. Hör auf damit.
Die Mädels sind weg. Soso. Fernseher ist aus. Bin eingeschlafen. War ein langer Tag. Nachtnacht, ihr alle. Nachtnacht. Bis mo-horgen frühüh.
– *When you wish upon a star*
Makes no difference who you are –
Anything your heart desires –
Will come to youuu –

19

Charlo und mein Vater. Wie in Zwölf Uhr mittags. Die beiden standen sich gegenüber und guckten sich an, mein Vater am Fenster, Charlo an der Tür. Meine Mutter versuchte aus ihrem Sessel hochzukommen und zu lächeln. Denise und Wendy hockten auf dem Fußboden und guckten den Goldenen Schuß. Die anderen waren aus dem Haus oder oben.

Sonntagnachmittag.
Ich hatte ihn zum Tee mitgebracht. Gezwungenermaßen.
– Ich will ihn kennenlernen, sagte mein Vater.
– Er ist sehr nett, sagte Mammy.
– Ich will ihn trotzdem kennenlernen, sagte er. – Wird langsam Zeit.
Daddy und Charlo guckten sich an. Ich hatte Charlo nicht gesagt, er sollte nett sein, ich hoffte, er würde sich von sich aus ein bißchen anstrengen. Er war angezogen wie immer – Wranglers und Bomberjacke. Am Sonntag Jeans anzuziehen war damals ein Knaller. Fast so, als wenn sich einer hingestellt und gesagt hätte, daß er nicht an Gott glaubt. Der Reißverschluß von der Bomberjacke war bis oben zu, dabei war es draußen schön warm, richtiges Frühlingswetter. Ich fand, daß er toll aussah, aber ich konnte mir auch vorstellen, wie mein Vater ihn sehen würde. Er guckte auf Charlos Socken. Mammy versuchte immer noch hochzukommen. Nicht, daß sie zu dick oder unbeholfen gewesen wäre. Wahrscheinlich hatte sie weiche Knie. Wie ich.
– Das ist Charles, sagte ich.
Dabei hätte ich fast losgelacht.
– Charles, sagte mein Vater.
– Tag, sagte Charlo. – Mister O'Leary.
Er gab sich Mühe. Das fand ich unheimlich lieb. Er machte es für mich, verdarb sich den Sonntag, zeigte sich von seiner besten Seite.
– Tag, Missis O'Leary.
Er war sagenhaft.
– Also dann noch mal guten Tag, Charles, sagte Mammy.
Ich weiß nicht, warum sie *noch mal* sagte. Vielleicht dachte sie, es könnte klappen mit Daddy und Charlo – sie lag oft falsch mit solchen Sachen – und wollte ihn daran erinnern, daß sie ihn zuerst gesehen hatte. Vielleicht hoffte sie auch, wir würden dann lockerer werden.
Er war der erste Typ, den ich mit nach Hause brachte. Ich war achtzehn.
Vor einundzwanzig Jahren.
– Na, dann setzt euch mal, sagte Daddy.

– Wir gucken Bob Monkhouse, sagte Mammy. Charlo sagte nichts.
– Magst du Bob Monkhouse, Charles? fragte Daddy.
– Er ist nicht schlecht, sagte Charlo.
– Wir mögen ihn.
– Er hat gute Gäste, sagte Charlo.
Ich wär fast vom Stuhl gefallen. So was von höflich!
– Hat er, sagte Daddy. – Manchmal.
Daddy guckte auf Charlo, der Fernsehen guckte. Er hatte sich vorgenommen, ekelhaft zu sein, wartete nur darauf, Charlo eins auswischen zu können, ich sah es ihm an. Wir sahen zu, wie Bernie the Bolt das Pfeilding in die Armbrust einlegte. Wendy kratzte sich am Bein und versuchte, gleichzeitig Charlo, dem Fernseher und Daddy zu folgen. Denise guckte nur Charlo an.
– Ich frag mich, ob das nicht alles nur Beschiß ist, sagte Daddy. – Was meinst du, Charles?
– Weiß nicht, sagte Charlo. – Die Preise sind echt.
Es war eine klasse Antwort, weil sie Daddy den Mund stopfte, aber mich machte sie nervös, weil sie den richtigen Charlo rausließ. Den mit dem frechen Mundwerk.
– Bißchen happig, sagte Mammy und lachte.
– Mammy! sagte Denise.
– Danach kommt Catweasel, sagte Daddy. Der Empfang könnte besser sein. Magst du Catweasel, Charles?
– Nein, sagte Charlo.
Ich werde nie vergessen, wie unbequem mein Sessel an dem Nachmittag war, ich spüre es bis heute.
– Nein?
– Ich finds blöd, sagte Charlo.
– Uns gefällts.
– Kinderkram, sagte Charlo.
– Uns gefällts.
– Tierisch.
– Uns gefällts.
Schweigen.

Der Kandidat beim Goldenen Schuß hatte ein Auto gewonnen, aber keiner sagte was.
Die Hoffnung, daß wir ein bißchen lachen würden beim Tee, daß die beiden zusammen einen trinken gehen und ich und Mammy zufrieden hierbleiben würden – die Hoffnung konnte ich begraben. Hab ich mir wirklich eingebildet, ich würde, wenn ich das aufschreibe, an der Tatsache vorbeikommen, daß mein Vater beschlossen hatte, Charlo zu hassen, noch ehe er ihn gesehen hatte? Charlo gab ihm zu verstehen, daß ihm das scheißegal war, und damit tat er das einzig Richtige. Wenns nicht Charlo gewesen wär, sondern ein Typ mit Anzug und Auto und Aftershave und einem guten Job mit Pensionsanspruch, hätte mein Vater sich nicht anders benommen. Ich hatte von Anfang an gewußt, daß es schiefgehen würde. Mein Vater war ein netter Mann, aber er konnte furchtbar widerborstig sein. Wahrscheinlich war es fürsorglich gemeint – niemand ist gut genug für meine Tochter, so in dem Stil. Er war wirklich nett, aber ich hatte gleich gewußt, daß irgendwas passieren würde. Nur – irgendwann mußten sie sich ja kennenlernen. Es ging um mich und Charlo. Charlos Klamotten, meine Frisur, Carmels Rock – bei irgendeiner Sache würde es zum großen Knall kommen, jeder Anlaß war recht. Aber das mit Catweasel, daß dieser beschissene Catweasel alles kaputtmachen würde, damit hatte ich nicht gerechnet.
Mammy stand auf und ging in die Küche. Ich ging mit. Ich hatte die Hoffnung aufgegeben. Es lag an meinem Vater. Eindeutig.
– Catweasel fängt jetzt an, sagte er.
– Bin gleich wieder da, sagte sie.
– Du kriegst den Anfang nicht mit.
– Erst kommt ja noch die Werbung, viel versäume ich nicht.
– Dann frag mich aber nicht, was passiert ist, während du weg warst, sagte er.
Ich erinnere mich an jede Einzelheit. Deutlicher als an das, was heute vormittag passiert ist. Ich ging zu Mammy in die Küche. Es konnte nichts weiter passieren, wenn ich Charlo mit Daddy alleinließ. Sie

haßten sich, sie würden sich immer hassen. Charlo machte ich keinen Vorwurf, es lag an meinem Vater.
Mammy tat, als ob alles in bester Ordnung wäre, und ich machte es genauso. Ein netter Nachmittag, schöne dicke Schinkenscheiben, noch kein Regen. Ich paßte auf, daß die Butter nicht zu hart war. Ich wischte die Salatcreme- und die Ketchupflasche ab. Daddy regte sich immer furchtbar auf, wenn sie verschmiert waren. Ich kratzte mit einem Messer den eingetrockneten Ketchup vom Deckel. Ich stellte das Katzenklo vor die Hintertür, da kam es immer hin, wenn wir aßen. Ich überlegte, was sich wohl im Wohnzimmer tat. Nichts; wahrscheinlich guckten sie beide in die Glotze und wünschten sich gegenseitig sonstwohin. Von mir aus.
Ich war stocksauer.
Ich schnitt das Brot. Mammy legte Kopfsalat, Tomate, Ei, Schalotten, Schinken auf die Teller. Ich guckte Mammy an. Es kam mir komisch vor, es kommt mir immer noch komisch vor, obgleich ich jetzt ebenso viele Jahre hinter mir habe: Sie war anders geworden. Sie war nicht mehr so wie damals, als ich klein war. Da war sie dicker, fröhlicher, lauter gewesen. Sie hatte sich in vielem geändert. Nicht nur, daß sie älter geworden war. Sie war noch jung damals, wahrscheinlich jünger, als ich jetzt bin – als sie heirateten, war sie erst achtzehn. Sie lächelte und verdrängte alles bis auf die Teller mit den Salaten – und sah dabei schrecklich unglücklich aus. Sie war immer so traurig. Seit Jahren hatte sie kein neues Kleid mehr angehabt. Sie trank nicht, sie rauchte nicht, sie saß nur vor dem Fernseher und guckte die Sendungen, die er anstellte, und sagte ja und nein, wenn er mit ihr sprach. Nicht mal stricken tat sie.
Aber er hatte sich auch geändert. Er war ein verbittertes Ekelpaket geworden, ein Haustyrann. Er dachte sich Vorschriften aus, nur damit er uns zwingen konnte, sie einzuhalten, nur um uns zu schikanieren. Früher hatte er viel gelacht, das konnte oder wollte er jetzt nicht mehr, im Haus durfte nicht gelacht werden, wenn er da war. Deshalb mochte er Catweasel, weil es da nichts zu lachen gab. Charlo hatte schon recht, es war tierisch.

Früher war er anders gewesen, bestimmt, ich weiß es genau. Er hat mit uns gespielt und Quatsch gemacht, hat Blödsinn geredet und sich Sachen ausgedacht.

– Acke backe bohne knacke

Elle belle bulle baff.

Damit konnte er einen richtig nerven, er sagte es so laut, daß die ganze Straße es mitkriegte. Er tat gern so, als wenn er vom Land kam. Oder er sprach mit englischem Akzent.

– Sag doch nicht ständig, daß es gut für den Garten ist, George.

Das sagte er jedesmal, wenn es regnete. Jahrelang. Es war aus einem Werbespot.

Eines Tages war dann damit Schluß. Und weil Charlo im Haus war, fiel es mir auf.

– Wenns nur ein bißchen wärmer wär, hätten wir sogar im Garten sitzen können, sagte Mammy.

– Jaha, sagte ich.

– Phantastisches Wetter.

– Jaha, sagte ich. – Phantastisches Wetter.

– Sind die Flaschen schön sauber?

– Jaha.

Charlo hatte recht. Jeder Versuch, es ihm recht zu machen, war sinnlos, man schaffte es doch nicht. Damals, das muß ich dazusagen, war ich noch nicht dahintergekommen, daß Charlo keinen Finger krummgemacht hätte, um jemandem was recht zu machen. Sie waren sich sehr ähnlich, er und mein Vater. Sagte sie – zwanzig Jahre später. Die weise Alte mit der Flasche.

20

Eine gerichtsmedizinische Obduktion ergab, daß Mrs. Fleming zweimal ins Gesicht geschlagen worden war, ein Sittlichkeitsdelikt aber läßt sich nicht nachweisen.

Mir wurde übel beim Lesen. Auf die Tat, den Mord war ich gefaßt gewesen.

. . . ein Sittlichkeitsdelikt aber läßt sich nicht nachweisen.

Mein Magen spielte verrückt, es quoll sauer und warm in mir hoch, ich kriegte gerade noch den Kopf auf die Seite und das Haar aus dem Weg, dann kotzte ich auf den Küchenfußboden, und fast hätte ich auch da unten gelegen, aber Carmel hielt mich fest.

. . . läßt sich nicht nachweisen . . .

Himmelherrgott. Diese Ungeheuerlichkeit. Diese Schlechtigkeit. In dem Haus da waren Sachen passiert, von denen ich nie erfahren würde. Weil sich nichts nachweisen ließ. Weil es keine Zeugen gab. Nichts und niemanden.
– Ist schon gut, Schatz, sagte Carmel.
Was wir alles so sagen . . . Sinnloses manchmal, Verlogenes. Mir gehts bestens. Laß nur sein. *Du bist hingefallen.* Ist schon gut, Schatz.
– Was hat er gemacht, Carmel? fragte ich.
Sie hielt mich nur fest.

Von Anfang an.
Mein Mann, Charles ›Charlo‹ Spencer, hat eine Frau ermordet. Mrs. Fleming. Gwen. Eine vierundfünfzigjährige Hausfrau. Die Frau von Mr. Kevin Fleming, einem dreiundfünfzigjährigen Bankmanager. Die Mutter von drei erwachsenen Kindern. Er hat sie mit einer Schrotflinte erschossen. In ihrer Küche.

Weiter zurück.
Am Donnerstagmorgen, dem 17. Februar, ging Mrs. Fleming zur Tür, als es klingelte oder klopfte, wahrscheinlich beides. Es war noch vor acht. Sie machte die Tür auf, und da standen mein Mann und ein gewisser Richard ›Richie‹ Massey. Sie trugen Wollmützen mit Augenschlitzen, Laufschuhe, Jeans und schwarze Reißverschlußjacken. Einer hatte eine Schrotflinte in der Hand – *schwenkte drohend* eine Schrotflinte, stand im Herald. Das war mein Mann. Richard ›Richie‹ Massey drängte Mrs. Fleming in die Diele zurück. Sie fiel hin und schrie. Die beiden Männer kamen hinterher und machten die Tür zu. Der Mann mit der Flinte lief zur Küche – er kannte sich genau aus – und begegnete Mr. Fleming, der nachsehen wollte, warum seine Frau geschrien hatte. Er war schon fertig angezogen, hatte aber noch keine Schuhe an.
– Guten Morgen, guten Morgen, guten Morgen, sagte mein Mann zu Mr. Fleming.
Mr. Fleming fragte, was er wollte, und versuchte an ihm vorbei nach seiner Frau zu sehen.
– Der gehts bestens, sagte mein Mann.
Mr. Fleming sah Mrs. Fleming aufstehen und rief ihren Namen. Richard ›Richie‹ Massey packte Mrs. Fleming am Arm und zog sie zur Küche. Mr. Fleming sah, daß seine Frau im Vorbeigehen auf das Tischchen mit dem Telefon guckte. Er fand, daß sie sehr ruhig wirkte, und dachte, daß sie vielleicht im Schock war. Sie sagte nichts. Sie wehrte sich nicht. Sie guckte nur auf das Telefon.
– In die Küche bitte, Kevin, sagte mein Mann.
Er gab Mr. Fleming einen Stoß mit dem Flintenlauf. Mr. Fleming erschrak, weil es so weh tat; in dem Moment dachte er, daß er wirklich einen Schuß abgekriegt hatte. Dann tat er, was ihm gesagt wurde. Der andere Mann folgte meinem Mann und Mrs. Fleming in die Küche.
– Sehr hübsch, sagte mein Mann. Innen noch hübscher als außen.
Mr. Fleming erinnerte sich an jedes Wort. Und jetzt wußte er auch, warum die Männer gekommen waren.

– So, Kevin, und jetzt sag ich dir mal, was Sache ist, sagte mein Mann.
Mr. Fleming erinnerte sich an jedes Wort.
– Du fährst zur Arbeit. In die Bank. Du holst fünfundzwanzigtausend Pfund in Zehnern und Zwanzigern, tust sie in eine Tüte und gibst sie meinem Kumpel, meinem Kollegen hier. Alles klar?
Dann drehte sich mein Mann zu Mrs. Fleming um.
– Sei ein braves Mädchen und stell den Kessel an, Gwen, sagte er.
Mr. Fleming erinnerte sich, daß Emer O'Kelley gerade die Nachrichten in Schlagzeilen verlas. Es war acht. Alan Dukes behauptete, man habe gegen ihn in der Fine Gael eine Flüsterkampagne angezettelt; die ANC hatte der Inkatha-Freiheitspartei weitgehende Zugeständnisse gemacht; Sir Patrick Mayhew sagte, das Ende der Gewalt könne die wirtschaftlichen Verhältnisse im Norden drastisch verändern.
– Hör zu, sagte mein Mann. – Draußen ist es kalt. Du brauchst deinen Mantel.
Er war größer als Mr. Fleming. Er beugte sich ein bißchen vor und sah Mr. Fleming in die Augen.
– Den grauen.
Mr. Fleming sah das Grinsen durch die Wollmütze durch. Richard ›Richie‹ Massey lachte.
– Was wollen sie, Kevin? fragte Mrs. Fleming.
– Tasse Tee, Gwen, sagte mein Mann. – Noch Fragen, Kevin?
Richard ›Richie‹ Massay würde Mr. Fleming begleiten. Mein Mann würde bei Mrs. Fleming bleiben. Richard ›Richie‹ Massey würde bei den Flemings anrufen, wenn er das Geld hatte. Dann würde mein Mann gehen.
– Ohne Tamtam, sagte mein Mann. – Du brauchst noch deine Schuhe, Kumpel.
Mr. Flemings Schuhe waren in der Küche. Er hatte sie am Abend vorher geputzt und auf eine Zeitung gestellt. Mr. Fleming setzte sich und zog die Schuhe an. Er staunte, daß seine Hände beim Schnürsenkelbinden nicht zitterten, er freute sich richtig drüber. Er ver-

suchte, Mrs. Fleming zu trösten. Ihr würde nichts passieren, versicherte er ihr, alles würde im Handumdrehen vorbeisein. Mein Mann stimmte ihm zu. Mr. Fleming hatte das Gefühl, daß seine Frau nicht so richtig begriff, was los war, sie wirkte benommen. Er überlegte, ob man sie geschlagen hatte, als sie in der Diele hingefallen war. Oder vorher. Rote Stellen oder andere Spuren sah er auf ihrem Gesicht aber nicht. Er war froh gewesen, daß sie benommen war, daran erinnerte er sich später, es war für sie leichter zu ertragen.
Mein Mann saß am Küchentisch. Den Lauf der Flinte hatte er an die Lehne von dem Stuhl neben sich gelehnt, er zeigte auf Mr. Fleming.
– Der Kessel, Gwen, sagte er.
Als Mr. Fleming den zweiten Schuh zugebunden hatte, ging er zum Kessel und hob ihn hoch, weil er wissen wollte, ob genug Wasser drin war. Mein Mann sagte nichts. Mr. Fleming schaltete den Kessel ein.
– Schade, daß Sie nicht auf einen Schwatz bleiben können, sagte Charlo. – Aber die Pflicht ruft.
Mr. Fleming erinnerte sich an jedes Wort. Richard ›Richie‹ Massey packte Mr. Fleming am Arm, es war ein harter Griff, unnötig hart. Trotzdem nahm sich Mr. Fleming noch die Zeit, seiner Frau einen Kuß auf die Wange zu geben. Noch einmal versicherte er ihr, daß alles gutgehen würde.
– Was wird denn passieren, Kevin? fragte Mrs. Fleming.
– Nichts, mein Schatz, sagte Mr. Fleming. – Ich bin im Handumdrehen wieder da. Überhaupt nichts.
– Keine Bange, Kevin, sagte mein Mann. – Wir benehmen uns schon nicht daneben, solange Sie weg sind, stimmt's, Gwen?
Erst in diesem Moment bekam Mr. Fleming es so richtig mit der Angst zu tun. Er wollte nicht weg. Er fürchtete sich nicht vor dem, was ihm vielleicht passieren würde, sondern vor dem, was er hier zurückließ.
– Können wir sie nicht mitnehmen? fragte er meinen Mann.
– Red keinen Stuß, sagte Charlo. – Wird schon alles klappen, keine Bange.

Er richtete die Flinte auf Mrs. Fleming
– Ab durch die Mitte, sagte er zu Mr. Fleming.
Richard ›Richie‹ Massey ging mit Mr. Fleming zu seinem Wagen. (Ich hatte noch nie von Richard ›Richie‹ Massey gehört, und das ärgerte mich. Sogar, als ich das Gefühl hatte, mich noch mal übergeben zu müssen. Es verunsicherte mich, daß Charlo all das mit einem Mann durchgezogen hatte, den ich nicht kannte.)
Mr. Fleming fuhr.
Mehr Fakten über Charlo gibt es nicht. Bis auf das, was zum Schluß passiert ist.
Mr. Fleming fuhr mit seinem eigenen Wagen, einem Volvo. In der Einfahrt hatte kein anderer Wagen gestanden, und auch auf der Straße vor seinem Haus hatte er keinen gesehen. Richard ›Richie‹ Massey saß auf dem Beifahrersitz und machte das Radio an. Er schob den Finger in den Kassettenschlitz.
– Gute Musik an Bord? fragte er.
Mr. Fleming deutete auf den Kassettenhalter zwischen den Sitzen, und Richard ›Richie‹ Massey verbrachte den Rest der kurzen Fahrt damit, sich die Kassetten anzusehen. Er sah kaum hoch.
– Haufen Scheiße, sagte er immer wieder.
Die Straßensperre sah er nicht.
Die Flemings wohnten in einer Siedlung zwischen Malahide und Portmarnock. Mr. Fleming fuhr auf die Coast Road und bog dann links ab in Richtung Malahide. Er sah in den Rückspiegel. Hinter ihm war ein einziger Wagen, vor ihm keiner. Normalerweise war hier dichter Verkehr, und er überlegte, ob das was zu bedeuten hatte.
Richard ›Richie‹ Massey hatte keine Schußwaffe. Er und Charlo hatten sich offenbar gedacht, daß sie Mr. Fleming allein mit der Liebe zu seiner Frau in Schach halten konnten, er würde nichts tun, um sie noch mehr zu gefährden. (Nach dem, was ich gelesen habe, hatten sie damit ganz richtig kalkuliert: Mr. Fleming liebte Mrs. Fleming.) Oder aber sie hatten nicht rechtzeitig eine zweite Flinte kriegen können und beschlossen, trotzdem loszulegen.

Die Straßensperre war auf der Coast Road, kurz vor Oscar Taylors Restaurant. Mr. Fleming sah sie schon von weitem. Es war keine der üblichen Kontrollstellen, bei denen Steuer und Versicherung überprüft werden. Es war eindeutig eine Straßensperre. Für ihn. Er sah Richard ›Richie‹ Massey an. Der guckte immer noch die Bänder durch. Mr. Fleming hielt sein Tempo.
– Nur klassischer Scheiß, sagte Richard ›Richie‹ Massey. – Haste keinen Jazz?
Mr. Fleming hoffte, daß die Polizei aufmerksam werden würde, wenn er mit unvermindertem Tempo auf die Straßensperre losbrauste, und damit hatte er recht. Bewaffnete rannten auf die Straßensperre zu. Ein Streifenwagen hatte sich dahinter auf der Straße quergestellt, der Fahrer sprang raus und lief zu ihnen hin. Mr. Fleming bremste. Der Wagen schleuderte. Richard ›Richie‹ Massey fiel nach vorn und verletzte sich, als er mit der Stirn aufs Armaturenbrett knallte. Der Wagen blieb auf der Straße. Mr. Fleming stieg aus und lief zu der Straßensperre.
– Sie haben meine Frau! Sie haben meine Frau!
Im Handumdrehen war er von uniformierten Polizisten und Beamten in Zivil umringt, weitere Polizisten liefen an ihm vorbei, er wurde zu Boden gerissen.
Mr. Fleming konnte den Mann nicht sehen, der ihn ansprach.
– Ist sie im Wagen?
– Nein nein. Zu Hause. Zu Hause. Bitte!

21

Der Hochzeitstag. Stellenweise war er wunderbar, da gibt es gar nichts. Ich hab schöne Erinnerungen und ein paar hübsche Fotos. Die vor der Kirche. Ich seh toll aus, Charlo blendend. Richtig modern seh ich aus, man merkt gar nicht, daß es schon so lange her ist.

Nur an Charlos Schlaghosen. Und den Frisuren mit Mittelscheitel. Damals standen die Leute auch anders, irgendwie unsicher, als ob die Jacken zu knapp wären. Trotzdem, sie sehen nicht übel aus. Beide Familien. Tanten und Onkel, Cousins und Cousinen. Freunde und Freundinnen, Ehemänner, Ehefrauen, Kinder und Babys. Zwei Familien, die mit jedem Monat größer wurden. Aus ganz Dublin, und ein paar auch aus England. Ein Freund aus Limerick, einer von meinen Cousins. Später sang er *The Night They Drove Old Dixie Down*. Mein Vater lächelt. Carmel auch. Ich glaube, es war Vaters einziges Lächeln an diesem Tag. Für Fotos lächelte er immer. Denise schielt. Meine Mutter guckt meinen Vater an. Meine Brüder wirken neben denen von Charlo wie Zwerge. Das Wetter war schön und sonnig. Denise ist nicht die einzige, die schielt, der Fotograf ließ uns alle direkt in die Sonne sehen. Er war ein furchtbarer Trottel.

– Sagt Cheddar!

Es war ziemlich frisch, man sieht es daran, wie die Leute dastehen, ein oder zwei von Charlos Seite gucken den Fotografen richtig böse an. Wenn ein Fremder die Fotos sieht, könnte er sofort sagen, wo die eine Familie anfängt und die andere aufhört, es ist wie eine Grenze, die mitten durch die Bilder läuft. Unterschiedliche Größen, unterschiedliche Gesichter. Meine Oma O'Leary ist zwei Wochen nach der Hochzeit gestorben. Auf den Fotos sieht sie noch gesund und munter aus. Sie konnte meine Mutter nicht ausstehen, das wußte ich. Der Alte neben ihr ist mein Opa, er ist erst letztes Jahr gestorben, lange nach meinem Vater. Ich hatte ihn lange nicht mehr gesehen. Weil er mir immer unsympathischer wurde, bin ich einfach nicht mehr hingegangen.

Ich pack die Fotos jetzt lieber weg, sonst fang ich an, die Toten zu zählen. Es war ein guter Tag. Ja, das ist das richtige Wort: Gut.

– Ja, ich will.

Ich war nicht schwanger. Es war Liebe. Liebe und mein Vater. Er wollte nicht, daß wir miteinander gehen, er haßte Charlo, nannte ihn einen Lumpen, einen Kriminellen, Skinhead und Hippie. Da haben wir uns verlobt. Um ihm eins auszuwischen. Mit einem dicken Brillantklunker, den man ihm unter die Nase halten konnte.

– Guck mal, Daddy.
Den Ring hatten wir im Happy Ring House gekauft, ich hatte mich mit Charlo draußen verabredet. Ich sah ihn dastehen, als ich von der Bushaltestelle kam, ehe er mich sah. Er genierte sich furchtbar, der Ärmste. Ich ließ ihn zappeln, hielt mich eine Ewigkeit vor dem Schaufenster auf und zeigte ihm die Ringe. Der da, oder dieser. Im Geschäft war es dann noch schlimmer. Ich probierte alle an.
– Ich habs gern so richtig schön glitzrig.
Sein Gesicht, als er die Preise sah! Er konnte es nicht fassen.
– Für son bißchen Metall, flüsterte er mir ins Ohr, als der Verkäufer sich über das nächste Tablett beugte.
– Die Steine zählen ja auch, Charlo, sagte ich.
Er zahlte bar. Von seinem Gesparten. Schecks oder Kreditkarten hatte damals niemand. Ich hab so was nie besessen. Charlo hatte einen guten Job, er arbeitete bei McInerney und hatte die meisten Neubauten im Norden mit hochgezogen. Er erzählte immer, daß er an dem Haus gearbeitet hatte, das wir mal kriegen würden. Er wollte draußen auf dem Land wohnen, in Darndale.
– Toll für die Kinder, sagte er.
Und dann wurde er rot. Er hatte sich alles schon genau überlegt, und mir ging es genauso. Wir sahen beide die gleiche Zukunft vor uns. Es war nicht nur, um meinem Vater eins auszuwischen. Wir liebten uns. Ich war verrückt nach ihm, er war verrückt nach mir. Er liebte mich. Er war gern mit mir zusammen. Wir lachten. Er schmuste mit mir. Ich brauchte ihn nur anzugucken, da hatte er schon einen Steifen. Er hatte ein Lächeln, das war nur für mich; sein Mund, seine Augen, die Zähne, die ein Stück Unterlippe festhielten, als ob er sich das Lachen verbeißen müßte. Er hatte auf den Ring gespart, war zu Hause geblieben, um das Geld nicht auszugeben. Er aß Pommes aus meinen Schlüpfern.
– Zieh den Schlüpfer aus.
Aus heiterem Himmel. Als ob ihm eine Bombenidee gekommen wär, die er unbedingt sofort ausprobieren mußte. Es hörte sich nicht drohend an, nicht bösartig. Wir standen vor dem Pommesladen, es war Mitternacht oder später.

– Charlo!
– Los, mach, sagte er. – Ich will dir was zeigen.
– Nein.
– Nicht, was du denkst, sagte er. – Wird dir gefallen. Komm.
– Nein. Verpiß dich.
– Komm, mach schon. Es hat nichts mit Sex oder so zu tun. Es ist was für dich, Paula. Komm.
Neben dem Pommesladen war ein Durchgang.
– Halt meine Pommes, sagte ich.
Er streckte die Hand aus.
– Darfst sie mir aber nicht wegessen.
– Hab ja selber welche, sagte er.
– Trotzdem, sagte ich.
– Beeil dich, sagte er.
Ich hatte den Schlüpfer zusammengeknüllt in der Hand.
– Moment noch, sagte er.
Wir gingen ein Stück weiter, dahin, wo keine Leuten waren.
– Gib her, sagte er.
Ich gab ihm den Schlüpfer und bekam die Pommes dafür.
– Jetzt guck.
Er legte den Schlüpfer auf die Handfläche, die Finger guckten aus den Beinlöchern raus. Er hielt die Tüte schräg, so daß ein paar Pommes auf seine Handfläche, auf den Zwickel fielen. Den Rest in der Tüte gab er mir.
– Guck!
Er nahm eine Fritte von meinem Schlüpfer und aß sie.
– Herrje! Charlo!
Er aß noch eine. Er zwinkerte mir zu.
– Riesig.
Ich fing an zu lachen und konnte gar nicht wieder aufhören. Er lachte auch. Er schob sich alle Fritten in den Mund.
– Na bitte, sagte er.
Er spuckte Pommeskrümel in die Gegend und wollte sich kaputtlachen.

– Ich hab Pommes aus deinem Schlüpfer gegessen, sagte er. – Das vergißt du dein Lebtag nicht.
Er gab mir den Schlüpfer zurück.
– Mußt ein bißchen aufpassen, wenn du ihn anziehst, sagte er. – Vielleicht ist Essig dran.
Danach mußte ich ihn einfach heiraten. Vor der Verlobung waren wir ein Jahr zusammen gegangen, und erst ein Jahr danach haben wir geheiratet. Ich war selig. Wir waren beide selig. Wir brannten darauf, aus dem Haus zu kommen, für uns zu sein. In einem Zimmer, einer Wohnung, einer Kiste – egal wo. Fitzgibbon Street, Coolock, Darndale. Australien. Wir überlegten, ob wir auswandern sollten. Er wollte, ich wollte nicht. Ich wollte, er wollte nicht.
– Weihnachten am Strand.
– Irgendwie komisch.
Wir würden durch Europa und Asien, durch Indien reisen. Mit dem Magic Bus. Wir würden sparen, bis wir genug Geld zusammenhatten, und uns Zeit lassen. Wir würden trampen und auf Zugdächern fahren.
– Das Tadsch Mahal.
– Hat auch McInerney gebaut.
Wir würden durch Burma und China kommen.
– Mann, das wär was!
Wir würden beim Vorsitzenden Mao auf eine Tasse Tee vorbeischauen. Wir würden den Winter in Schanghai verbringen, und dann ab Richtung Süden, nach Australien. Für den Rest unseres Lebens.
Es war so weit weg, wir würden keinen mehr wiedersehen. Es war zu weit. Wir hatten beide Arbeit. Vor der Stadt wurden jede Menge Siedlungen gebaut, die Zeitungen waren voll von Anzeigen, in denen Facharbeiter gesucht wurden – melden Sie sich direkt auf der Baustelle beim Polier. In der Stadt wimmelte es von jungen Leuten in heiratsfähigem Alter, andere kamen aus dem Ausland zurück, keiner wanderte mehr aus. Charlo war vorbestraft.
– Red einfach mit ihnen, sagte ich.
– Mit wem?

– Mit den Leuten von der Botschaft, sagte ich. – Du hast dich geändert. Damals warst du noch ein Kind. Du kannst arbeiten, so Leute wie dich suchen sie doch.

Sommer im Winter. Alles verkehrt rum. Aborigines und Skippy das Känguruh. Wir packten es nicht.

Wir wollten nicht. Wir hatten es nicht nötig. Wir waren glücklich. Wir hatten Geld. In dem Wohnhaus, in das wir ziehen würden, konnte man vom Dach die Berge sehen. Wir waren verliebt. Das ganze Leben lag vor uns.

Mein Vater führte mich zum Altar. Er mußte mich zurückhalten. Ich wollte zu Charlo. Ich legte meine Hand auf seinen Arm. Sein Ärmel war steif und kalt. Auf der Fahrt zur Kirche hatte er kein Wort gesagt. Die Brautjungfern, meine Freundin Dee und meine Schwester Denise, fuhren in einem getrennten Wagen. (Carmel konnte nicht Brautjungfer sein, weil sie älter war als ich, und Wendy hatte gerade erst Windpocken gehabt und wollte nicht. Dee hat es mir nicht übelgenommen, daß ich sie erst drei Tage vor der Hochzeit gefragt habe.) Das war Daddys Chance, das Kriegsbeil zu begraben, mir Glück zu wünschen oder auch bloß zu sagen, daß wir schönes Wetter hatten, irgendwas eben. Aber es kam nichts. Er hockte in seinem guten Anzug da wie ein Huhn in Alufolie und guckte aus dem Fenster. Mich sah er überhaupt nicht an, ich mußte die Wagentür selber aufmachen. Er paßte auf, daß wir nur ja nicht auf Tuchfühlung kamen. Unser Haus war nur hundert Meter von der Kirche entfernt, aber der Chauffeur fuhr uns zweimal um die Siedlung, damit es sich lohnte. Leute winkten, Kinder liefen neben uns her. Ich lächelte ihnen zu, aber in dem Moment wußte ich nur eins – daß mein Vater neben mir saß und meilenweit entfernt war. Er blieb stumm wie ein Fisch. Es brachte mich fast um, daß die Leute sahen, wie er stur aus dem Fenster guckte; am Hochzeitstag seiner Tochter, auf dem Weg zur Kirche, als Brautvater.

Aber es hatte auch sein Gutes. Ich konnte es kaum mehr erwarten, bis aus Paula O'Leary Paula Spencer geworden war. Ich wollte nichts mehr mit den O'Learys zu tun haben. Mit meinem Vater, mit Carmel; sie waren verbittert und verbogen. Sie nahmen es einem übel, wenn

man glücklich war. Mit denen war ich fertig, ein für allemal. Sie würden mich Weihnachten sehen, und damit Schluß. Die Hochzeit war meine Rettung, und das Beste daran war, daß der alte Griesgram sie bezahlen mußte.
Charlo wartete vorn auf mich. Mit seinem Bruder Liam, der war unser Trauzeuge. Er lächelte mir zu. Ich denke, er hat auch meinem Vater zugelächelt. Er wußte, daß mein Vater ihn haßte, und es störte ihn nicht, im Gegenteil, er hatte seinen Spaß daran. Er lächelte mir zu und machte große Augen. Er bewunderte mich, er fand mich super. Und das war ich auch. Fast im Laufschritt ging ich auf ihn zu.
– Treulich verführt
gibt sie sich hin –
Er sah auch super aus. Der Anzug saß wie angegossen. Kerzengerade Haltung und trotzdem locker-lässig. Ein Lächeln, um das Elvis ihn beneidet hätte. Ich liebe dich und möchte dir am liebsten die Kleider vom Leib reißen, sagte sein Lächeln. Und wenn sie nicht gestorben sind, dann leben sie heute noch, sagte sein Lächeln. Das glaubte er wirklich. Und ich glaubte es auch.
Ich stand neben ihm und hätte am liebsten laut losgelacht. Vor Glück. Vor Aufregung. Mein Vater stand irgendwo hinter mir. Charlo sah mich an.
– Ja, ich will.
Paula Spencer. Das neue, erwachsene Ich. Gerade erst zwanzig und schon verheiratet. Verheiratet mit Charlo Spencer. Dem Mann, der eine Vergangenheit und eine Zukunft hatte. Auf den alle scharf gewesen waren. Den ich bekommen, der mich genommen hatte.
Es regnete Konfetti, sie hatten Konservendosen an den Wagen gebunden und mit Rasierschaum Frisch verheiratet hinten draufgeschrieben. Wir liefen durch die Gäste und Nachbarn durch zum Wagen. Voll von Konfetti. Knüffe und Schulterschläge für Charlo. Der Fotograf hatte nicht so schnell geschaltet, wir machten es noch mal. Der Fahrer motzte. Der Rasierschaum ätzt den Lack an, behauptete er. Reg dich ab, sagte Charlo. Im Wagen küßten wir uns. Zunge. Fast in aller Öffentlichkeit; vor der Ampel.

– Paß mal auf, wir schenken uns das einfach, sagte Charlo.
– Was?
– Das Essen und alles.
– Nein, Charlo.
– Ach, komm . . .
– Ist nicht drin. Es ist mein Hochzeitstag.
Wir küßten uns noch mal. Er hatte es nur aus Spaß gesagt. Er war genauso glücklich wie ich. Er beugte sich zu dem Chauffeur vor.
– Wieviel kostet so'n Schlitten? fragte er.
– Weiß nicht, sagte der Chauffeur. Er gehört mir nicht.
Ein maulfauler Typ.
– Ich kauf dir einen, sagte Charlo zu mir.
Er beugte sich wieder zu dem Chauffeur vor.
– Bist du sehr teuer, Kumpel?
Ich wollte mich totlachen. Der Chauffeur lief im Nacken rot an.
Fotos von mir und Charlo, wie wir so tun, als ob wir die Hochzeitstorte anschneiden. Ich mit seiner Familie. Er mit meiner Familie. Wir mit beiden Familien. Lächeln rundum. Ich mit den Brautjungfern. Er mit seinem Bruder. Sein Bruder mit den Brautjungfern. Er drückt sich an Dee, läßt Denise links liegen. Es war mein Tag. Alle Leute wollten mich küssen, ich lief rum und paßte auf, daß alle sich wohl fühlten. Charlo sah ich erst beim Essen wieder. Unser Tisch war auf einer Empore: Ich und Charlo, unsere Eltern, Liam, Dee und Denise, der Pfarrer. Krabbencocktail. Ich sah mich um; die meisten Leute waren nicht wild drauf. Charlo stand auf Krabben. Dann Pute und Schwein. Sehr ordentlich. Rosenkohl, Möhren, Röstkartoffeln oder Kartoffelbrei oder beides. Ich hab noch den Geschmack von der Soße auf der Zunge. Die Bestecke klapperten. Das Reden hörte auf, nur hin und wieder sagte einer mal kurz was zwischen zwei Bissen. Ich saß zwischen Charlo und meinem Vater. Daddy aß alles auf. Mammy saß neben ihm, schob ihr Essen hin und her und kriegte wenig runter. Charlos Mutter schaufelte verbissen. Sein Vater.
– Mannomann, da bleibt kein Auge trocken.

Alle Brüder. Ehefrauen und Freundinnen. Große, kräftige Leute, die sich an dem langen Tisch zusammendrängten. Der Pfarrer. Ich weiß nicht mehr, wie er hieß. Verdruckst, verbiestert und verklemmt. O'Hanlon, glaube ich. Pater O'Hanlon. Gebet vor dem Essen und nach dem Essen. Die Tanten trugen noch Hut. Charlo deutete mit dem Messer auf seinen Teller.
– Spitze.
Sie schlugen sich die Bäuche voll.
Dann der Nachtisch. Eine Pavlova.
– Heilige Scheiße!
Eine Wucht. So was gabs nicht alle Tage. Baiserboden. Darüber Sahne satt. Dazwischen saftiges Obst. Birnen, Weintraubenhälften, Mandarinenschnitze. Japsen und Stöhnen. Sabbernde Mäuler.
– Mein lieber Schwan!
Sogar Nachschlag gab es. Die Bedienungen feixten. Die Stahltabletts mit dem hohen Rand sahen vielversprechend aus.
– Hierher, Schätzchen!
Große Panik: Bestimmt reicht es nicht für alle. Wer zuerst kommt, mahlt zuerst.
– Hier!
Stühlescharren, hektisches Winken. Sogar der Pfarrer sah so aus, als ob er Angst hatte, nichts mehr abzukriegen. Charlo lachte. Es reichte für alle. Löffelklappern, Sahnegeschlabber, genüßliches Schlucken. Alle waren glücklich. Auf Charlos Seite gab es mehr dicke Männer, auf meiner mehr dicke Frauen. Seine Mutter war groß und grobknochig. Stramm und straff wie eine junge Schwimmerin. Offenes Haar. Eine Oma, aber handfest und sexy. Den Mund machte sie nur zum Essen auf. Mein Vater war ihr widerwärtig. Er hatte Angst vor ihr. Tee und Kaffee. Die Reden.
– Pst! Pst!
– Ruhe im Saal!
– Wollt ihr wohl still sein.
Liam schlug mit einer Gabel ans Bierglas. Die Telegramme, an die ich mich erinnere. Herzlichen Glückwunsch aus der Ferne, Tante Doris

und Onkel Jim, Long Island. Vergiß den Hammer nicht; die Jungs von Charlos Baustelle. Daß uns keine Klagen kommen; die Mädels bei H. Williams, wo ich arbeitete.
– Und jetzt, sagte Liam, – möchte ich Mister O'Leary bitten, ein paar Worte zu sagen. Bitte Ruhe für Paulas Vater.
Er stand auf. Sie klatschten.
– Ich bin es nicht gewohnt, Reden zu halten –
– Kann ja jeder sagen! –
Er hüstelte.
– Bis jetzt war es gottlob ein schöner Tag. Wir hatten ein vorzügliches Essen, es hätte nicht besser sein können.
Beifall für Bedienung und Essen.
– Alles Gute für Paula und Charles. Er hat Glück gehabt.
– Hört hört!
– Sie aber auch!
Gelächter.
– Schönen Dank, daß ihr alle gekommen seid, ich wünsche euch weiterhin viel Spaß.
Das wars.
Beifall.
Wort für Wort.
– Gut gemacht.
Er hatte es geschafft, uns bei seiner Rede nicht ein einziges Mal anzusehen. Kein freundlicher Blick, kein Trinkspruch. Er war kein Heuchler. Schade. Mir wärs lieber gewesen, wenn er so getan hätte als ob. Ich hätte gern zurückgelächelt, seine Hand auf meiner Schulter gespürt, Rührung in mir aufkommen lassen.
Liam stand auf.
– Ruhe im Saal! Könnt ihr Spencers nicht die Klappe halten?
– Gut gemacht, Liamo.
– Jetzt möchte Pater O'Hanlon ein paar Worte sagen. Beifall für Pater O'Hanlon.
Der Pfarrer sagte was über den Familienrosenkranz, so genau weiß ich es nicht mehr. Wenn wir mal Kummer hätten, so ungefähr hat er

es gesagt, sollten wir uns hinknien und den Rosenkranz beten, dann würden wir mit unseren Problemen schon klarkommen (ich habs probiert, es haut nicht hin). Wir wären ein schönes Paar, sagte er, und würden bestimmt schöne Kinder haben.
Dann war Charlo dran. Er stand ganz langsam auf, wurde immer größer und größer. Alle guckten ihn bewundernd an. Er grinste. Er hatte Spaß daran, wenn die Leute ihn anguckten. Er war glücklich, das spürte ich.
– Meine Damen und Herren, Pater O'Hanlon, Ma.
Gelächter.
– Ihr kennt mich alle –
– Ja, leider!
Charlos wunderschönes Lächeln.
– Ich bin ein Mann der Tat, nicht ein Mann der Worte.
– Wow!
– Da mußt du aber höllisch aufpassen, Paula!
Mein Vater starrte in seinen Tee. Charlo beugte sich vor und nahm meine Hand.
– Das ist der beste Tag meines Lebens.
Dann küßte er mich.
Hochrufe, Gelächter, Klatschen.
– *He kissed me in a way I'd never been kissed – Before-ore –*
Er beugte sich vor und küßte mich auf den Mund. Dann setzte er sich, ohne meine Hand loszulassen, und fing an zu lachen. Ich sehe es noch vor mir. Wie glücklich er war. Ich hatte ihn glücklich gemacht.
– Ja, ich will.
Dann gings in die Bar, es wurde viel geredet und gelacht. Meine Mutter strahlte und lächelte unentwegt. Für meinen Vater mit. Die Spencers waren hochzeitserfahren, sie belegten gleich alle Tische. Die Männer reichten von der Theke her Gläser und Flaschen weiter. Die Taschen voller Scheine. Ein sagenhafter Anblick. Sie waren eine richtige Familie, ein Haufen harter Männer und Frauen. Ich gehörte dazu, und das fand ich schön. Man war gut aufgehoben bei ihnen.

Man war gern gesehen. Sie würden mit einem durch dick und dünn gehen. Sie brachten einen zum Lachen, sie hatten Format. Die Frauen bei den Frauen, die Männer bei den Männern. Mittendrin Charlos Mutter, sie hatte den Kopf schiefgelegt und nickte wie ein Pfaffe, der die Beichte abnimmt. Sein Vater stand an der Theke und gab gefüllte Guiness-Gläser weiter. Ich saß bei den Frauen. Sie waren nett zu mir und paßten auf, daß mein Kleid nicht knitterte oder Flecken bekam. Ich kriegte Rum mit Schwarzer Johanna, sie wußten, was ich wollte. Seine Mutter nickte.

Liam drückte sich an Dee. Er zwinkerte ihr zu.

Die Band war da, es konnte getanzt werden. Ich und Charlo mußten den Anfang machen.

– *Knock three times*
on the ceiling if you wa-want me –

Ich weiß noch, daß ich den Kopf an seine Schulter legte, nur ganz kurz, um ihm zu zeigen, daß ich ihn liebte und daß ich glücklich war.

– *Twice on the pipes*
If the answer is no-ho-ho-oo –

Alle standen um uns rum und klatschten. Erst fingen die kleinen Cousins und Cousinen an rumzuhopsen, dann tanzten seine Eltern und meine, Liam und Dee, bald tanzten alle. Die Band war tierisch, aber Charlo hatte seinen Spaß dran.

– Hoffnungslose Idioten, sagte er grinsend.

The Virginians. Orangefarbene Hemden und Westen. Sie waren zu viert. Der Drummer war ein Vetter zweiten Grades von meinem Vater. Er warf die Sticks in die Luft und fing sie wieder auf.

– *These are the dreams of an everyday housewife* –

Die Männer hatten die Jacken ausgezogen, die Schlipse gelockert oder ganz abgenommen. Draußen war es noch hell. Die Fenster waren beschlagen, kleine Bäche liefen an den Scheiben runter. Ich schmeckte die Pavlova.

– *An everyday housewife who gave up* –
The good life –
For me –

Und die Bratensoße. Wir drehten uns zu schnell, wie auf einem irischen Abend, einem ceili, es paßte nicht zu dem Song. Mir brach der Schweiß aus, ich kriegte den Drehwurm, aber dann wars vorbei. Der komische Geschmack und der Drehwurm. Ich lachte. Charlo juchzte. Wir blieben stehen und tauschten die Partner, ich tanzte mit Liam, Charlo mit Dee. Liam drückte sich an mich. Er leckte meinen Hals. Ehe ich richtig sauer werden konnte, trat er schon lachend zurück.

– *Indiana wants me –*

But I can't go back there –

Ich tanzte mit seinem Vater.

– Hast du gesehen, was die Getränke hier kosten?

– Viel?

– Scheißteurer Laden. Aber einmal ist keinmal. Gefällts dir?

– Ja, danke.

– Gut. Ist schließlich dein Tag.

(Ich wußte nie so recht, ob ich ihn mochte oder nicht. Bei der Beerdigung ist er zu mir gekommen und hat eine Weile meine Hand gehalten. Liam hat vor mir ausgespuckt.)

– *By the time I get to Albuquerque –*

Ich und mein Vater.

– Gefällts dir? fragte ich.

– Ja, sagte er.

– Freut mich, sagte ich. – Dank dir schön. Es ist ganz toll.

Keine Antwort.

– Ich werde es nie vergessen.

Nichts.

(Der Mann auf der Hochzeit hat den anderen Vater auf dem Gewissen, den ich als kleines Mädchen hatte und an den ich jetzt nicht mehr rankomme. Ich kann ihn mir vorstellen, kein Problem, ich kann ihn sogar riechen – aber es ist nicht mein Daddy. Er ist ein anderer Mann. Unwirklich. Erfunden. Es kann unmöglich derselbe Mann sein, der auf meiner Hochzeit war, der zehn Monate später nicht zu Nicolas Taufe kommen wollte, weil er Schnupfen hatte, der sie nicht

auf den Arm nehmen mochte, als man sie ihm reichte, der so tat, als wüßte er nicht, was von ihm erwartet wurde.)
Und dann wurde gesungen. Draußen war es dunkel. *The Night They Drove Old Dixie Down. The Men Behind The Wire. All Kinds Of Everything. Going Up To Monto.* Charlos Vater sang *Ain't Nobody Here But Us Chickens*. Er machte oben auf der Bühne vor der Band ein Huhn. Er war sagenhaft. Ich sah mich nach meinem Vater um, aber der war nicht da. Meine Tante Fay sang *Ave Maria*. Charlos Bruder Thomas sang *Brown Sugar.*
– *How come you taste so goowood* –
Er war super.
– *Yeah – Yeah – Yeah – Woooo* –
Seine Lippen, seine Schultern. Drehungen und Windungen.
Die Spencers waren alle großartige Schauspieler. Sie standen Schlange, jeder wollte mal drankommen. Ich sang *Vincent.* Ich machte die Augen zu und quälte mich durch.
– *Look out on a summer's day* –
Lauter falsche Töne, und Stille um mich rum. Blamiert und naßgeschwitzt kam ich zum Ende. Klatschen und Hochrufe. Bloß weg! Ich fiel fast von der Bühne. Dann Charlo. Er kannte jede Menge Songs. Er brauchte ein Lied nur einmal zu hören, dann konnte er es nachsingen, und wenn er den Text vergessen hatte, erfand er einen neuen, besseren. Er sang nie zweimal das gleiche Lied. (Und dann hat er überhaupt aufgehört zu singen. Vor zehn Jahren ungefähr.) Alle sahen zu ihm hin. Es war nicht bloß ein Lied, es war eine ganze Show.
– *There's*
No lights on the Christmas tree –
Mother –
They're burning Big Louie tonight –
Ich kannte die Nummer. The Sensational Alex Harvey Band. Charlo schwärmte für Alex Harvey. Er sah ihm sogar ähnlich, wenn er nicht gekämmt war. Er hatte ein paar gestreifte T-Shirts wie die von Alex Harvey. Er sah über das Mikro weg. Er machte Pausen, ruhte sich auf einem Wort aus, übersprang ein anderes.

– There's
No elec-tricity –
Mother –
They're burning Big Louie tonight –
Die Spencers waren super drauf. Meine Leute hockten in den Ecken zusammen, tranken in kleinen Schlucken und warteten, bis es Zeit zum Heimgehen war. Die Spencers schmissen den Laden. Sie nahmen der Band die Instrumente weg, setzten sich ans Schlagzeug und drehten an den Lautsprecherreglern rum. Die Brüder. Liam, Thomas, Gregory, Harry, Benny und Charlo.
Die Hochzeit war vorbei. Ich war verheiratet und eine von ihnen. Meine Familie war für sie abgeschrieben. Nicht nur für die Brüder. Auch für seine Eltern, Tanten und Onkel und Vettern. Das Lokal gehörte ihnen. Sie sangen weiter.
– I'm in lurve – huh –
I'm all shook up –
Meine Leute zogen ab. Drückten sich an der Wand lang. Hinter mir flüsterten Vettern was von einer Keilerei im Männerklo. Harry schmiß die Gitarre hin. Die Virginians standen unten und sahen zu, wie die Brüder ihre Instrumente zerdepperten, nur so aus Quatsch.
Ich ging nach oben, setzte mich aufs Bett. Ich wünschte mir, daß Charlo kam. Ehe es zu spät, ehe er zu voll war. Ehe er mit den Brüdern noch woanders hinging. Wenn er jetzt kam, war wieder Hochzeitstag. Ich wartete. Meinen Strauß hatte ich mit raufgenommen. Ich wollte mich auf die Treppe stellen und ihn lachend unter die Gäste werfen. Ich legte mich aufs Bett. Es war kalt. Ich kroch unter die Decke, ohne mein Kleid auszuziehen. Ich wartete auf Charlo. Ich horchte auf den Lärm.

22

Ich stand vor seinem Haus. Es nieselte. Das Haus war in einer wunderbar ruhigen geschwungenen Sackgasse. Es roch nach Meer. Ich weiß nicht, wie lange ich dort gestanden habe, vielleicht nur ein paar Minuten. Ich wollte mich nur umsehen. Nicht klopfen oder so. Er war da. Im Haus brannte Licht, und auf der abfallenden Einfahrt stand sein Wagen. Mit der Kühlerhaube zum Haus hin. Ein flotter Wagen, silberblau. Mein Haar saß mir wie eine Mütze auf dem Kopf, in dem Nieselregen war es hart und fest geworden.
Ich stand vor Mr. Flemings Haus. Allein. In Malahide war ich ausgestiegen und dann zu Fuß gegangen, weil ich nicht wußte, wie weit von der Stadt es zu seinem Haus war. Ich hatte nach dem Weg gefragt, und dann war ich losgelaufen. Vorbei an den Tennisplätzen und am Grand Hotel – da waren wir mal zu einer Hochzeit gewesen – und Oscar Taylors Restaurant, alles Namen, die in den Zeitungsartikeln vorgekommen waren. Und weiter über die Coast Road. Der Name der Siedlung stand in einen Stein gemeißelt am Straßenrand.
Es ging mir gar nicht darum, ihn zu sehen.
Oder doch. Ich wollte sehen, wie er irgendwas machte; etwas in die Mülltonne tat, den Rasen mähte, irgendwas ganz Gewöhnliches. Etwas, woran man merkte, daß er langsam drüber weg kam. Vielleicht würde ich ihn gar nicht angucken können; er sollte mich ja nicht sehen. Ich kann nichts dafür, hätte ich ihm zugerufen. Er hat mich schon lange vorher verlassen. Ich hab Ihre Frau nicht umgebracht. Mich hat er nämlich auch geschlagen. Mich auch. Es tut mir leid, hätte ich gesagt. Es tut mir leid, daß Sie soviel Kummer hatten. Es tut mir leid tut mir leid tut mir leid.
Ich kannte ihn nur von Fotos. Auf der Beerdigung, eine Hand über den Augen. Auf den Stufen zum Gericht bei der Verhandlung gegen Richie Massey; da sah er dünner aus und älter. Vom Fernsehen kannte ich ihn nicht. Nach dem ersten Abend damals hab ich nie Fernsehen geguckt, wenn sie darüber was gebracht haben.

Aber er kam nicht raus, und im Haus rührte sich nichts. Irgendwie war mir das lieber, aber gehen mochte ich auch noch nicht. Ich wartete. Es war kein großes Haus. Ein Backstein-Bungalow, sehr gepflegt. Der Name stand auf einer Holztafel neben der Tür. Zum sicheren Hafen. Dort auf der Vortreppe hatte Charlo gestanden und gewartet, bis die Tür aufging.

Vor den Fenstern hingen Tüllgardinen. Aus der Nähe hätte ich vielleicht mehr gesehen, aber ich wollte nicht die Auffahrt raufgehen. Hatte sie die Gardinen aufgehängt, oder hatte er es nach ihrem Tod gemacht? Sie schirmten ihn ab, darauf kam es ihm wohl an. Er war im Haus.

Hinter dem Haus war das Meer. Von da, wo ich stand, konnte ich es nicht sehen. Die kleinen Bungalows ließen keinen an ihren schönen Blick ran, sie hatten schließlich gezahlt dafür. Ich stellte mir vor, wie er in einem bequemen Sessel saß und aufs Meer und auf die Insel guckte. Aus einem großen Fenster. Ob ihn das ein bißchen tröstete? Lambay Island. Wirklich eine tolle Wohngegend.

Wie still es war. So was von Stille hatte ich noch nie erlebt. Nicht mal Vögel hörte man. Vielleicht weil es nieselte. Vielleicht gab es keine. Vielleicht warteten sie, bis ich wieder weg war. Sie kannten mich nicht. Ich war hier nicht gern gesehen. Ich stand schon zu lange da; ich wußte nicht wie lange. Ich wußte nicht, warum ich gekommen war. Ich wollte mich nur umsehen. Eine Lücke ausfüllen.

Ich ging bis zum Ende der Sackgasse. Vor den meisten Häusern standen Autos. Die Leute waren daheim, irgend jemand guckte bestimmt aus dem Fenster. Guckte sich die nasse Frau in der Jacke ihrer Tochter an. Am Ende der Straße war ein kleiner Park, und dahinter ging eine Straße nach links. Dort hatten Charlo und Richie Massey wohl den Wagen geparkt, da wollte ich nicht hin. (Ob Blut auf Beton Flecken gibt?) Rechts vor mir sah man über eine Gruppe von bläulichgrünen Bäumen weg ein wunderschönes Haus; ein Haus wie ein Schloß mit zwei runden Dächern, die wie Kegel aussahen und Fenster hatten. Ein phantastisches Haus. Und in dem wohnten Leute. Ganz oben auf dem höchsten Dach war ein Wetterhahn. Er bewegte sich nicht. Ich glaube, ich hatte noch nie einen gesehen, bewußt nicht jedenfalls. Pfeile, die in vier Richtungen zeigten. Da wohnten also Leute, in dem Dach hatten sie ihre Schlafzimmer. Die Bäume in dem Park standen kreisförmig beisammen. Es schienen alte Bäume zu sein, aber alles andere wirkte nagelneu. Keine Risse auf den Wegen, kein Hundedreck. Ich guckte dahin, wo Richie Massey wohl den Wagen geparkt hatte. Ich empfand nichts dabei. Ich würde nicht hingehen. Neben dem Schloß lief ein kleiner Weg lang, Stufen führten zu einer schmalen Straße, die sich oberhalb der Hauptstraße hinzog. Jetzt sah ich das Meer und den Strand. Ich ging den Weg lang, er sah aus, als ob er öffentlich zugänglich war. Merkwürdige Bäume, ich hatte das Gefühl, gar nicht in Irland zu sein. Obgleich es regnete. Sogar die Gänseblümchen sahen anders aus, größer und voller, mehr nach richtigen Blumen. Es roch nach Wachsen und Welken. Dann war der Weg zu Ende. Es war Ebbe. Ein wunderschönes Bild: Meilenweit glänzendnasser Sand und ein ganz leichter Dunst, in dem alles irgendwie noch interessanter aussah. Lambay schwebte über dem Boden. Links war ein Ort, Skerries vielleicht, im Dunst sah er aus wie eine Stadt in Amerika. Dünen wie in Arabien. Die Geländer glänzten silbrig. Es war nicht viel los. Ein paar Leute saßen in ihren Autos und guckten wie ich aufs Meer raus. Vielleicht dachten und fühlten sie dasselbe wie ich.

Ich war glücklich. Glücklich bei dem Gedanken, daß hier Leute lebten. In dieser Stille, mit dem Blick auf die Insel und das Meer, das so gut roch. Charlo war hier gewesen, aber von ihm war nichts geblieben, das Meer hatte ihn weggeschwemmt. Woanders spürte ich ihn noch, aber nicht hier. Mr. Fleming guckte aus dem Fenster, so stellte ich es mir vor. Er hatte denselben Blick wie ich. Es ging ihm gut, nur einsam war er. In seiner Bank war eine Frau, die war in ihn verliebt, er wußte es nur noch nicht. Eine nette, reife Frau. Genau richtig für ihn; sie würde dafür sorgen, daß er Ablenkung hatte, wieder lachen lernte. Sie würde seine Erinnerungen respektieren, sich nicht vordrängen. Er streckte die Beine aus und griff nach seinem Kaffeebecher.

In der Nähe war eine Bushaltestelle, aber ich ging noch zwei Haltestellen weiter. Ich war jetzt froh, daß ich ihn nicht gesehen hatte. Es war besser, wenn man ihn sich nur vorstellte. Ja, es war besser so.

23

Wir fuhren nach Courtown in die Flitterwochen. Es war meine Idee. Wir hatten eine Woche Zeit und sehr wenig Geld. Am Tag nach der Hochzeit. Mit dem Zug nach Gorey, von da mit dem Taxi. Wir sagten kaum was, weil wir vom Tag davor noch so kaputt waren, saßen nur da und drückten uns aneinander.

Es war ein Hochzeitstag ohne richtigen Abschluß gewesen. Ohne das übliche Abschiedstamtam. Wir hatten eigentlich vorgehabt, uns umzuziehen und so zu tun, als ob wir an dem Abend noch wegfahren wollten. Ich hatte einen beigefarbenen Hosenanzug, soviel weiß ich noch, aber es gibt keine Fotos, auf denen ich ihn anhabe. Weiße Schuhe, glaube ich, und eine Handtasche. Charlo hatte Sakko und Hose. Aber daß wir die Treppe runtergingen zu den wartenden Freunden und Verwandten, daraus wurde nichts. Es gab keine Hochrufe. Keine Abschiedsküsse und anzüglichen Bemerkungen. Charlo tauchte nicht auf, um mich zu holen. Ich schlief ein. Um drei kam er und war total weg, noch ehe er lag, ich merkte, wie er aufs Bett plumpste.

Unsere erste ganze Nacht zusammen. Kein Sex, kein Kuscheln. Kein Atmen im Gleichtakt beim Einschlafen. Und ich hatte meinen Strauß nicht geworfen, dabei hatte ich mich darauf echt gefreut. Dieser Triumph: Ich bin verheiratet und ihr nicht, ihr Ärmsten. Beim Aufräumen am nächsten Morgen, vor der Fahrt zum Bahnhof, hab ich ihn in den Papierkorb gesteckt. Die Blüten nach unten, die Stengel guckten raus. Aus und vorbei.

Es machte mir nicht allzuviel aus. Ich war verheiratet, das war die Hauptsache. Mein Mann lag neben mir im Bett. Meine andere Hälfte. Sein Atem strich über meinen Rücken; zum erstenmal hatten wir zusammen in einem Bett gelegen. Es machte mir im Grunde gar nichts aus. So würde es von jetzt an jeden Morgen sein. Wärme und keine Hetze, Zusammensein. Die Kirche, das Essen danach – die Pavlova, Mannomann! – eigentlich war der ganze Tag toll gewesen. Charlo war immer sehr komisch, wenn er einen Kater hatte, der Brummschädel und der verkorkste Magen brachten ihn irgendwie auf Touren. Ich hoffte, er würde bald aufwachen. Ich hatte schrecklichen Hunger und hätte gern geraucht. Aber nicht im Bett. Damals hab ich nie im Bett geraucht, erst wenn ich aufgestanden und angezogen war. Er wickelte sich stöhnend noch fester in die Decke, aber das war nur Schau. Für mich. Damit wollte er mich wegen gestern abend um Entschuldigung bitten. Ich trug es ihm nicht nach, ich konnte drüber lachen.

Er setzte sich auf und guckte sich um. Er wußte, daß ich ihn ansah. Er guckte zur Decke, und dann guckte er sich wieder um. Er machte die Augen zu und stöhnte.

– Verdammt, wo ist denn der Fußboden geblieben?

Er zog sich die Hose an und tat so, als ob er nicht wüßte, was das ist und wie man in so was reinkommt. Er stand auf, fiel zurück aufs Bett, dann ging er zur Tür und steckte den Kopf raus.

– Bruchbude!

Er ließ die Tür offen. Ich saß im Bett und horchte auf seine Schritte, schwerer, als wenn er Schuhe angehabt hätte. Er blieb stehen und brabbelte – wieder für mich:

– O verdammt! Falsche Richtung zum Scheißhaus.

Ich hörte ihn singen.

– I left my arse in San Fran –

Cisco –

Wir nahmen keinen Wohnwagen. Ich hätte das schön gefunden, nur wir zwei in einem Wohnwagen für acht auf einem leeren Campingplatz. In einem Wohnwagen gibts kein Feuer im Kamin, vor dem man sitzen kann, aber es wär schon toll gewesen: Der Regen pladdert aufs Dach – nichts ist schöner als Regen auf einem Wohnwagendach –, und wir sitzen bei zugezogenen Vorhängen drin und lassen uns vom Wind wiegen. Aber so ganz das Richtige war es eben doch nicht. Wohnwagen sind was für Familien; Klappbetten und die Wassertanks, die man andauernd nachfüllen muß, sind nicht sexy, nicht romantisch. Flitterwochen im Wohnwagen – das war ein bißchen daneben, man hätte es keinem so richtig erklären können. Sexy und romantisch war unsere Frühstückspension allerdings auch nicht. Alles bestens, sauber und so, aber eben kein Liebesnest. Sie gehörte Mrs. Doyle. Mrs. Doyle war Witwe. Das teilte sie uns mit, noch ehe wir auf unserem Zimmer waren. Sie lächelte uns an, als sie aufmachte. Es war dunkel und regnete. Ich hatte mich auf unseren Koffer gesetzt und machte an meinem Schuh rum, das Riemchen drückte. *Unseren* Koffer; seine und meine Sachen lagen darin durcheinander.

– Wenn Sie Sonne wollen, sind Sie ein bißchen früh dran, sagte Mrs. Doyle.

– Wir haben vorbestellt, sagte ich, weil ich dachte, jetzt wird sie gleich sagen, sie haben geschlossen. – Mr. und Mrs. Spencer.

– Ja, das geht in Ordnung, sagte sie.

Sie war hin und weg, als ich ihr sagte, daß wir auf Hochzeitsreise waren.

– Das ist aber schön, sagte sie. – Hab doch gleich gesehen, daß ihr zwei Turteltauben seid. Nicht wie die Paare in der Hauptsaison, die sich ständig nur anmotzen und die Kinder versohlen.

Auf der Treppe blieb sie stehen und wandte sich zu uns um.

– Ich war siebenundzwanzig Jahre mit Mr. Doyle verheiratet, Gott hab ihn selig.

– Nein, wirklich? sagte Charlo.

Ich war sauer. Er wollte sie verarschen, aber zum Glück merkte sie es nicht.

– Ja, wirklich, sagte sie.

Sie machte die Tür auf und ließ uns vorgehen.

– Lassen Sie ruhig alles stehn und liegen, wies kommt, sagte sie. Flitterwochen hat man nur einmal.
Ich fand sie nett. Später erzählte sie mir, daß sie eine Tochter hatte, die mit einem ganz lieben Mann in Gorey verheiratet war, und zwei Söhne, einen in Dublin und einen in London, beide mit guten Jobs im Büro. Sie hatte sieben Enkel; eine kleine Enkelin war in einen ausrangierten Kühlschrank geklettert, der in der Nähe von ihrem Haus in Dublin rumstand, hatte die Tür hinter sich zugemacht und war erstickt.
– Sie wär jetzt sieben, sagte Mrs. Doyle. – Morgen hat sie Geburtstag.
Charlo kapierte nicht, warum ich weinte. Er legte den Arm um mich und blieb neben mir auf dem Bett sitzen, bis ich aufhörte, aber er verstand mich nicht.
– Vielleicht hat sie sich das ausgedacht, sagte er.
– Wie kannst du so was sagen!
– Warum denn nicht? – Ich hab den Eindruck, daß die Hälfte von dem, was sie so erzählt, frei erfunden ist.
Schon möglich, aber das mit der Enkelin mußte stimmen. So was denkt man sich nicht aus. Sie hatte es so einfach, so geradezu gesagt. Ich muß ständig dran denken. Jedesmal, wenn ich den Kühlschrank aufmache. Ich bücke mich, um die Milch rauszuholen, und es klickt in meinem Kopf; fast jedesmal. Ein Kühlschrank, der einfach so in der Gegend rumsteht. Dieser Luxus, wenn man sichs leisten kann, einen Kühlschrank wegzutun.
Ich weiß noch, daß ich alle Unterwäsche, die von Charlo und die von mir, in eine Schublade gepackt hatte und es mir dann anders überlegte. Ich tat seine in eine extra Schublade und meine in die darunter. Den Koffer schob ich unters Bett. Er lag auf dem Bett, die Hände unter dem Kopf verschränkt.
– So läßt sichs leben.
Ich zog den Vorhang zurück und sah mich im Fenster. Ich machte das Licht aus; es waren nur drei oder vier Schritte bis zum Schalter. Ich ging wieder ans Fenster und guckte raus; man sah auf den Garten

von Mrs. Doyle und den vom Nachbarhaus. Ich machte das Licht wieder an.

– Na, sagte Charlo.

– Was heißt na?

– Was siehst du?

– Das Meer und Boote, sagte ich.

– Bestens, sagte Charlo. – Wie sich das gehört. Komm her.

Eine kleine Ewigkeit lagen wir im Dunkeln und horchten auf die Geräusche über und unter uns und draußen. Wir hörten Schritte.

– Lokus, sagte Charlo.

Wir warteten. Eine Tür ging auf und zu. Wir warteten aufs Spülen, um lachen zu können. Nichts.

– Haha. Falsch geraten.

– Hat nur nicht gespült.

– Rausgekommen ist er aber auch nicht.

– Na und? Läßt sich eben Zeit. Er hat schließlich Ferien.

– Woher willst du wissen, daß es ein Mann ist?

– Sei still.

Nichts. Keine Schritte, kein Spülen.

– Du, der ist abgenibbelt.

Ich machte das Licht aus. Es war kalt. Scheißkalt. Ich wußte, daß unser Atem wie Dampf dort in der Dunkelheit stand, ich spürte meinen um mich rum.

– Glücklich?

– Ja.

– Sehr glücklich?

– Jaha.

– Sehr sehr glücklich?

– Jahaha.

Es waren herrliche Flitterwochen, von Anfang bis zu Ende. Wir gingen spazieren, wir spielten – die einzigen Besucher in der Spielhalle – an den einarmigen Banditen, wir aßen Pommes, wir aßen Eis – alles im Regen. Abends gingen wir einen trinken, nach ein paar Tagen kannten sie uns dort und nickten uns zu, und morgens gabs Speck

und Würstchen zum Frühstück. Die meiste Zeit verbrachten wir im Bett, gleich nach dem Frühstück gingen wir wieder rauf. Zuerst war mir das ein bißchen peinlich; jeden Augenblick konnte es klopfen, oder Mrs. Doyle würde einfach reinplatzen, um das Zimmer zu machen. Aber sie ließ uns unsere Ruhe. Und irgendwann war das Zimmer dann immer gemacht. Sie muß irgendwo gelauert haben, bis wir weg waren. Sie strahlte uns immer an, wenn sie uns sah.
– Wie gehts meinem Flitterpaar?
– Danke, bestens, Mrs. Doyle.
– Freut mich. Der Regen stört euch wohl nicht.
– Nein.
– Ihr seht ihn gar nicht.
– Er macht uns nichts.
– Um so besser.
– Nicht viel jedenfalls.
Sie sagte, daß sie uns mehr zum Frühstück gab, als wir eigentlich zu kriegen hatten, aber sie sagte es nicht, um damit anzugeben oder damit wir ihr sonstwie dankbar waren. Sie mochte uns. Charlo konnte es gut mit ihr.
– Junge, Junge, da schnallst du ab, sagte er, wenn sie ihm das Frühstück hinstellte. – Das darf ja wohl nicht wahr sein.
Sie lachte. Sie fand es lustig, wie die Leute aus Dublin redeten. Diese Jahreszeit war ihr die liebste. Später wurde es ein bißchen zu hektisch. Der Krawall und der ewige Kampf gegen den Sand, das pack ich einfach nicht mehr, sagte sie.

– Er kommt überallhin, sagte sie. – Ich sag meinen Gästen immer, sie sollen ihre Kinder ausklopfen, ehe sie reinkommen, aber es hilft nichts. Es ist, als wenn man in der Sahara staubsaugt. Ehrlich.
– Machen Sie denn auch mal Urlaub? fragte Charlo.
– Aber ja.
Im Oktober fuhr sie immer zu ihren Schwestern nach England, eine Woche Coventry, eine Woche Luton. Da ließ sie sich richtig verwöhnen.

– In Coventry gibts keinen Sand, sagte sie. – Himmlisch.
Sie hatte drei Brüder in Amerika – Boston, Buffalo und San Francisco –, ein vierter war gestorben.
– An Krebs.
Ihre Brüder hatte sie seit Jahren nicht mehr gesehen. Sie schrieben nicht. Einer war geschieden und hatte noch mal geheiratet, eine Mexikanerin.
– Das muß man sich mal vorstellen. Würde gut ankommen hier in Courtown. Auf dem Foto sieht sie toll aus.
Gleich holt sie die Fotos, dachte ich, aber wir kriegten sie nie zu sehen. Vielleicht hatte Charlo recht, und sie hatte sich das alles nur ausgedacht. Weihnachten fuhr sie immer nach Gorey zu ihrer Tochter, nur nicht in dem Jahr, als das kleine Mädchen im Kühlschrank erstickt war, da war sie in Dublin.
– Das ist ein Weihnachtsfest, das ich gern vergessen würde, sagte sie. – So was kann einem Weihnachten überhaupt verleiden. Und mein Mann ist am Sankt Patrickstag gestorben.
Sie lachte.
– Jetzt bleibt mir nur noch Ostern.
An was man sich so erinnert. Die Teller beim Frühstück. Weiß mit gelbem Rand. Ich kriegte zwei Tage hintereinander denselben, mit derselben angeschlagenen Stelle, und überlegte, ob sie mir den die ganze Woche geben würde. Ein Fleck auf Charlos Unterhose, als sie auf dem Fußboden lag. Der Schreck – und dann der beruhigende Gedanke: So gut kenne ich ihn also jetzt, so nah sind wir uns. Der Griff des Spielautomaten in meiner Hand. Die Wärme der Fritten durch die Tüte durch. Das Licht eines Autoscheinwerfers, das über die Zimmerdecke wandert. Die verschiedenen Knarrgeräusche auf der Treppe. Mrs. Doyle in ihrem Sonntagsstaat, mit Gebetbuch und Rosenkranz. Ein spitzer Stein, auf den ich beim Barfußlaufen trat. Wie Charlo den Stein ins Meer wirft und ihm nachschreit, er soll sich verficken. Sich umguckt, ob jemand ihn gehört hat, und anfängt zu lachen. Regen. Ein trauriger Schwan im Hafen. Das kalte Wasser beim Planschen.

Nicola ist Dienstagnacht gezeugt worden, das weiß ich genau. Ich nahm etwas in mich auf, es ging mir durch und durch, bis in den Kopf, ich mußte die Augen zumachen, eine Mischung aus Schmerz und Glück. In dem Moment hat sie zu leben angefangen. Das kann mir keiner ausreden. Ich hab sie gespürt. Dann wochenlang nichts, nur das Warten und das Wissen um das, was ich nach Dublin mitgebracht hatte. (Nicola weiß das noch nicht, ich bin auch nicht sicher, ob ich es ihr erzählen soll. Vielleicht will sie es ja gar nicht wissen. Irgendwann, wenn sie mich mal wieder nervt, erzähl ichs ihr.) Die ganze Woche Sex, ich war genauso wild drauf wie er. Ich nahm ihn mächtig ran. Vier-, fünfmal am Tag. Zweimal hintereinander, da waren wir gerade aus dem Pub gekommen. Zweimal hintereinander hatte ich es noch nie gemacht, ich wußte gar nicht, daß das geht. Charlo auch nicht. Nach dem Urlaub war es nie wieder so. Mit dem Sex, meine ich. Schön, aber eben nie wieder das erste Mal. Genaugenommen war es auch in Courtown nicht das erste Mal. Aber das erste Mal richtig. Mit Ins-Bett-Gehen und gemeinsamem Aufwachen. Ohne ständig aufpassen zu müssen. Körper an Körper. Ohne Eile. Ganz lange aneinandergekuschelt.

Vor der Hochzeit hatte es immer schnell gehen müssen. Rasch, ehe sie heimkommen. Ehe es kalt wird. Vor dem letzten Bus. Nein nein nein, nicht hier, noch nicht. Riecht man was? Sieht man Flecken? Hab ich Gras auf dem Rücken? Es ging nicht anders. Wir konnten nirgends hin. Es mußte schnell gehen. Wenn er fertig war, mußte Schluß sein. Er kam, und wir gingen. Er konnte nichts dafür, es war nicht, weil er nur an sich dachte. Je schneller, desto besser. Ich war immer froh, wenn er kam. Ich brachte ihn soweit, dann konnten wir aus dem Regen ins Haus. Als Eheleute hatten wir das nicht nötig. Wir brauchten nirgendwo hin, wenn wir fertig waren. Wir lagen nebeneinander, kühlten ab, kicherten. Über das Quietschen und Knarzen von unserem Bett konnten wir uns ausschütten vor Lachen. Ich legte ihm die Hand auf den Mund. Er hielt sie mit den Zähnen fest. Ich hatte nie Angst dabei. Er drehte sich um und griff mir an eine Brust.

– Du bist echt scharf, sagte er. – Ist dir das klar?

– Du auch, sagte ich. – Ist dir das klar?
– Du auch. Ist dir das klar?
Ich konnte nicht genug von ihm kriegen. Ich war müde und wund, aber das war mir egal. Ich wollte nicht schlafen, ich wollte, daß es weh tat, ich wollte ihn in mir spüren. Sein Gewicht auf mir. Die ganze Zeit. Ich wollte ihn tiefer und tiefer in mich aufnehmen. Ich wollte sein Gesicht sehen. Ich wollte, daß sein Schweiß auf mich tropfte. Ich legte mich auf ihn. Das hatte ich noch nie gemacht, ich konnte es kaum fassen, daß ich das war. Ich hielt ihn fest und nahm ihn in mich auf. Das vergeß ich nie. Ich bestimmte, was gemacht wurde, und das gefiel ihm. Ich hielt seine Hände fest. Er tat, als ob er sich losmachen wollte. Ich streifte mit meinen Brüsten sein Gesicht. Er wurde fast verrückt, er bäumte sich auf. Er riß mich in Stücke. Ich drückte nach unten. Ich konnte es kaum glauben. Ein Finger von ihm schnalzte über meinen Hintern, ich besorgte es ihm. Er kam hoch, er wand sich. Ich konnte es nicht glauben. Wir machten lauter neue Sachen miteinander. Er machte was, ich machte es ihm nach. Ich machte was, er machte es auch. Er nahm mich von hinten. Ich stemmte mich gegen ihn. Mehr. Tiefer. Ich lutschte ihn. Er leckte mich. Ich brachte ihn dazu, daß er auf meinem Bauch kam. Er lutschte meine Zehen. Die Wände wackelten, und morgens strahlte Mrs. Doyle uns an.

24

Eine gerichtsmedizinische Obduktion ergab, daß Mrs. Fleming zweimal ins Gesicht geschlagen wurde; ein Sittlichkeitsdelikt aber läßt sich nicht nachweisen.

Er hat sie umgebracht, als er die Polizei kommen sah. Der Schuß wurde gehört. Von Nachbarn und einigen Polizisten auf der Coast

Road. Ein lauter Schlag. Nicht das, was sie erwartet hätte, hat eine Nachbarin ausgesagt. Vielleicht, als er durchs Küchenfenster sah, wie sie hinten über die Mauer kamen. Leute von einer Spezialeinheit, die lautlos über die Mauer glitten. Er verlor die Nerven. Ihre Bewegungen, vielleicht auch Sirenen. Er schoß. Es war eine Schrotflinte. Er schoß ihr ein riesiges Loch in den Bauch. Als er sie kommen sah. Die Leute von der Spezialeinheit. Er verlor die Nerven. Drückte den Abzug. Er hatte so was noch nie gemacht. Sie kam schreiend auf ihn zu. Und dann war es schon passiert. Sie war tot, ehe er begriff, was los war.
Ich kriegte es nicht so hin, daß es mich überzeugte. Ich konnte es nicht widerlegen, und ich konnte es nicht glauben. Ich wußte nicht, was ich denken sollte. Ich fing immer wieder von vorn an und versuchte zu einem Ende zu kommen, das kein Ende mit Schrecken war. Einem Ende mit handfesten Tatsachen. Ich kannte nur die eine: Er hatte auf sie geschossen. Nein. Noch eine:

... Mrs. Fleming war zweimal ins Gesicht geschlagen worden ...

Keine Klapse. *Schläge.* Zweimal hatte er sie geschlagen, ehe er sie umgebracht hatte. Warum? Er hatte so kräftig zugeschlagen, daß der Gerichtsmediziner genau hatte sagen können, was passiert war. Er hatte Spuren hinterlassen, wie Ortsmarkierungen auf einer Landkarte. Zwei Spuren? Auf beiden Seiten? Eine über der anderen? Klapse, Boxhiebe, Tritte? Warum? In der Zeitung stand nichts darüber. Warum hatte er sie geschlagen? Nötig wäre es nicht gewesen. Der Anblick der Flinte und Charlos Augen hinter den Sehschlitzen hätten genügt, um sie von Dummheiten abzuhalten. Wenn er mich schlug, dann tat er es, um mir zu zeigen, wer der Herr im Haus war. Du riechst aus dem Mund, sagte ich: Zäng! Ich hatte mich für einen Abendkurs angemeldet, sein Ei zu weich gekocht: Zäng! Ich ging zum Arzt: Zäng! Er ging mir nach. Ist doch alles in Ordnung, was willst du denn da? Zäng! Und wenn er mich nicht schlug, liebte ich ihn. Von ganzem Herzen. Er war ein guter

Mensch. Nur manchmal brannte ihm die Sicherung durch. Er liebte mich. Er kaufte mir Sachen. Warum trägst du sie nicht? Zäng! Aber warum hatte er die arme Mrs. Fleming geschlagen? Mit ihr war er schließlich nicht verheiratet. Zweimal hat er zugeschlagen. Was war passiert?
Ich verdrängte, ich erstickte die Antworten, die in mir zu flüstern begannen, sie waren unerträglich. Brutal und grausam. Widerlich und krankhaft. Sie verhöhnten meine Ehe, meine Liebe; sie verhöhnten mein ganzes Leben.

... ein Sittlichkeitsdelikt aber läßt sich nicht nachweisen ...

Sie hatten keine Beweise.
Aber was bedeutete das schon? Überhaupt nichts. Hatte er sie geschlagen, weil sie versucht hatte, sich zu wehren? Um sie mürbe zu machen? Die Spuren in ihrem Gesicht *waren* der Beweis. Dann hatte er die Polizisten gesehen, die über die Mauer glitten. Dann hatte er auf sie geschossen. Weil sie es ihnen gesagt hätte. Damit sie nichts verraten konnte.
Nein.
Ja.
Nein.
Sie war fast so alt wie meine Mutter, nur sechs Jahre jünger. In den Zeitungen waren immer dieselben zwei Fotos gewesen; sie sah aus wie eine Oma, und das war sie ja auch, eine nette Oma – alt, rundlich, jenseits von Gut und Böse. Ein schüchternes Lächeln: Lohnt sich doch nicht, mich zu fotografieren. Er hatte sie geschlagen, weil sie Lärm gemacht hatte. Er hatte die Nerven verloren oder wollte sie nur zum Schweigen bringen. Es ließ sich nichts nachweisen, weil sonst nichts gewesen war. Er hatte einfach zugeschlagen.
Aber sie hatte täglich Tennis gespielt, war schwimmen gegangen. Sie war aktiv. Und sehr beliebt. Sie unternahm eine Menge. Sie hatte ein eigenes Auto, fuhr in der Gegend rum. Fotos sind irreführend, das weiß ich von mir. Ich hab auch von Nicola schon schlechte Fotos

gesehen, und Nicola ist eine Schönheit. Fotos, besonders Zeitungsfotos, sind fleckig und unscharf, Kopien von Kopien. Mr. Fleming hatte ihnen gegeben, was gerade zur Hand war.

Ich kannte Charlo.

Eine Frau allein. Eine Herausforderung. Ein Spaß. Er trug seine Wollmütze, er war unkenntlich, Superman. (Die Mütze hatte er gekauft. Es stand ein paar Tage später in der Zeitung, in einer Zusammenfassung. Er hatte die Mütze bei Alpha Bargains in der Liffey Street gekauft. Er hat eine Frau umgebracht, mit einer gestohlenen Schrotflinte, er hat versucht, fünfundzwanzigtausend Pfund zu erbeuten, aber die Mütze hat er gekauft. Typisch Charlo. Dieser traurige Trottel.) Sogar bei einer pummeligen alten Oma, wie die Fotos sie zeigten, war es nicht ausgeschlossen. Daß junge Männer alte Frauen vergewaltigen, kommt öfter vor. Die Mutter einer Nachbarin von mir ist in ihrer Wohnung im Altenheim von einem neunzehnjährigen Junkie vergewaltigt und fast umgebracht worden. Er war bei ihr eingedrungen, weil er Geld wollte, hatte sich an der armen Frau vergangen, hatte sie zusammengeschlagen und für tot liegenlassen. So was gibts. Aussehen und Alter spielen dabei keine Rolle. Männer vergehen sich an Frauen.

Er hatte sie umgebracht, weil sie es ihnen gesagt hätte. Hatte genau überlegt, was günstiger war: eine lebendige oder eine tote Mrs. Fleming. Dann hatte er abgedrückt. Ohne Panik. Gezielt. Auf den Bauch. Hatte sie regelrecht zerfetzt.

Ja.

So ist es gewesen.

Ja.

Nein.

Selbst wenn er was gemacht hätte, wenn er was hätte machen wollen – es ließ sich nichts nachweisen –, hätte er sie nur deswegen nie umgebracht. Es wär ihm egal gewesen. Wenn ich merkte, daß er bei anderen Frauen gewesen war, wenn ich sie an ihm roch, war ihm das schnuppe. Er lachte. Er stritt es ab und zwinkerte mir zu. Solange ich den Mund hielt und ihn nicht ärgerte, fand er es sehr komisch. Zum Totlachen. Einige von diesen Frauen waren bei Gott keine Schönheiten. Ich will ja nicht prahlen, aber ich sah besser aus als die meisten von denen. Das sagte ich ihm, er begriff es nicht. Und lachte wieder. Er hätte sie ausgelacht, wenn sie es der Polizei erzählt hätte. Er hätte die Polizeibeamten angesehen, hätte mit dem Kopf auf sie gedeutet: Jetzt hört euch das an! Man sieht doch, was mit der los ist. Er hätte die Wollmütze abgenommen und ihnen sein Gesicht gezeigt. Es ließ sich nichts nachweisen. Er kannte sich da aus. Verlegenheit war ein Fremdwort für ihn. Er hätte ihr ins Gesicht gelacht.

Er sah die Polizei. Er verlor die Nerven. Er schoß auf sie.

Charlo verlor nie die Nerven.

Einmal ist immer das erstemal; er begriff nicht, was los war. Er sah sie kommen, er knallte durch, und sie war tot, ehe er wußte, wie der Schuß aus einer Schrotflinte klingt. Er guckte sie an. Der Schreck war ihm in die Glieder gefahren, weil der Knall so laut war unter der niedrigen Decke. Polizisten kamen angerannt. Mit Schußwaffen, die gefährlicher aussahen als seine. Er sah, wie sie zu Boden ging, ihr Kopf schlug auf, hob sich noch einmal, fiel zurück. Das Blut. Die Wände. Der Boden. Ihre Sachen – eine Riesenschweinerei. Und dann rannte er los.

Er rannte zur Vordertür. Man roch jetzt den Schrotschuß im ganzen Haus. Er machte die Tür auf. Er hörte Autos. Die Polizisten waren noch nicht da, sie kamen erst allmählich ums Haus rum. Er rannte nach rechts. Ein Wagen bog in die Sackstraße ein, andere kamen hinterher. Er rannte von ihnen weg zum Ende der Straße und zu dem Haus, das wie ein Schloß aussah. Rennen konnte er, er war fit, er spielte Fußball. Aus den Autos quollen Polizisten. Bremsen kreischten, Türen flogen auf. Er sah sich um. Uniformierte und Zivilbeamte, die hinter Haustüren in Deckung gingen, sich an den Hauswänden langschoben. Die wußten, was sie zu tun hatten. Er rannte nach links, weg von der Straße, durch den kleinen Park zu der anderen Straße, wo sie den Wagen hatten stehenlassen. Er rutschte ein bißchen auf dem nassen Boden. Ärgerte sich, daß seine Hosen dreckig wurden, ich kannte doch Charlo. Er war nicht so fit, wie er dachte – zu viele Biere, zu viel Junk Food. Er schnappte nach Luft, die Schrotflinte war bleischwer. Er kriegte es nicht hin, zu rennen und sie gleichzeitig richtig zu halten. Sie holten auf. Er spürte ihre Schritte. Der Wagen war ganz nah. Die Fahrertür war auf der Seite, wo der Weg langging.

Abgeschlossen? Nein. Er machte die Tür auf. Er sah zurück.

– Stop!

Was haben sie ihm zugerufen? Stop? Halt? Hände hoch? In der Zeitung stand nichts darüber. Hey, du mit der Flinte. Ich weiß nicht. Ist auch unwichtig.

– Stop!

Er drehte sich um und richtete die Flinte auf sie. Hinter ihm waren jetzt auch welche. Er war umzingelt. Um ihn rum Polizei, das Auto, Häuser, Wolken. Die Fakten. Er richtete die Schrotflinte auf die Polizisten. Sie blieben stehen und gingen in Deckung. Er stieg ein. Und wieder aus. Die Tür hatte er gar nicht erst zugemacht. Er stieg aus. Ein Bein auf der Straße, das andere im Wagen eingeklemmt, unter einem Pedal, unter der Fußmatte.

– Scheiße!

Die Flinte war leer. Das wußten sie nicht.

Einer erschoß ihn. Noch zwei Kugeln, während er aus dem Wagen fiel. Er stürzte mit dem Gesicht nach unten auf den Weg. Er war tot. Er muß richtig hingeknallt sein, weil er sich nicht mit den Händen abbremsen konnte. Tot.

Sie legten eine Decke über ihn.

Keine letzten Worte. Wir habens geschafft, Ma! Scheiße, Herrgott noch mal oder Hey, Moment. Er fiel auf den Weg. Peng; tot.

Der Gerichtsmediziner hat ihn auch untersucht. Als er mit Mrs. Fleming fertig war. Ob es durch die Wollmütze keine Schrammen und blauen Flecken gegeben hat? In der Zeitung stand nichts darüber.

25

Er hat die Beherrschung verloren. Und zugeschlagen. Er hat die Beherrschung verloren. So einfach war das. Und hat mich geschlagen. Ich flog quer durch die Küche bis zur Spüle und fiel hin. Ich spürte nichts, nur Schock, und in meinem Kopf drehte sich alles. Eine Weile wußte ich überhaupt nichts. Wo ich war. Wer bei mir war. Warum ich da unten lag. Dann sah ich seine Füße. Dann seine Beine, die mit dem Fußboden ein Dreieck bildeten. Er war ganz weit weg. Hoch über mir. Ich mußte mich nach hinten biegen, um ihn anzusehen. Dann beugte er sich vor.

– Alles okay?

Guckte mein Gesicht an, jeden Zoll und jeden Winkel. Prüfend, suchend. Ob irgendwo ein blauer Fleck war. Oder Blut. Sehr besorgt. In seinem Gesicht war ganz viel Sorge und Liebe. Und Angst. Nur in die Augen guckte er mir nicht. Er drehte meinen Kopf zur Seite.

– Du bist hingefallen, sagte er. – Ich hab nicht –

Ich fiel. Er hat mich gefällt. So sehe ich es jetzt, zwanzig Jahre später. Er war schlechter Laune, ich hatte eine kesse Lippe riskiert, er kam nicht damit zurecht, daß ich schwanger war. Ich war nicht mehr seine kleine Paula – und seine Faust kam geflogen und traf. Er schlug mich. Ehe er merkte, was er tat? Er zielte. Er schlug zu. Er traf mich. Er wollte mir weh tun. Das hat er geschafft. Und mehr als das.

So sehe ich es jetzt, aber damals sah ich es nicht so. Daß er mich schlicht und einfach geschlagen hatte, das hätte ich nicht verkraftet, daß seine Faust geflogen kam und traf. Irgendwas war schiefgegangen. Ich war hingefallen.

Ich war zu dicht dran gewesen, er hatte es nicht gemerkt.

Es hatte nur eine Warnung sein sollen.

Er wußte nicht, wie stark er war.

Er hatte Probleme.

Irgendwas.

Es würde nicht noch mal vorkommen. Wie denn auch? Es war ein Ausrutscher gewesen. Später würden wir drüber lachen.

Wir haben wirklich drüber gelacht. Am gleichen Abend noch. Und beim nächsten Mal auch. Und bei dem danach. An vielen Abenden. Bis ich nicht mehr lachen konnte. Wenn ich den Mund aufmachte, kam nichts mehr raus. Da war nur noch der Schmerz.
Was war passiert?
Mach dir deinen Scheißtee selber, hatte ich gesagt. Das war passiert. Ich hatte ihn gereizt. Ich reizte ihn ständig. Ich hätte den Mund halten sollen. Aber das war keine Lösung. Ich reizte ihn auch, wenn ich nicht redete. Wenn ich ihn anguckte. Ihn nicht anguckte. Ihn *auf diese Art* anguckte. Ihn nicht *auf diese* Art anguckte. Wenn ich saß, wenn ich stand. Wenn ich im Zimmer war. Weil ich am Leben war.
Was war passiert?
Ich weiß es nicht.

Jemand hat mal zu mir gesagt, daß wir uns an Schmerzen nicht erinnern. Wenn sie weg sind, sind sie weg. Eine Krankenschwester. Das war, ehe der Arzt mir den ausgekugelten Arm wieder einrenkte. Sie meinte es gut. Sie kannte mich schon.
– Bin wieder die Treppe runtergefallen, sagte ich. – Zu dumm.
Sie fragte nicht. Was ist mit der Brandwunde an der Hand? Der Stelle, wo kein Haar mehr ist? Den Zähnen? Ich hoffte, sie würde mich fragen. Frag mich. Frag mich. Frag mich. Ich würde es ihr sagen. Ich würde ihnen alles sagen. Guckt euch die Brandwunde an. Fragt mich danach. Fragt.
Nein.
Aber sie war echt nett. Sie war jung. Es war Freitagabend. Ihr Freund wartete. Der Arzt guckte mich nie richtig an. Er beguckte sich Teile von mir, aber er sah mich nie als Ganzes. Er guckte mir nie in die Augen. Besoffen, sagte er sich, seine Nase zuckte und witterte, und dann war der Fall für ihn gelaufen.

Er erzählte es allen. Sogar meine Mutter erwischte er, ehe ich es ihr sagen konnte. Ich war schwanger. Wir waren selig. Charlo freute sich wie ein Schneekönig. Er konnte nicht stillsitzen. Er guckte mich ständig an, er konnte es nicht erwarten. Und er erzählte es allen. Natürlich war das pure Angabe. Kaum verheiratet, und schon ein Brot im Ofen. Was für ein Mann. (Spermienzählungen kannten wir damals noch nicht, sonst wäre Charlo bestimmt mit dem Vergrößerungsglas drangegangen.) Ein richtiger Mann. Aber ich freute mich. Ich hörte gern zu, wie er es erzählte. Ich hatte ihn sehr glücklich gemacht. Er legte seinen Arm um mich, ich spürte die Kraft in diesem Arm, spürte unsere Zukunft. Es ging aufwärts, das Leben lag vor uns.

Damals wohnten wir in der Sherrard Street, in einem Mietshaus, wir waren frisch verheiratet und sehr verliebt. Wir hatten die Wohnung nett hergerichtet, auch wenn wir wußten, daß es nur auf Zeit war. Sobald das Baby da war, würden wir uns für ein neues Haus vormerken lassen. Das wünschten wir uns, Kinder und ein Haus, dafür warteten wir gern. Es war eine hübsche Wohnung, nur unten im Hausflur roch es warm und schwitzig nach altem Kohl und Windeln. Sogar der Stockfleck im Wohnzimmer sah so aus, als hätten wir ihn hingemalt. Wohnzimmer, Schlafzimmer, Küche. Badezimmer und Toilette waren für vier Wohnungen gemeinsam. Wir hatten ganz schöne Dreckschweine und komische Typen auf unserem Stockwerk. Ich ging nicht gern vor die Tür. In einer der Wohnungen nach hinten raus wohnte ein alter Mann, vor dem ich mich richtig graulte. Es war Winter, als ich Nicola erwartete, und ich weiß noch, wie das morgens war: Schnell mal vor die Tür gepeilt, ob die Klotür offen war, dann der Sprint mit dem Klopapier durch die Kälte, der eisige Sitz, den man erst abwischen mußte, das Rütteln der Nachbarn an der Tür, der Sprint zurück in die Wohnung. Das mit der Wohnung war zuerst richtig aufregend, weil sie so anders war – ich hatte bisher immer nur in einem Haus gewohnt –, irgendwie gemütlich, auch wenn es kalt war und wir Leute über und unter und neben uns hatten. Irgendwer hustete oder brüllte immer oder rückte Möbel rum. Und ich wohnte gern in der Stadt. Wir konnten zu Fuß ins Kino, ins Savoy oder Carlton. Ich ging unheimlich gern durch die Gardner Street, und der Blick auf die Talbot Street und die Eisenbahnbrücke war toll. Ich ging spazieren und Schaufenstergucken. Einmal hab ichs bis Ste-

phen's Green geschafft. Ich war froh, meine und seine Familie los zu sein. Sonntags fuhren wir mit dem Bus hin, erst zu meinen, dann zu Charlos Leuten. Sie waren grauenvoll, diese Sonntage, nur zu meiner Mutter kam ich gern. Da saß ich dann, sah, wie mein Vater seinen Zorn nur mühsam im Zaum hielt, und überlegte, was sich wohl abspielen würde, wenn wir weg waren. Er hat sich nie erweichen lassen. Charlo kam immer mit, trank seinen Tee, aß seine Kekse, und sagte kein Wort, wenn er nicht angesprochen wurde. Mein Vater guckte ihn nie an. Beim ersten Schlag vom Angelusläuten standen wir auf und gingen zu Charlos Eltern. Da war es anders, aber manchmal genauso schlimm. Ich mußte bei seiner Mutter sitzen, während Charlo mit seinen Brüdern und dem Vater im Pub war (seit wir verheiratet waren, nahm er mich nicht mehr mit). Und dann gabs immer eine furchtbare Rennerei, damit wir den letzten Bus in die Stadt noch erwischten. Ich mußte aufpassen, daß ich nicht allein in der Diele oder im Badezimmer war, sonst kam einer der Brüder und faßte mich an. Es war scheußlich; ich hatte immer Angst, daß Charlo was merkte, dann war nämlich ich schuld. Seine Mutter war eine komische Frau. Sie redete nur das Nötigste.
– Da ist dein Tee.
– Milch.
Sie schob mir eine Packung Kekse zu.
– Nimm.
Sie war nicht unfreundlich. Sie wußte einfach nicht, was Freundlichsein ist. Nur wenn sie mit ihren Schwestern und manchmal, wenn sie mit ihren Töchtern zusammen war, bei Hochzeiten und Beerdigungen, lebte sie auf, dann hörte man sie sogar lachen. Wenn der Fernseher lief, war es einfacher, dann brauchten wir nicht zu reden. Wir guckten einen Film. Wir guckten That's Life. Und zum Schluß Cyril.
Die übrige Woche gehörte uns.
Charlo kam mit Farbe und Sandpapier und Nägeln nach Hause. Ich durfte ihm nicht helfen. Nicht in meinem Zustand. Ein Thin-Lizzy-Poster in der Küche. Wir hatten einen großen alten Fernseher mit

nur zwei Knöpfen, der ewig brauchte, bis er warm wurde. Weil wir nur eine Zimmerantenne hatten, kriegten wir nur ein Programm, aber das störte uns nicht, es war ja nur auf Zeit. (Er versuchte, unseren Fernseher an die Antenne von einem anderen Mieter anzuschließen, der irgendwo über uns wohnte. Er hängte einen Draht aus dem Fenster und blieb eine halbe Stunde weg, aber es funktionierte nicht. Der Fernseher hatte nur die beiden Knöpfe, und der eine war für den Ton, man konnte ihn nur anstellen oder abstellen, mehr Programme waren nicht drin. Er ärgerte sich ein bißchen und nannte den Mieter von oben einen dämlichen Hund, aber es war nicht weiter wichtig. Wir würden bald ein eigenes Dach über dem Kopf haben und die Antenne am eigenen Schornstein festmachen können. Er ärgerte sich nur, weil er dachte, er hätte sich eine Blöße gegeben.) Wir guckten Fernsehen. Wir gingen spazieren, wir gingen ins Pub oder ins Kino. Einer flog über das Kuckucksnest. Hundstage. The Big Tree war unser Lieblingspub, manchmal gingen wir aber auch ins Abbey Mooney. Ich fand die hohe Decke so toll, die gemalten Früchte und Blätter in den Ecken; ganz große Klasse.

– Guck nicht so hin, sonst müssen wir Zuschlag zahlen. Wir lachten viel. Die ganze Zeit.

Er kam immer gleich nach Hause. Manchmal war er richtig außer Atem. Er machte viele Überstunden, besonders in den Sommermonaten, nachdem wir geheiratet hatten. Er kam spät, aber nie mit Fahne. Für mich war es ein bißchen einsam, nur mit dem Krawall von anderen Leuten um mich rum. Ich stellte den Fernseher und das Radio an und machte selber Krawall. Wenn ich es schließen hörte, war ich selig. Er war müde, aber vergnügt, schmutzig von der Arbeit und hungrig. Ich brachte ihm das Essen auf einem Tablett. Wir redeten. Wir waren sehr, sehr glücklich.

Ich war schwanger. War mir übel? Ich weiß es nicht mehr. Ich war stolz; das weiß ich noch. Ich kam mir nützlich vor, als ob ich etwas Wichtiges zuwege gebracht hätte. Als ob ich arbeitete. Manchmal war ich bestimmt auch müde und deprimiert, das kann gar nicht anders sein. Ich erinnere mich deutlich, daß ich kaputt und daß mir

ständig schlecht war, als ich John Paul erwartete, und daß ich mich blendend fühlte und auch blendend aussah, als ich Jack kriegte. Und ich erinnere mich, daß ich geweint habe, als feststand, daß Leanne unterwegs war. Ich wollte sie nicht haben; sie war kein Wunschkind, ich wollte das nicht alles noch mal durchmachen müssen. Das weiß ich noch genau. Damals war ich nah dran, mich umzubringen. Aber vom ersten Mal ist mir herzlich wenig im Gedächtnis geblieben.
Ich hab da eine Theorie. Als Charlo mich zum erstenmal schlug, hat er alles andere aus mir rausgeprügelt. Aus der Zeit bis zur Geburt erinnere ich mich eigentlich nur noch an diesen Abend. Es wurde das Allerwichtigste. Das einzige, was zählte. Eben noch war ich Mrs. Paula Spencer, eine junge Ehefrau und werdende Mutter, die bald in ein neues Haus ziehen würde, an einem neuen Ort, die ihrem Mann das Essen machte, die es so einrichtete, daß es fertig war, wenn er von der Arbeit kam und sich gewaschen hatte. Eine Frau, die Radio hörte. Ich spürte, wie mein Bauch beim Kartoffelwaschen gegen die Spüle stieß. Ich spürte die Sonne, die durchs Küchenfenster schien, auf meinem Gesicht. Ich mußte die Augen zusammenkneifen, weil sie tränten. Ich war eine junge, attraktive Frau mit einem liebevollen, attraktiven Mann, der die Brötchen verdiente. Ich liebte und wurde geliebt, ich war sexy und schwanger.
Und dann lag ich am Boden, und mein Leben war vorbei, es gab keine Zukunft mehr. Alles stand still.
– Mach dir deinen Scheißtee selber.
Das hab ich gesagt. Das war der Anfang. Und das Ende. Wie wäre es wohl gekommen, wenn ich es nicht gesagt, wenn ich einfach den Kessel aufgesetzt hätte?
– Mach dir deinen Scheißtee selber.
Ich mit meiner kessen Lippe. Ich hätte ihm seinen Tee gemacht. Und für mich auch eine Tasse. Wir hätten im Wohnzimmer gesessen, ich in dem Sessel, den wir von seinem Vetter gekriegt hatten, er auf dem Fußboden. Und hätten uns unterhalten. Er hätte uns eine zweite Tasse gemacht. Ich wäre müde gewesen – ich war immer müde, soviel weiß ich noch. Wir wären ins Bett gegangen. Wir hätten uns den Zoff

der Leute unter uns angehört und wie der Schwule über uns mit einem neuen Freund rummachte. Ich wäre in seinen Armen eingeschlafen, den Po in seinem Schoß. Ich hätte geschlafen wie ein Murmeltier. Morgen kommt wieder ein Tag. Und übermorgen auch. Ein ganzes Leben lang. Bis heute. Bis jetzt.

– Wie wars bei der Arbeit, Schatz?

– Gut.

Küßchen.

– Tasse Tee?

– Ja, danke. Bin total ausgedörrt.

Damit mach ich mir nur was vor, ich weiß. Es wäre so oder so passiert. Die Faust kam die ganze Zeit schon auf mich zu.

– Mach dir deinen Scheißtee selber.

Aber manchmal denke ich doch, ich hätte es abbiegen, ich hätte schlauer sein können. Ich hätte den Scheißtee machen können, ich hätte mich nicht übernommen damit, schließlich hatte ich mich ja tagsüber nicht totgearbeitet. Ich kannte seine Launen, ich hätte sehen können, daß es wieder mal soweit war. Statt dessen habe ich ihn gereizt. Und das ist daraus geworden.

– Mach dir deinen Scheißtee selber.

Jetzt mach ich mir meinen Scheißtee selber, ich kauf ihn mir, den Tee, das hab ich nun von meiner kessen Lippe. In Indien oder Afrika würd ich ihn mir selber pflücken, meinen Scheißtee. Eine neununddreißigjährige Witwe, die säuft. Ein Wrack mit Zahnlücken und einem Loch, wo bei anderen das Herz sitzt. Ein altes Reff, eine Niete. Was wär passiert, wenn ich ihn gemacht hätte, den Scheißtee?

Nein, das ist nur so Gedankenspielerei. Selbstmitleid. (Ich hab nichts getrunken, nebenbei bemerkt.) Es hatte nichts mit dem Tee zu tun. Es war immer schon da: Die Faust. Der Stiefel. Das Ende. Ich konnte gar nichts machen.

Ich war müde und unzufrieden, ich schwitzte, und der Rücken tat mir weh. Bei Nicola hatte ich schon sehr früh einen dicken Bauch. Ich hatte nichts gelesen, hatte null Ahnung. Ich dachte, ich hätte ein

Monster im Bauch. Von Wasseransammlungen und so Sachen hatte ich keinen Schimmer, meine Mutter hatte mir nichts gesagt. Ich war entsetzlich unwissend, ich hatte Angst, ich war nervös und erschöpft und gnatschig. Der Tag hatte sich so hingeschleppt. Ich hatte keinen zum Reden, konnte nirgendwohin gehen, das Treppensteigen war mir zu viel. Und im Hinterkopf der Gedanke: Wenn nun gleich das Baby kommt. Zu früh und mit zwei Köpfen. Ein Vollidiot mit gelbem Haar und Wasserkopf. Ich war abstoßend, ich war dick, in meinem Bauch war ein ekliges haariges Etwas. Die Haare an meinen Beinen waren schwarz geworden. Ich hatte den ganzen Tag geheult. Ich wollte Schokolade. Jemand sollte mir Schokolade bringen.
(Ich mach mir immer noch Vorwürfe. Nach all den Jahren, den gebrochenen Knochen und ausgeschlagenen Zähnen und Quälereien mach ich mir immer noch Vorwürfe, ich kann nicht anders. Was wäre wenn? Was wäre wenn? Er hätte mich nicht geschlagen, wenn ich nicht ...; die Fausthiebe, die Tiefschläge wären nicht gekommen, wenn ich nicht ... Er hat mich geschlagen, er hat seine Kinder geschlagen, er hat andere Leute geschlagen, er hat eine Frau umgebracht – und ich mach mir Vorwürfe. Weil ich ihn gereizt habe. Weil ich ihn nicht genug geliebt, weil ich es nicht gezeigt habe. Weil ich ihn und John Paul auseinandergebracht habe. Weil ich nicht mit ihm geschlafen habe, weil ich mit ihm geschlafen habe, auch wenn ich es nicht wollte. Weil ich nicht mit ihm geredet, weil ich kein Verständnis für ihn gehabt habe. Weil ich getrunken habe und vor der Zeit alt geworden bin. Weil ich mich nicht gepflegt habe. Weil ich ihn rausgeschmissen, umgebracht habe. Ich kann sie alle abhaken, diese Vorwürfe, sie sind unfair. Ich bin unschuldig, vollkommen unschuldig. Aber sie kommen immer wieder. Was wäre wenn? Sein Bruder hat bei der Beerdigung vor mir ausgespuckt; ich war schuld. *Haben Sie was getrunken, Mrs. Spencer?* Der Arzt auf der Unfallstation. Klarer Fall: Ich hatte mir den Finger selber in der Tür eingeklemmt. John Paul guckt sich mein grün und blau geschlagenes Gesicht an und haßt mich. *Bist du die Treppe runtergefallen, Paula? Bist du gegen eine Tür gelaufen, Paula? Wieso hat er das gemacht, Paula? Warum*

hast du das gemacht, Paula? Hast du was zu ihm gesagt, Paula? Nein. Nein. Nein! Ich bin unschuldig. Unschuldig. Unschuldig. Wenn er mich nun nicht geschlagen hätte? Wenn ich vergnügter gewesen wäre? Wenn ich ihm seinen Scheißtee gemacht hätte?
Nein.
Es war schon immer da. Vor jenem Abend; vor unserer Hochzeit; vor dem Kennenlernen. Charlo war nun mal so.
Warum hast du ihn dann geheiratet, Paula?
Verpißt euch, laßt mich in Ruhe.
Er. Hat. Mich. Geschlagen.)
Ich war mies drauf an dem Abend. Parterre und wimmerig, weil er nicht nach Hause gekommen war. Wieder nicht. Schon seit einem Monat nicht. Seit es ernst geworden war mit der Schwangerschaft. Seit ich dick und blaß war und immer schwitzte. *Warum hast du dich nicht aufgerafft, Paula? Hättest du ihm nicht ein gutes Essen machen können?* Er redete nicht mehr mit mir. *Oder ein schönes Feuer im Kamin?* Wenn ich was zu ihm sagte, grunzte er nur.
Es ging schon eine ganze Weile abwärts. Die Flitterwochen hatten nicht lange vorgehalten. Er kam nach Hause und setzte sich vor den Fernseher. Er guckte mich nicht an. Dann kam er immer später. Betrunken und verdreckt von der Baustelle; er wusch sich nicht mal. An anderen Tagen kam er gleich nach der Arbeit und lächelte schüchtern, als ob er einen neuen Anfang machen wollte. Ich freute mich unheimlich. Jedesmal. War sofort wieder frisch in ihn verliebt. Aber es dauerte nie lange, es gab immer gleich wieder Zoff. Schon vor unserer Hochzeit war das so gewesen. Und danach wurde es schlimmer. Wegen nichts und wieder nichts fing er Streit mit mir an. Warum trägst du die Kittelschürze nicht, die meine Schwester dir geschenkt hat? *Hättest du nicht ein bißchen mehr Rücksicht nehmen können, Paula?* Warum hast du den Wecker falsch gestellt? *Hättest du nicht ein bißchen mehr aufpassen können, Paula?* Warum ist der Fußboden so dreckig? *Na, was ist, Paula?* Wo ist mein Tee? *Na, Paula?*
– Mach dir deinen Scheißtee selber. *Das hast du nun davon, Paula.*

Das, was er wollte, konnte ich ihm nicht bieten: Eine Frau, die schwanger war, ohne daß man was davon merkte. Er sah, wie ich in die Breite ging und immer lahmer wurde, und damit konnte er nicht umgehen. Wollte er nicht umgehen. Er wünschte sich ein Kind, aber so, daß er mit dem Kinderkriegen nichts zu schaffen hatte. Er konnte mit mir nichts anfangen. Daß es ja nur vorübergehend war, kapierte er nicht. So, wie ich war, wollte er nichts mit mir zu tun haben. Was er sah, war ihm zuwider. Ich war ihm zuwider. (Hört sich gut an, wie eine richtige Analyse, aber es ist alles aus der Luft gegriffen, alles Scheiße, ich denk mir jeden Tag was Neues aus.) Wenn das Baby da ist, hab ich bald wieder meine gute Figur, sagte ich zu ihm. Ich versuchte es ganz unbefangen zu sagen, als ob mir das gerade eingefallen wär, als ob ich es nicht nur sagte, weil er so guckte. Am Abend vorher hatte ich mich gegen ihn gestemmt, ich wollte, daß er einen Ständer kriegte, wollte ihn spüren. Ich wollte mir beweisen, daß ich es noch brachte, daß er Lust hatte, es mit mir zu machen. Er liebte mich, er sollte mich ficken, egal wie. Er stieß mich weg und drehte sich um. Ohne was zu sagen. Ich ging ins Wohnzimmer und heulte. Als ich zurückkam, schnarchte er. So wie er lag, hatte ich keinen Platz im Bett. Ich mußte drängeln und mit den Füßen nachhelfen, um eine Ecke für mich zu ergattern. Ich legte mich hin. Mir war kalt; ich schwitzte. Ich glaube nicht, daß ich geschlafen habe. Am nächsten Morgen machte ich ihm seine Brote. Er nahm sie und ging. Ich kriegte einen Kuß zum Abschied.
– Paß schön auf dich auf.
Ich blieb den ganzen Tag in der Wohnung. Überlegte, ob ich meine Mutter besuchen sollte oder nicht, bis es zu spät war. Ich war zu schlapp, zu kaputt. Ich war zappelig, aber ich mochte mich nicht bewegen. Ich traute mich nicht. Als er abends kam, hatte er getrunken, richtig betrunken war er aber nicht. Es war noch nicht sehr spät. *Wir machen alle mal was Dummes, wenn wir betrunken sind, Paula.* Er war nicht betrunken. Er wusch sich sogar, ein Zeichen, daß er nicht betrunken war. Er zog ein frisches T-Shirt an. Er war noch ein bißchen braun vom Sommer. Er rasierte sich. Wir waren in der Küche. Er pfiff.

All The Young Dudes, glaube ich, was man eigentlich gar nicht richtig pfeifen kann. Ich hatte ein schlechtes Gewissen. Meine Phantasie war mit mir durchgegangen. Alles war in bester Ordnung. Wir waren glücklich verheiratet. Aber ich wollte was sagen.
– Wo warst du?
– Campion.
Ich mußte was Definitives sagen. Damit er Bescheid wußte.
– Nett?
– Jaha.
Er trocknete sich die Stirn mit einem Geschirrtuch ab und setzte sich. Ich stand da und guckte ihn an. Er guckte zurück. Ich kam mir richtig gemein vor.
– Na? sagte er.
– Na was?
– Das Essen.
– Gibt keins.
Er lachte. Nicht ärgerlich, nicht schockiert oder höhnisch. Nett von ihm. Er guckte zum Herd rüber und dann wieder mich an.
– Wieso denn das?
Er guckte weg.
– Ich wußte ja nicht, ob du kommst.
Ich wußte nicht, ob du mich liebst. Ob dir was dran liegt. Ich hatte keine Lust. Ich hab da wohl was in die falsche Kehle gekriegt. Ich bin eine unfähige Person. Eine Kuh.
– Ich bin aber da.
Mir war mies.
– Stimmts?
– Jaha.
Eine Krampfhenne, eine Kuh. Klar war er da. Nach einem langen Arbeitstag. Und wartete auf sein Essen.
– Es ist nur, sagte ich. Es ist nur. Gestern abend hast dus nicht angerührt. Und –
– Gestern abend hatte ich keinen Hunger, sagte er. – Heute schon.
– Tut mir leid, Charlo. Ich weiß eben nicht –

Ich mußte es ihm sagen. Weil es ja oft passierte. Daß ich mir das nicht nur einbildete.
– Was soll das heißen?
– Ich weiß nicht, was ich machen soll. Ich wußte nicht, ob du heute nach Hause kommst. So wie gestern abend. Ich weiß nicht, wie ich bei dir dran bin, Charlo. Ehrlich.
– Quatsch keinen Scheiß.
– Tu ich doch gar nicht.
– Tust du wohl.
– Tu ich nicht, Charlo. Ich meine –
– Was meinst du? Mach uns wenigstens ne Tasse Tee.
Ja, so war das.

Er schlug zu. Ich flog quer durch die Küche bis an die Spüle und fiel hin. Ich spürte nichts. Nur Schock. Und in meinem Kopf drehte sich alles. Eine Weile wußte ich überhaupt nichts. Wo ich war. Wer bei mir war. Warum ich da unten lag. Ich sah nichts, ich war ganz leer. Dann sah ich Charlos Füße. Dann seine Beine, die mit dem Fußboden ein Dreieck bildeten. Er war ganz weit weg. Hoch über mir. Ich mußte mich nach hinten biegen, um ihn anzusehen. Dann beugte er sich vor. Ich sah, wie seine Knie einknickten, ich sah, wie seine Hand das Hosenbein hochzog. Ich sah sein Gesicht. Er guckte mein Gesicht an. Jeden Zoll, jeden Winkel, jedes Mal. Er war besorgt. Geschockt und besorgt. Er liebte mich wieder. Er hielt mein Kinn. In die Augen guckte er mir nicht. Die konnte er nicht ansehen. Er hatte ein schlechtes Gewissen, war zerknirscht. Er liebte mich wieder. Was war passiert? Ich hatte ihn gereizt. Ich war schuld. Ich hätte ihm sein Essen machen sollen. Es war meine Schuld, auch meine. Was war passiert? Ich weiß es nicht. Er hielt mein Kinn und guckte mein Gesicht an, jeden Quadratzentimeter. Er liebte mich wieder.

26

Fragt mich. Fragt mich. Fragt mich.

Alsdann:
Gebrochene Nase. Lockere Zähne. Angeknackste Rippen. Gebrochener Finger. Blaue Augen; jede Menge. Mal hatte ich zwei gleichzeitig, eins, das allmählich zurückging, das andere ganz frisch. Schultern, Ellbogen, Knie, Handgelenke. Platzwunden am Mund. Naht am Kinn. Geplatztes Trommelfell. Brandwunden. Zigaretten an Armen und Beinen. Geprügelt, getreten, gestoßen, verbrannt. Er knuffte mich mit dem Kopf. Er hielt mich fest und knuffte mich, ich konnte es nicht glauben. Er zerrte mich an meinen Sachen und am Haar im Haus rum. Er trat mich die Treppe rauf und runter. Quetschte mich, verbrühte mich, bedrohte mich. Siebzehn Jahre lang. Geprügelt, getreten, gestoßen, vergewaltigt. Siebzehn Jahre lang. Er warf mich in den Garten. Er warf mich aus dem Dachfenster. Fäuste, Stiefel, Knie, Kopf. Brotmesser, Kochtopf, Bürste. Er riß mir das Haar büschelweise aus. Zigaretten, Feuerzeug, Aschenbecher. Er verbrannte meine Sachen. Er sperrte mich ein und sperrte mich aus. Tat mir weh tat mir weh tat mir weh. Er machte mich in Raten tot. Machte mich ganz tot. Gequetscht, verbrannt, zerbrochen. Verhext, versehrt, verunsichert.
Laß mich in Ruhe!
Nicht meine Mammy schlagen!
Ich versprechs!
Ich versprechs!
Ich versprechs!
Siebzehn Jahre. Er gab nie auf. Monatelang war Ruhe, aber die Bedrohung blieb. Es gab nicht eine Minute, in der ich keine Angst gehabt, in der ich nicht gewartet hätte. Auf sein Gehen, auf sein Kommen. Auf die Faust, auf das Lächeln. Ich war weggetreten, stundenlang, ein Zombie, ich hatte Angst vor dem Denken, Angst vor dem

Nichtdenken, ich war völlig allein. Ich saß zu Hause und wartete. Ich wischte mein eigenes Blut auf. Ich verlor alle meine Freunde und fast alle Zähne. Rechts oder links, fragte er; links, sagte ich, da brach er mir den kleinen Finger an der linken Hand. Weil ich ein Hemd von ihm angesengt hatte. Weil sein Ei zu hart, weil der Toilettensitz naß war. Weil weil weil. Er zerstörte mich, er richtete mich zugrunde. Und ich habe nie aufgehört, ihn zu lieben. Ich betete ihn an, wenn es vorbei war. Ich war so dankbar, daß ich alles für ihn getan hätte. Ich liebte ihn. Und er liebte mich.

Ich versprechs!

Ich versprechs!

Nicht meine Mammy schlagen!

Ich liebte ihn. Er war alles, und ich war nichts. Ich reizte ihn. Ich war dumm. Vergeßlich. Ich brauchte ihn.

Ich habe ein Baby begraben. Seinetwegen.

Er verbrannte Geld vor meinen Augen.

– Wie willst du zurechtkommen?

Er zerschnitt meinen guten Mantel.

– Wo willst du das Geld für einen neuen herkriegen?

Er half mir hoch. Und ich liebte ihn. Er half mir hoch und hielt mich fest. Er weinte in mein Haar. Ich brauchte ihn. Jahrelang habe ich gedacht, daß ich ihn brauche, daß ich mich ohne ihn nie berappeln würde; ich verdiente ja, was er mit mir machte. Ich reizte ihn. Ich war zu nichts nütze. Ich konnte nicht mal ein ordentliches Setzei machen oder ein gutes Hemd waschen.

Ich war hoffnungslos, unfähig, zum Wegschmeißen. Jahrelang war dies das Wichtigste in meinem Leben, das Eigentliche. Ich kam nicht zurecht, ich verdiente kein Geld, ich brauchte ihn. Er mußte mir zeigen, wos langging, er mußte mich bestrafen. Ich war dumm, ein aussichtsloser Fall, nur zum Sex zu gebrauchen, und nicht mal darin war ich gut. Sagte er. Deshalb ging er zu anderen Frauen.

– Verdammt, kann man mir das verdenken?

Ich roch sie. Er sprach mich mit anderen Namen an, wenn wir im Bett lagen. Er fingerte mich und sagte Mary und Bernie zu mir. Er lachte. Er machte die Augen zu und sagte Chrissie. Ich merkte, wie er sie vor sich sah. Nutten und Drecksäue. Gebleichtes Haar und falsche Zähne. Er kam mit ihrem Geruch heim, und dann nahm er mich. Als Nachtisch. Sogar mit Lippenstift am Kragen kam er heim. Es war Absicht, schätze ich. Dieses gemeine Mistvieh. Seinen Kragen zu küssen, diese billige, gemeine Nutte. Wahrscheinlich wußte sie Bescheid.

Ich habe seinetwegen ein Kind verloren.

An manchen Tagen gab es mich gar nicht; er sah durch mich durch und ging um mich rum. Ich war unsichtbar. Manchmal fand ich das gut, daß es mich nicht gab. Ich machte mich zu; hörte auf zu denken, hörte auf hinzusehen. Da draußen waren Kinder, aber die gingen mich nichts an. Ihre dreckigen Gesichter verschwammen mir vor den Augen, der Lärm, den sie machten, war meilenweit weg. Da war Essen, da waren Zimmer, Kleider – nichts. Ein Gesicht im Spiegel. Wenn ich wollte, lächelte es. Oder auch nicht. Ein geschundenes, zerschlagenes Gesicht. Ein Hals mit roten Malen. Eine verbrannte Brust.

Nicht meine Mammy schlagen!

Ich versprechs!

Ich versprechs!

An manchen Tagen spürte ich nicht mal den Schmerz. Das waren die besten. Ich sah es kommen, aber es bedeutete mir nichts; ich nahm es nicht wahr. Kein Boden unter den Füßen, auf den ich fallen konnte. Ich schwebte. Es gab mich nicht.

Beim zweitenmal packte er mich an den Haaren und zog mich zu sich heran, und während er zog, merkte ich, daß er es sich anders überlegte, sein Griff lockerte sich, er sah mich groß an und ließ mich los. Wieder mal ein Ausrutscher; er hatte es nicht so gemeint. Ich sah es in seinen Augen; das war nicht Charlo. Charlo war der, der losgelassen hatte, nicht der andere, der mich gepackt hatte. Ich weiß nicht mehr warum; ich weiß nicht mehr genau wann. Ich war noch schwanger. Am Sonntag vor der Messe. Ich weiß nicht mehr warum. Irgendwas mit dem Frühstück vielleicht. Er hielt mir eine Standpauke. Ich guckte weg und schlug die Augen gen Himmel (eine Angewohnheit, die er aus mir rausgeprügelt hat). Ich spürte den Luftzug, das Brennen am Ohr, das Zerren. Ich ging rasch mit, um nicht hinzufallen. Mein Ohr war heiß und riesengroß. Kann sein, daß ich geschrien habe. An der Schläfe platzte die Haut auf. Ich machte noch einen Schritt auf ihn zu und sah ihn an. Meine Hände . . . plötzlich lagen die Handflächen auf seiner Brust. Sein Gesicht veränderte sich. Er ließ mein Haar los. Ich sagte nichts. Ich sah ihm ins Gesicht. Kam gar nicht dazu, Angst zu haben. Er nahm die Hand aus meinem Haar. Kann sein, daß er sie an der Hose abgewischt hat. Ich guckte ihn an. Er sah ertappt aus, in die Enge getrieben. Er sagte nichts. Er trat zurück. Ein Hämmern in meinem Kopf. Links; ich spüre es wie heute. Er ging in die Küche. Er sagte nichts. Keine Entschuldigung; keine Ausflüchte. Schade, ich kann mich nicht mehr an alles erinnern, aber es spielt keine Rolle. Und wenn ich mir alles ausdenken müßte – es wäre trotzdem wahr. Wir gingen zusammen zur Messe. Auf dem Heimweg kaufte er mir Schokolade. Ein Flake. Ich hab die Tafeln vor dem Auspacken immer durchgebrochen. Dann hab ich das Papier vorsichtig abgemacht, erst die großen und dann die kleinen Stücke rausgenommen, aus dem Papier einen Trichter gemacht und mir die Schokoladenkrümel in den Mund geschüttet. Er sah zu. Ich bot ihm nichts an. Er lächelte. Ich benahm mich kindisch. Das gefiel ihm. Ich war sein kleines Dummchen. Mir wars egal. Sein Lächeln sagte sehr viel. Ich lächelte zurück. Vorbei und abgetan. Nur ein Ausrutscher. Wir gingen zu meinen Eltern. Es war Sonntag. Er half mir aus dem Bus. Ich war seine schwangere Frau. Er richtete sich nach meinem Schneckentempo. Wir gingen nebeneinander her. Wir redeten miteinander.

– Nicht meine Mammy schlagen!
Leannes Stimme. Leannes Arme umklammern mein Bein. Ihre Finger zerren an der Gesäßtasche meiner Jeans. Ihre Füße unter meinen. Während er um mich rumgeht und ich mich ständig drehe und versuche, mich vor Leanne zu stellen.

– Ist schon gut, Schätzchen.
Ich streiche Leanne über den Kopf. Ihre Finger zerren an der Tasche, sie schmiegt sich an mich. Guckt ihren Vater an. Seine Fäuste, sein Gesicht. Ich werde naß von ihren Tränen. Ich kann sie nicht sehen. Meine Hand liegt auf ihrem Kopf.
– Alles in Ordnung.
Dabei muß ich Charlo im Blick behalten. Ihm gut zureden, ihn bremsen. Ich merke, wie Leanne zittert. Muß ihn bremsen, immer so stehen, daß ich ihm ins Gesicht sehen kann. Daß sie hinter mir ist. Daß sie nicht zum Schutzschild für ihn wird. Sie krallt sich in meine Jeans. Ihr Herz rast. Und ich behalte Charlo im Blick.

Einmal hat er mich gefragt, wo ich mein blaues Auge her habe. Ich wußte nicht, was das sollte, ich erschrak. Wir hatten gerade über irgendwas im Fernsehen gesprochen. Damals haben wir noch zusammen die Nachrichten geguckt, es war die Zeit der Hungerstreiks, glaube ich. Charlo war da bestens im Bilde, er kannte alle Namen, wußte, wie lange sie nichts mehr gegessen hatten. Ein Experte. Am liebsten würdest du dich zu ihnen reinsetzen, sagte ich zu ihm.
– Jaha.
Er merkte überhaupt nicht, daß ich ihn auf den Arm nahm. Die ganze Zeit trug er eine schwarze Armbinde, die machte er morgens um, noch ehe er sich die Hose anzog. Aber er fraß nach wie vor wie ein Scheunendrescher und soff wie ein Loch. Wir guckten die Nachrichten und redeten drüber, und er fragte, wo ich mein blaues Auge her hatte. Ich guckte weiter auf die Glotze. Es war bestimmt ein Test. Und es gab nur eine richtige Antwort. Aber es kam aus heiterem Himmel. Wir hatten keinen Zoff gehabt, es gab keine Spannungen, alles war in Butter, wir redeten über Gott und die Welt und den Hungerstreik. Es lief alles glatt, ich brauchte nur ja und amen zu sagen. Und plötzlich das.
– Wo hast du denn das her?
– Was?

– Das Auge.
Ein Test. In mir hämmerte es. Er spielt mit dir. Es gibt nur eine richtige Antwort.
– Ich bin gegen eine Tür gerannt.
– Was du nicht sagst.
– Jaha.
– Sieht ja schlimm aus.
– Ist auszuhalten.
– Gut.
Er spielte mit mir. Wie die Katze mit einem verletzten Vogel. Mit seiner schwarzen Armbinde, das Arschloch. Um mich klein zu machen, unten zu halten. Tut so, als ob er es vergessen hat. Tut so, als ob er mein Auge noch nie grün und blau erlebt hat. Als ob er es wirklich wissen will. Natürlich hatte er es nicht vergessen. Er wollte nur, daß ich das denke. Oder aber daß er krank war, Blackouts hatte, so einer wie Dr. Jekyll und Mr. Hyde war, ein Schizophrener, mit dem man Mitleid und Verständnis haben mußte. Quatsch. Er spielte nur mit mir. Machte uns den Abend kaputt, weil es ihm zu friedlich wurde. Es war nur ein Spiel. Ich war in seiner Gewalt. Ich konnte nichts sagen, mich nicht wehren. Wenn er mich nicht gerade prügelte, erinnerte er mich daran, daß er es jederzeit tun konnte. Wie die Katze, die mit dem Vogel spielt, ihn noch ein bißchen leben läßt, ehe sie ihn umbringt.
Er legte einen Finger auf die wunde Stelle. Ich saß stocksteif da und guckte nach vorn auf den Fernseher. Die Fingerspitze war eiskalt. Er legte sie behutsam unter mein Auge.
– Mußt ja direkt reingelaufen sein.
– Jaha. Hab nicht hingesehen.
– Welche Tür?
– Schlafzimmer.
Er nahm den Finger weg. Ich spürte ihn noch auf meinem Wangenknochen.
– Hattest du getrunken?
– Nein.

– Bestimmt nicht?
– Ganz bestimmt nicht.
– Nicht aufgepaßt.
– Jaha.
– Okay.
Ich wartete, ob noch was kam. Ich saß neben ihm und wartete.

– Ich habs genau gesehn.
– Hast du nicht.
– Klar hab ichs gesehn.
– Nichts hast du gesehn, Charlo.
Er greift so was aus der Luft, steigert sich rein, bis er es selber glaubt und seinen Vorwand hat. Es ist wieder soweit: Er wird mich schlagen. Abstreiten ist sinnlos, ich kann nichts machen. Am besten wärs, überhaupt nichts zu sagen, aber ich lerne ja nie was dazu, muß mich immer wieder verteidigen, ihn immer wieder reizen.
– Verdammt, ich hab doch Augen im Kopf.
Er hat gesehen, wie ich einen Mann angeguckt habe. Im Pub. Wir kommen gerade von da zurück.
– Ich hab keinen angeguckt, Charlo.
Ein Schlag mit der flachen Hand, Summen im Ohr, Klatschen. Er ist zu schnell.
– Sag das noch mal.
Man gewöhnt sich nie dran, auch wenn man es kommen sieht. Ich kann nichts machen, er hat alles im Griff. Es ist immer wieder neu, immer wieder furchtbar.
Noch mal.
Immer wieder ein ganz neuer Schmerz.
Die Haut härtet sich nicht ab.
Bleib weg von den Ecken, sonst nagelt er dich ein.
Noch mal.
Die Ohren summen. Das Zimmer schaukelt. Paß auf, daß du nicht in seine Falle läufst.
– Sags!

Noch mal.
Ein Fremder.
– Fotze. Sags!
Der Handrücken. Vor lauter Angst hatte ich damit nicht gerechnet. Formlose Schatten vor meinen Augen. Die Hand ist wieder da, greift mir ins Haar. Bleib weg von den Ecken.
– Scheißfotze!
Er zieht mir den Kopf nach unten.
– Scheiß –
Er gibt mir einen Stoß, ich fliege in eine Ecke. Das Haar reißt. Ein durchdringender Schmerz. Sein Schuh trifft meinen Arm, es ist wie ein Messerstich. Er grunzt. Stützt sich mit einer Hand an der Wand ab, tritt gegen die Hand, mit der ich mir den Arm halte, es tut so weh, daß ich loslasse. Er beugt sich über mich. Grunzt wieder, schlägt mir aufs Kinn. Mein Kopf kippt hintenüber. Ich weiß nicht mehr, wo ich bin. Noch mal. Noch mal. Ich rolle mich zusammen. Mache die Augen zu. Mein Rücken. Noch mal. Mein Rücken. Noch mal. Mein Rücken. Mein Rücken. Mein Rücken. Mein Rücken geht kaputt.
Das Grunzen verstummt. Atmen. Tiefe Atemzüge. Keuchen. Stöhnen. Ich warte. Zusammengerollt. Mein Rücken schreit. Kein Gedanke. Kein Blick. Ich sammle den Schmerz, glätte ihn.
Geräusche von weit weg. Knarren. Licht wird angeknipst, ausgeknipst. Wasser. Ich bin irgendwo und nirgends. Jemand atmet. Ich liege irgendwo tief unten. Mag mich nicht bewegen; kann mich nicht bewegen. Jemand hat Schmerzen. Jemand weint. Ich nicht; noch nicht. Ich bin irgendwo tief unten. In schwarzer Luft. Jemand weint. Jemand kotzt. Das bin ich – später; jetzt noch nicht.

Sind das wirklich meine Erinnerungen? Hat es sich so abgespielt? Das Haar *reißt* . . . mein Rücken *schreit* . . . war es so? Hat er Fotze zu mir gesagt? Ja, oft; andauernd. Aber an dem Tag? Ich weiß es nicht. Was für ein Tag war es überhaupt? Ich weiß es nicht. Wie kann ich das eine Mal von den anderen trennen und beschreiben? Ich will ehrlich sein, aber so genau weiß ich es eben nicht. Es waren siebzehn Jahre. Siebzehn Jahre Prügel und Tritte. Wie soll ich da noch alles wissen? Wie oft hat er mir in den Rücken getreten? Wie oft habe ich mich auf dem Fußboden zusammengerollt? Wie könnte ich mich an einen bestimmten Tag, ein genaues Datum erinnern? Wann ist es passiert? Ich weiß es nicht. Wie alt war ich? Ich weiß es nicht. *Ich nicht; noch nicht.* Was soll das heißen? Daß ich fast bewußtlos, daß der Schmerz unerträglich war? Das ist nur Spielerei, ich denke mir eine Geschichte aus, finde fast Spaß dran. Haar *reißt.* Warum sag ich nicht einfach: Er hat mich an den Haaren gezogen. *Jemand weint. Jemand kotzt. Das bin ich – später; jetzt noch nicht. Ich* hab geweint, *ich* hab gekotzt, und wie. Ich nehme ein bestimmtes Wort, und zum Schluß ist es eine ganz andere Geschichte. Eine erfundene Geschichte. Das Summen im Ohr und der Schock, der Lärm, das Klatschen. Ich will aber nichts erfinden, nichts ausschmücken. Ich will nicht lügen. Das habe ich nicht nötig. Ich will die Wahrheit sagen. So wie es war. Schlicht und einfach. *Mein Mann prügelt mich. Eine furchtbare Tatsache. Ein Fremder.* Ist das alles wirklich passiert? Ja. Bestimmt? Ja. *Ganz bestimmt, Paula?*

Ich habe Probleme mit dem Hören, weil das Trommelfell kaputt ist. Ein Geschenk von Charlo. Das ist wirklich passiert. Bevor es Regen gibt, tut mir ein Finger weh. Der kleine Finger an der linken Hand; er hat daran gezogen, bis es geknackt hat. Das ist wirklich passiert. Ich habe Zahnlücken. Jede Menge. Ich kann nichts mehr riechen. Ich habe rote Brandmale. Und ständig Rückenschmerzen. Eine Narbe am Kinn. Das ist wirklich passiert. Manche Stellen im Haus bringen mich zum Heulen. Ich habe Erinnerungen, die ich anfassen kann, und von denen ich schreiend aufwache. Es verfolgt mich bei Tag und bei Nacht. Es gibt Ausrutscher, die tun mir weh, noch ehe ich daran denke. Er hat mich geschlagen, geprügelt, vergewaltigt. Das ist wirklich passiert.

Er stieß mich in die Ecke. Ich merkte, wie das Haar rausging, wie die Haut es zurückhalten wollte. Und der durchdringende Schmerz, als sein Schuh meinen Arm traf, wie ein Messerstich. Er stützte sich an

die Wand, ich hörte den nächsten Tritt kommen, meine Hand explodierte. Noch ein Grunzer, mein Kopf kippte hintenüber. Schlug an die Wand. Die Haut am Kinn platzte auf. Ich spürte Blut am Hals. Noch mal. Noch mal. Ich rollte mich zusammen, versuchte die Tritte abzublocken. Machte die Augen zu. Er trat mich in den Rücken. Noch mal. Mein Rücken. Mein Rücken. Mein Rücken. Immer wieder an dieselbe Stelle. Er brach ihn mittendurch.
Das Grunzen verstummte. Er war fix und fertig, hatte keine Puste mehr. Mit der Zeit wurde sein Atem ruhiger. Er keuchte. Ich wartete, versuchte, den Schmerz zu verdrängen. Hörte auf zu denken und wartete. Sah nicht hin. Ich versuchte, den Schmerz in meinem Körper zu verteilen, vom Rücken wegzunehmen. Ich hörte Jammern und Weinen; das war ich. Ich hörte Geräusche von weit weg. Charlo war raufgegangen, ins Bett. Knipste Licht an und aus. Ließ Wasser laufen. Ich hörte nicht mehr hin. Ich war ein Klumpen in einer Ecke.
Ich bin überall. Ich bin nirgends. Jemand atmet. Ich mag mich nicht bewegen; ich kann mich nicht bewegen. Jemand hat Schmerzen. Jemand weint. Nicht ich; noch nicht. Ich liege in schwarzem Wasser. Es ist kalt und tut gut. Jemand weint; jemand kotzt, aber nicht ich – noch nicht.

Er brachte mir eine Tasse Tee. Oder Schokolade. Mehr war nicht nötig. Eine winzige Freundlichkeit – ein Kuß, ein Lächeln, ein Scherz. Ich griff gierig zu. Und vergaß das andere. Alles war bestens. Alles war normal. Er legte die Schokolade in den Kühlschrank, ich mußte sie suchen. Das wollte gut geplant sein; die Kinder guckten ständig rein, besonders abends. Er mußte sich das vorher genau ausrechnen. Mehr war nicht nötig. Ich breche sie immer noch vor dem Auspacken auseinander. Und manchmal weine ich, wenn ich sie esse.

Der Arzt guckte mich nie richtig an. Er beguckte sich Teile von mir, aber er sah mich nie als Ganzes. Er guckte mir nie in die Augen. Besoffen, sagte er sich, seine Nase zuckte und witterte, und dann war der Fall für ihn gelaufen. Keiner der Ärzte hat mich je angeguckt.

Ich war nicht da. Ich war ein Gespenst. Ich bewegte mich im leeren Raum. Die Leute guckten weg; ich war nicht da. Sekundenbruchteile lang sahen sie meine blauen Flecken, dann guckten sie über meine Schulter, guckten weg. Da war nichts zu sehen. Keiner guckte; alle Blicke gingen woandershin. Ob ich durch die Straße ging, in der Messe saß, die Kommunion nahm. Ob ich die Tür aufmachte, mit dem Zug fuhr, einkaufen ging: Keiner sah mich. Ob ich an der Kasse stand, meinen Wagen auspackte und zahlte. Ob ich mein Geld hinlegte und das Wechselgeld und die Rabattmarken kriegte. Ob ich mich an Leuten vorbeidrängelte oder sie sich an mir. Ob ich bitte oder danke sagte. Ob ich lächelte und hallo sagte oder tschüs. Ob ich in einer Menschenmenge stand: Ich konnte all diese Leute sehen, aber sie sahen mich nicht. Sie sahen die Hand, die das Geld hinlegte. Sie sahen die Hand, die die Tür aufmachte, sie sahen den Fuß, der den Schuh anprobierte. Sie sahen den Mund, der redete. Das Haar, das geschnitten wurde. Aber sie sahen nicht mich. Die Frau, die es nicht gab. Die Frau, der nichts fehlte, der es gutging. Die Frau, die gegen Türen rannte.

Sie rochen die Fahne. *Aha.* Sie sahen die blauen Flecken. *Aha aha.* Sie sahen die Beulen. *Soso. Die Ärmste.* Sie ließen sich von ihrer Nase leiten, aber nicht von ihren Augen. Meine Mutter guckte mich an und sah nichts. Mein Vater sah nichts, und das, was er nicht sah, war ihm sehr recht. Seine Brüder sahen nichts. Seine Mutter sah nichts. Denise sah nichts – zuerst. (Carmel war in England.) Die Frau, die immer wieder gegen Türen rannte.

– Wie gehts?

– Bestens.

Fragt mich.

Im Krankenhaus.

Bitte fragt mich.

In der Poliklinik.

In der Kirche.

Fragt mich fragt mich fragt mich. Gebrochene Nase, lockere Zähne, angeknackste Rippen. Fragt mich.

Keiner sah mich. Mir gings gut, mir gings bestens. Ich war die Treppe runtergefallen, war gegen eine Tür gerannt. Ich hatte mir mit dem Absatz von meinem Schuh weh getan. Ich sah älter aus, als ich war, aber wie alt war ich überhaupt? Es war mein kleines Geheimnis, und alle halfen mir, es zu bewahren. Er hielt mich fest und knuffte mich. Er zerrte mich an den Sachen und am Haar durchs Haus. Faust, Stiefel, Knie, Kopf. Tat mir weh tat mir weh tat mir weh. (Carmel hat mich gerettet, nur Carmel. Carmel hat gesehen, was los war, und hat mich dazu gebracht, daß ich es sehe. Und die anderen auch. Carmel hat mich gerettet, und ich hab mich nie bei ihr bedankt. Manchmal hab ich sie verwünscht. Es war leichter, nichts zu fühlen, nichts zu sehen.) Mit der Zeit sah ich das, was die anderen sahen. Nichts. Ich guckte zu Boden. Ich guckte nicht mehr in die Gesichter, die immer wegguckten. Es war leichter, nicht hinzusehen, und dann vergaß ich, warum ich nicht hinsah. Ich ging im letzten Moment einkaufen, ich trug im Sommer einen Mantel, versteckte mich. Ich schickte die Kinder zum Einkaufen. Ich setzte mir eine Sonnenbrille auf. Ich trank. Ich mied Spiegel. Ich zog die Vorhänge vor, ehe es dunkel wurde, damit ich mich nicht in der Scheibe zu sehen brauchte. Ich schaltete ab. Ich vergaß. Gab auf.

Die Kinder machten es mir schwer, ihretwegen mußte ich immer wieder hoch. Ich mußte dasein, sie mußten mich sehen können. Ich mußte denken, ich konnte nicht aufgeben; sie ließen mich nicht. Ich mußte wach sein, mußte tun und machen. Ich konnte nicht aufgeben und sie allein lassen. Ich brauchte sie, meist jedenfalls; manchmal konnte ich sie überhaupt nicht gebrauchen. Aber ich konnte nicht einfach loslassen, sie wären mit ihm allein geblieben. Sie waren da, die ganze Zeit, jemand mußte ihnen zu essen geben, sie in den Arm nehmen, sie sauber halten. Zu Hause war ich deshalb da. Für sie. Sie konnten mich sehen, konnten mich spüren. Wenn sie größer waren, würde ich verschwinden können. Aber bis dahin mußte ich für sie dasein. Mußte sie beschützen. Er trat mich, er prügelte mich, er verbrühte mich. Manchmal haßte ich sie. Er hatte sie mir gemacht, um mich hier festzuhalten, er hatte sich mit ihnen verbündet. Sie hörten

nie auf zu weinen, hörten nie auf zu essen. Ihretwegen konnte ich mich nicht hinlegen. Sie waren auf seiner Seite. Sie ließen mir keine Ruhe. Ich mußte immer dasein. Konnte nicht weg.
Wenn sie im Bett waren oder in der Schule, konnte ich mich zusammenrollen. Nach einer Tracht Prügel, nach einem Streit rollte ich mich in einer Ecke auf dem Fußboden zusammen. Ich summte vor mich hin, bis alles, was mir weh tat, zu einem gleichbleibenden Schmerz verflossen war, der nicht schlimmer wurde. Ich spürte, wie das Blut antrocknete und zu etwas Fremdem wurde, das nicht von mir war. Dann konnte ich mich in den Schmerz fallen lassen, ins Nichts.
Ein wundervolles Nichts, bis ich wieder aufwachte und ich selbst sein mußte. Aus dem einen Schmerz wurden Glieder, die weh taten, Muskeln, die weh taten, ich mußte aufstehen und wieder Paula Spencer sein. Mußte mich aufraffen und das angetrocknete Blut abwaschen. Mußte mich zusammennehmen und den Schmerz ignorieren. Oft wachte ich auf dem Fußboden in der Küche auf. Die unsichtbare Frau. Die Frau, die gegen Türen rannte.

– Was haben Sie denn da gemacht?
Scheißärzte.
– Was haben Sie denn da gemacht?
Verfluchte Volltrottel. Gemacht? Sie guckten sich mein Auge an, suchten nach meinem Auge hinter der Schwellung, dem wunden Fleisch. Er wollte gar keine Antwort hören, brabbelte vor sich hin, dabei war er ganz nett. Kleines Dummchen, was hast du denn da wieder gemacht. Eine richtige Antwort wollte keiner.
– Ein bißchen Make-up, dann sieht man es nicht mehr so.
Keiner guckte mich an.
– Alles paletti.
Keiner sah was. Tztztz, das nächste Rezept. Noch ein paar Pillen zum Runterspülen. Manchmal war nichts zu essen im Haus, aber Valium hatte ich immer.
– Trinken Sie manchmal einen Schluck, Mrs. Spencer?

Viel Ruhe. Legen Sie mal die Füße hoch. Gehen Sie zum Friseur; verwöhnen Sie sich ein bißchen.
– Die Frau gehört ins Bett, sobald Sie nach Hause kommen, Mister Spencer. Machen Sie ihr einen Tee.
– Ja, Herr Doktor.
Die beiden sehen mir nach. Lachen sich eins. Die Frau, die gegen Türen rennt. Sie zwinkern sich nicht zu; das ist nicht nötig.
Sie waren alle gleich; sie wollten es nicht wissen. Sie fragten nie. Hier hast du ein Rezept, jetzt hau ab. Die Jungen waren die Schlimmsten, die Jungen auf der Unfallstation. Unheimlich geschäftig, unheimlich wichtig.
– Leute wie Sie stehlen mir nur die Zeit.
Ich hätte ihr eins hinter die Löffel geben sollen. Eine dumme kleine Rotzgöre in weißem Kittel, die Doktor spielte und die Schwestern schikanierte. Eine Rotzgöre ohne Manieren. Und ich schluckte es.
– Entschuldigen Sie, Frau Doktor.
– Die nächste, bitte.

Es gab Tage, da wachte ich auf, und mein Kopf war frei und klar, ich fühlte mich groß und stark, meine Nase war offen, ich spürte, wie die Luft darin aufstieg und mir den Kopf kühlte. Ich schmeckte wieder was, ich hatte wieder Wünsche. Nahm die Kinder in die Arme, drückte sie an mich, beguckte sie von oben bis unten. Ich sah, wie sie gewachsen waren, wie ihre Gesichter sich verändert hatten. Das waren gute Tage. Sie kletterten auf mir rum. Ich war wach. Es war vorbei. Ich putzte. Ich wusch. Versuchte, Versäumtes aufzuholen. Ich machte es für ihn. Um ihm zu beweisen, daß ich es wert war, geliebt zu werden. Ich arbeitete wie eine Verrückte, damit mich das schlechte Gewissen nicht einholte. Ich mähte den Rasen. Ich wußte, welchen Tag wir hatten. Ich arbeitete. Ich wusch. Ich schrubbte den Boden, die Spüle, das Klo. Ich wusch Bettwäsche und hängte sie auf. Ich lachte, wenn der Wind mir die nassen Laken ins Gesicht klatschte. Das Leben war doch schön. Es war schön, im Garten zu stehen und Wäsche aufzuhängen. Ich machte die Betten. Ich bügelte.

Ich hörte Radio. Holte Versäumtes auf. Ich bürstete ihnen die Haare. Ich sortierte ihre Sachen. Machte Häufchen und räumte sie in den Schrank. Ich malte mir die Lippen an und traute mich raus in die Welt. Machte mir Ohrringe an. Putzte Schuhe. Stellte sie in einer Reihe auf und putzte sie. Und überlegte, wo die bloß alle hergekommen waren.

Doch, er hat mich geliebt. Bestimmt. Das hat er immer wieder bewiesen, bis ganz zum Schluß. Auch nachdem ich ihn rausgeworfen hatte. Es war einfach etwas, das in ihm steckte. Was außer Kontrolle geraten war. Charlo war jähzornig. Und sein Temperament ging immer wieder mit ihm durch. Es hatte auch sein Gutes: Er wußte, was er wollte, er bekam, was er wollte. Es war schön, zu ihm zu gehören. Es war aufregend, ihm zuzusehen, mit ihm zusammenzusein.
Wäre er nur ein bißchen anders gewesen, hätte er weit kommen, hätte er berühmt werden können. Als Geschäftsmann oder Politiker oder sogar Schauspieler. Wenn er eine vernünftige Schulbildung gehabt hätte. Wenn er einen anderen Job gekriegt hätte, als rund um Dublin nicht mehr gebaut wurde und sie keine Arbeit für ihn hatten. Er hätte aus seiner Wut etwas Nützliches machen können, er wäre ein Anführer geworden. Ich sehe ihn vor mir. Als Fußballtrainer, der sein Team in der Halbzeit zusammenstaucht. Als Abgeordneter im Dáil, der den Sozialminister zur Schnecke macht. Als Stuntman, der aus einem fahrenden Auto springt. Als Lehrer für Problemkinder. Sie hätten ihn geliebt. Wählt Charlo Spencer. Mit Charlo Spencer in der Titelrolle. Buch und Regie Charlo Spencer. Vertont von Charlo Spencer. Aber als er mich zum erstenmal schlug, war er nicht arbeitslos. Geschlagen von Charlo Spencer. Das ist eine Tatsache, um die ich mich nicht rumschummeln kann. Beklaut von Charlo Spencer. Ermordet von Charlo Spencer. Charlo Spencer wurde arbeitslos und fing an, seine Frau zu vertrimmen. So einfach ist es nicht. Er fing an zu klauen. Er hat eine Frau erschossen. Weil er keine Arbeit hatte und von der Gesellschaft abgelehnt wurde. Schön wärs ja, wenn es so einfach wäre. Wenn ich sagen könnte, ja, so war es, Charlo Spencer

wurde arbeitslos und fing an, seine Frau zu vertrimmen. Ich könnte ruhig schlafen, wenn ich das glauben könnte. Aber ich kann es drehen und wenden, wie ich will –, es kommt kein richtiges Ende dabei raus. Ich denke täglich dran. In jeder Minute. Warum hat er es gemacht? Eine richtige Antwort, so was wie ein Aha-Erlebnis gibt es nicht. Er hat mich geliebt, und er hat mich geschlagen. Ich habe ihn geliebt, und ich habe eingesteckt. So einfach ist das, so stupide und so kompliziert. Es ist schrecklich. Als wenn du weißt, daß ein Mensch, den du geliebt hast, tot ist, aber du hast keine Leiche, die du herzeigen kannst. Er hat mich geliebt, das weiß ich. Aber warum hat er mich dann geschlagen? So heftig und so oft? Fragen ohne Antwort. Fragen, die mich ständig quälen. Und aus seiner Liebe wird etwas so Grausames wie das Lächeln auf dem Gesicht von einem Nazi. Eine Frau, die man liebt, schlägt man nicht. Ein-, zweimal vielleicht, das kann man noch verstehen. Aber nicht so wie er, wieder und immer wieder. Man zieht nicht an ihrem Finger, bis er bricht. Man weckt sie nicht morgens mit einem Tritt in den Bauch. Man hält ihr nicht das Gesicht über den Fritiertopf und droht, ihr den Kopf in das siedende Fett zu stecken. Man prügelt sie nicht vor den Kindern. Das ist keine Liebe. Man kann nicht einen Menschen eben noch lieben, dann prügeln und wieder lieben, sobald das Blut abgewaschen ist. Liebe und Schläge sind miteinander verquickt, sind nicht zu trennen. Ich kann nicht sagen, daß er mal so und mal so war. Ich kann mir nicht zwei Charlos backen, einen guten und einen bösen. Wenn ich den guten angucke, ist der böse auch gleich da. Ich liege zusammengerollt im Bett und denke an den guten und fühle den bösen eiskalt in meinem Rücken. Ich weiß noch, wie wir in unser nagelneues Haus einzogen, das so schön nach Farbe roch, wie wir ein paar Tage vor dem Umzug mit Nicola und John Paul, der damals noch ein ganz kleiner Stöpsel war, hinfuhren, um ihnen alles zu zeigen. Charlo trug John Paul, ich hatte Nicola an der Hand. Es war ein heißer Tag in einer heißen Woche, und der ganze Dreck auf den noch nicht fertigen Straßen und in den Gärten war staubtrocken. Es fuhr noch kein Bus zu der neuen Siedlung, denn die gab es ja noch gar nicht richtig, wir mußten von unserer Haltestelle ein langes Stück laufen. Ein Bauernhaus stand noch. Nicola winkte dem Bauern auf seinem Traktor zu, das hatte ich ihr gesagt. Er winkte zurück. Wir überlegten, wo er wohl mit seinem Traktor hin wollte. Seine Felder waren ja nicht mehr da. Oben in unserer Straße hatte die Stadt eine große Kastanie stehenlassen. Schätze, die Eichhörnchen haben einen Onkel im Planungsdezernat, sagte Charlo. Ich weiß noch, daß mir heiß und daß ich aufgeregt war. Nicola tanzte um mich rum und riß mir fast den Arm ab. Ist das unser neues Haus, Mammy, ist das unser neues Haus, Mammy? Mir wurde ein bißchen mulmig, auch wenn ich schon oft hier gewesen war. Alles war so kahl und unfertig und am Arm der Welt. Ich überlegte plötzlich, wie die Nachbarn wohl sein würden. Und wie weit es zum Einkaufen war. Und ob man sich hier immer so vorkommen würde wie auf einer verlassenen Baustelle. Daß das alles mal anders aussehen würde, sauberer und mit ein bißchen mehr Schliff, konnte ich mir irgendwie nicht vorstellen. Zwei Häuser weiter lag im Vorgarten eine umgekippte Betonmischmaschine. Vor den Häusern, in denen schon Leute wohnten, spielten Kinder, die mir nicht recht gefallen wollten. Sie machten einen ruppigen Eindruck, auch die Mädchen, und benutzten schmutzige Wörter. Mit denen sollte Nicola sich bloß nicht einlassen. Ich sah, wie sie zu ihnen hinguckte. Aber da oben stand der alte Baum; die übrige Siedlung würde sich schon noch machen, hübsch konnte es hier werden. Und Kinder sind nun mal ruppig, das ist überall so; bei all dem Dreck und Staub hier war es kein Wunder, wenn die Mütter sie nicht sauberhalten konnten. Meine würden bald genauso aussehen. Und das Haus war phantastisch. Fix und fertig und unberührt, mit kahlen Wände, die auf uns zu warten schienen. Es roch so neu. Das war nun unser Zuhause, hier würden wir bleiben. (Wir waren viermal umgezogen. Zu klein. Zu feucht. Rausgesetzt, weil wir zu viel Krach machten.) Der neue Geruch in dem neuen Haus –, das mußte einfach auf uns abfärben. Ein neuer Anfang. Ich weiß es noch wie heute: Wir hatten den Kessel mitgebracht, Milch und Tee, Zucker in einer Tüte. Eine Packung Kimberley-Kekse. Charlo summte die Nationalhymne, während ich zum erstenmal in unserer neuen Küche Wasser in den Kessel laufen ließ. Nicola mußte klatschen, als ich das Gas anstellte und es rausgezischt kam. Es war ein großer Tag. Ich erinnere mich an alles. Wie mir zumute war, wie ich aussah, Nicolas Gesicht, den Geruch im Haus, den Staub in der Luft, wie der Tee schmeckte.

– Gutes Wasser, das da aus dem Hahn kommt, sagte Charlo. – Alles, was recht ist.

Ich weiß noch, daß Nicola begeistert von der Treppe war, von unserer eigenen Treppe, die sie mit niemandem zu teilen brauchte. Sie blieb dort sitzen, während wir von einem Zimmer zum anderen gingen. Die Sonne schien auf Charlos Armbanduhr, die einen hellen Fleck an die Wand vom Elternschlafzimmer warf. John Paul kreischte vor Vergnügen, und die beiden spielten eine Stunde mit dem Lichtfleck an der Wand, bis die Sonne weiterwanderte. Ich ging mit Nicola in den Garten und überlegte, was wir dort pflanzen würden. Bananenbäume. Ich wußte nicht so recht, ob Bananen auf Bäumen wachsen (ich weiß es bis heute nicht), aber Nicola war felsenfest davon überzeugt. Kartoffelbäume. Apfelsinenbäume. Stachelbeerbäume.

– Bäume.

– Büsche, Liebchen.

– Bäume.

– Meinetwegen. Bäume und Büsche. Einen für jeden.

Hinten im Garten war es kühl; richtig kalt.

– Ich weiß nicht, ob hier hinten Bananen gedeihen, Schätzchen.

Ich erinnere mich an alles, was an diesem Tag war. (An den Einzug selbst, ein paar Tage später, habe ich überhaupt keine Erinnerung.) Ich erinnere mich an alles. Und ich glaube alles, was meine Erinnerung zuliefert. Ein neuer Anfang. Warm auf der einen Seite vom Haus, kalt auf der anderen. Wie der Tee schmeckte. Die Kekse, die wir mitgebracht hatten. John Paul hatte sich seinen Keks ins Mäulchen gestopft und ihn wieder ausgespuckt. Ich hatte nichts zum Wegputzen. Der Geruch im Haus. Die Echos. Die Toilette. Einweihung, sagte Charlo. Er machte die Tür nicht zu und ließ es laut plätschern. Nicola, die sich gemütlich auf der Treppe zurechtsetzte.

Das Klebeband, das ich in der Küche mit dem Daumennagel von dem neuen Fenster kratzte. Die Tür, die wir hinter uns zumachten, als wir gingen. Wir konnten uns gar nicht trennen. Machten die Tür ganz vorsichtig zu. Unsere neue Tür. Seine Hand auf meinem Rükken. Nicolas Hände an meinen Beinen. Der schlafende John Paul an Charlos Schulter.

– Verdammt, ich kanns kaum erwarten, sagte Charlo.

Ich stimmte zu und rückte noch ein Stück näher an ihn ran. Wir guckten noch mal die Tür an und am Haus hoch. Dann fuhren wir zu meinen Eltern, es war Sonntag. Zweimal umsteigen. Es fing an zu regnen. Wir gingen aufs Oberdeck.

Paddy auf den Gleisen steht, sammelt schöne Steine, kommt der Zug herangebraust, bricht ihm die Gebeine.

Ich erinnere mich an alles; wirklich. Ich erinnere mich aber auch an anderes: Daß mir die Stelle am Arm weh tat, wo er mich am Abend davor gekniffen hatte, ein riesiger Bluterguß, den er mir mit Zeigefinger und Daumen gemacht hatte. Er hatte mich am Arm durch die ganze Wohnung gezerrt. Es tat unglaublich weh. Er wurde mal schneller, mal langsamer und drückte fester zu, wenn ich aufschrie oder was sagte. Ich weiß nicht mehr unter welchem Vorwand. Weil er Lust dazu hatte. Weil er Macht über mich hatte. Es war unerträglich. Stell dich nicht so an, ich zwick doch nur ein bißchen. Rasender Schmerz wegen nichts und wieder nichts. Bis das Fußballspiel anfing. Spiel des Tages. Wenn ich die Kennmelodie höre, muß ich immer daran denken. (Man sieht es immer noch, innen am Arm, kleine rote Pünktchen – das waren seine abgeknabberten Fingernägel.) Ich erinnere mich, daß Nicola sich nicht von ihm anfassen ließ. Ich mußte mich zu ihr auf die Treppe setzen. Sie streichelte mich, sie klammerte sich an mich. Den ganzen Tag. Ich erinnere mich, daß ich nervös war. Und es mit der Angst bekam, als der Regen anfing, weil dann vielleicht Charlos Laune umschlagen und John Paul ihm auf die Nerven gehen würde. John Paul schlief immer sehr unruhig, er zappelte ständig rum, und das war lästig, wenn man ihn tragen mußte. Ich weiß, daß ich die Augen zumachte, als ich hinten auf Charlos Hemd Keks- und Milchspuren sah, und überlegte, ob ich es ihm sagen sollte oder nicht, und daß ich in tausend Ängsten schwebte, jemand anders könnte mir zuvorkommen. Charlo wärs egal gewesen, das ist mir jetzt klar, aber damals war es für mich eine Frage von Leben und Tod. Alles war brüchig und geradezu lächerlich wichtig. Ich war müde und hektisch vor Schlafmangel, ich kriegte die Augen nicht richtig auf, und die Schultern taten mir weh. Ich war wund vom Sex, den ich nicht gewollt hatte. Ich weiß noch, daß ich am liebsten weggelaufen wäre, ich hielt es nicht mehr aus. Aber nein, ich wollte gar nicht weglaufen, ich wollte es schön für uns haben, es würde schon alles klappen, ich mußte nur aufpassen. Alles hing an mir. Die Regenwolken hatte ich angezogen, mit meinen Gedanken. Ich verdarb alles. Es hing an mir. Ich würde den Tag in den Griff kriegen, ich durfte nur keine dummen Fehler machen. Tritt nicht auf die Spalten. Guck nicht in die Wolken. Es hängt an dir. Ein wunderschöner Tag; eine endlose Angstpartie. Mit jedem Schritt trat ich in ein großes schwarzes Loch, ins Bodenlose. Nicolas Tränen, John Pauls Rotznase, der verschüttete Zucker – bei jeder Kleinigkeit kriegte ich die Krise, alles lief auf eine Katastrophe zu. Wir hatten die Chance, noch mal neu anzufangen, und ich würde sie uns vermasseln. Mit einem falschen Griff, einem falschen Wort. Es hing an mir. Mit meinen großen Füßen und meiner kessen Lippe, mit meinen tolpatschigen Händen und meinem häßlichen Mondgesicht. Ich würde alles kaputtmachen, noch ehe es angefangen hatte.

Stop!

Komisch ist das mit meinen Erinnerungen: Ich kann sie nicht auseinandersortieren. Es gibt keine Zeit, die nur gut war. Ich kann mich nicht zufrieden lächelnd auf meinen schönen Erinnerungen ausruhen, sie sind alle beschädigt und besudelt, quälend und krank. Meine Zunge geht über die Zahnlücken, und ich muß daran denken, wie ich meine Zähne verloren habe, täglich, sobald ich die Zunge bewege. Ich hebe an einem nassen Tag die Schulter, und die Erinnerung ist da. Ich sehe die Kekspackungen im Supermarkt, und die

Erinnerung ist da. Die roten Pünktchen an meinem Arm. Der Geruch von kaltem Zigarettenrauch. Der Geschmack von Tee, in den ich zuviel Zucker getan habe. Der leere Kühlschrank. Das Knarren auf der vierten Treppenstufe. Die Klingel. Spiel des Tages. Die Sonne, die im Sommer zur Teezeit in die Küche scheint. Alles Sachen, die mir durch und durch gehen. Die mich verlachen und mir keine Ruhe lassen.
So ist das nun mal mit Erinnerungen.

Ein Taxi zum Krankenhaus. Er hielt meine Hand, und mit dem freien Arm stützte er mich im Rücken, damit mein Arm nicht gegen die Tür stieß oder gegen den Sitz. Er unterhielt sich mit dem Fahrer. Er war ganz locker, hatte alles im Griff, kümmerte sich um mich. Sie sprachen über das Stardust; das Feuer im Stardust war gerade eine Woche her. Sie kannten beide Leute, die darin umgekommen waren, gingen die Namen durch, um rauszukriegen, ob sie gemeinsame Bekannte hatten. Ich hörte zu. Ich kannte auch welche, aber ich sagte nichts, ich wollte mich nicht einmischen. Er sprach für mich mit, machte seine Erschütterung, seine Ansicht zu der meinen. So war es immer, wenn Charlo was sagte, ich hörte brav zu. Vor einer knappen Stunde hatte er mir den Arm ausgekugelt, und ich hörte ihm zu, bewunderte ihn, war stolz auf ihn. Er war zu den Nachbarn gelaufen, hatte Ann, die Tochter, als Babysitter geholt und nach dem Taxi telefoniert. Sie dachte, wir wollten ins Kino. Ich sah schlimm aus, aber ich hatte meinen guten Mantel drübergezogen.
– Was seht ihr euch denn an? fragte sie.
– Mal gucken, was es gibt, sagte ich.
Wir sahen die Lichter des Taxis, das draußen hielt.
– Können wir? sagte Charlo.
– Ein Fläschchen für John Paul ist im Kühlschrank, sagte ich zu Ann. Aber prüf erst die Temperatur, eh du es ihm gibst, ja? Wir bleiben nicht lange weg.
– Okay. Viel Spaß.
Er hatte mich schon lange nicht mehr geschlagen. Ich hatte John

Pauls Fläschchen zurechtgemacht und den Verschluß mit einer Hand aufgeschraubt. Ich erinnere mich, daß ich überlegte, wie ich das schaffen würde. Ich hatte die Kühlschranktür aufgemacht, war zum Tisch gegangen, um die Flasche zu holen, und als ich zurückkam, war die Kühlschranktür zugefallen. Ich stellte die Flasche auf den Boden und machte den Kühlschrank wieder auf. Ich erinnere mich, daß ich an die kleine Enkelin von Mrs. Doyle in Courtown dachte, die hinter einer Kühlschranktür erstickt war. Ich machte alles mit der linken Hand. Er kugelte mir den rechten Arm aus. Dazu brauche ich keine Erinnerung zu bemühen. Das Geräusch werde ich nie wieder los.

Er machte die Taxitür auf und half mir rein.

– Sachte, sagte er.

Sie tauschten den ganzen Weg über Namen aus, er und der Fahrer, und Geschichten von Katastrophen und von Leuten, die mit knapper Not davongekommen waren. Charlo redete wie ein Lokalpolitiker; der Fahrer guckte ihn immer wieder im Rückspiegel an.

Er kam immer mit, blieb immer bei mir, brachte mich nach Hause, wenn sie mich verarztet hatten. Kümmerte sich um mich. Ehe er ausstieg, zahlte er und gab dem Fahrer sein Trinkgeld. Dann kam er zu mir rüber und machte mir die Tür auf. Charlo faßte meinen heilen Arm und beugte sich vor.

– Machs gut, Kumpel. Dann knallte er die Tür zu.

Er half mir in die Unfallstation, am liebsten hätte er wohl noch für mich die Beine bewegt. Er saß und stand die ganze Zeit an meiner Seite, das Reden und Erklären überließ er mir. Er lächelte die Schwestern und Ärzte an. Er lächelte entschuldigend, als ich sagte, daß ich die Treppe runtergefallen war. Er war immer da. Ich sah ihn auf der anderen Seite vom Vorhang. Ich erinnere mich an den Abend. Ich war verschwiemelt und verschlampt. Mein Haar war fett und strähnig, damals trug ich es noch lang (ich war noch jung). Charlo sah gut aus und roch nach dem Old Spice, das meine Mutter ihm zum Geburtstag geschenkt hatte. Er konnte einem richtig leid tun, weil er mich am Hals hatte. Eine trunksüchtige Frau, die ständig

die Treppe runterfiel und gegen Türen rannte. Aber er blieb an meiner Seite. Er hielt zu mir. Er faßte meine Hand und tätschelte meinen Arm, er fühlte sich voll verantwortlich.
Ich war schon mal hier gewesen, aber es war eine ganze Weile her. Ein paar Gesichter kamen mir bekannt vor. Benommen sah ich mich um. Betrunkene Männer und junge Leute. Ein paar Frauen. Was die wohl hier wollten? Wahrscheinlich warteten sie auf ihre Männer und Söhne. (Einmal hörte ich, wie eine Frau in meiner Nähe zu der Schwester sagte, daß sie gegen eine Tür gerannt war, und ich glaubte ihr. Sie tat mir leid. Ihr Auge war zu und völlig verfärbt, schrecklich sah das aus, ich mußte immer wieder hinsehen. Sie war schlimm dran, sie zitterte und schluckste. Ich wäre nie auf die Idee gekommen, daß sie log, genau wie ich. Ich glaubte ihr aufs Wort; sie war hinter einem Kind hergerannt, und da war sie gegen die Tür gestoßen. Wann ich auch kam – immer waren auch andere Frauen da, lädierte Frauen. Ich ahnte nicht, daß ich nicht die einzige war, die von ihrem Mann hier abgeliefert wurde. Wenn ich diese Frauen sah, kam ich mir immer noch ein bißchen schäbiger vor; die warteten hier, weil sie einen richtigen Unfall gehabt hatten, ich wartete, weil mein Mann in Wut geraten war, weil ich ihn gereizt hatte, weil ich ihn nicht verdiente. Ich beneidete sie. Und manchmal haßte ich sie. Die hatten ja keine Ahnung, wie glücklich sie dran waren mit ihren richtigen Unfällen.) Ich kannte die eine oder andere Schwester, ich sah ihnen gern bei der Arbeit zu. Im Grunde waren sie die Seele vom Geschäft, sie blieben ruhig und gelassen, ohne zu drängen, immer geduldig. Sie hielten den Laden in Schwung. Ich wär gern Krankenschwester gewesen.
– Hut ab, sagte Charlo. – Ist bestimmt nicht einfach für sie.
Man mußte immer warten. Bei mir war es nie so schlimm, daß sie mich außer der Reihe drangenommen hätten. Das Weinen und Stöhnen, die Tragen mit draufgeschnallten Kindern, die reingerollt wurden – ich brauchte immer Wochen, bis ich das wieder losgeworden war. Manche Leute dort waren echt daneben, sie starrten auf den Fußboden, brabbelten vor sich hin, hielten einen verbundenen

Arm fest, drückten sich Handtücher ans Gesicht. Andere sahen gefährlich aus; laute, kaputte Typen. Ich hatte nie das Gefühl, daß ich da hingehörte, ich stand immer am Rand, war eigentlich gar nicht da. Hatte mich unter Vorspiegelung falscher Tatsachen reingeschmuggelt und schämte mich; ich war ja selber schuld.
Manchmal war es anders. Manchmal hatte ich das Gefühl, ich könnte raus aus all dem, wenn ich nur den richtigen Vorhang fand, wenn einer mir die richtige Frage stellte.
Fragt mich.
Charlo war immer neben mir, immer in meiner Nähe, aber wenn ich den richtigen Arzt, die richtige Schwester erwischte, konnte er mir nichts anhaben. Sie würden sehen, was los war, sie würden mich mitnehmen, eine Tür würde hinter mir zufallen, Charlo würde nichts machen können. Ich würde mir die Kinder schnappen, ehe er kam, wir würden ihn nie mehr zu sehen brauchen. Sie würden mir helfen, sie würden es für mich machen. Oben im Krankenhaus gab es ein Zimmer, in dem konnten wir unterkommen, da würde er uns nie finden, ein Zimmer mit ganz großen Fenstern und Balkon. Der richtige Vorhang. Es kam auf den Platz in der Warteschlange an. Sesam öffne dich. Wenn ich erst hinter dem Vorhang war, hatte ich es überstanden. Sie würden mich heil machen und in Sicherheit bringen. Wir würden glücklich sein. Und in Sicherheit. Ich kriegte richtiges Lampenfieber. Es war einfach Glückssache. Vielleicht klappte es diesmal. Ein Arzt würde ausnahmsweise mal sehen, was vor seiner Nase war. Er würde eine Frage stellen. Die richtige Frage. Ich würde antworten, und dann war es vorbei. Charlo war immer da. Immer. Nur nicht hinter dem Vorhang. Sein Schatten auf dem Vorhang. Ein paar Minuten. Eine Frage. Ich würde antworten. Ich würde ihnen alles sagen, sie brauchten nur zu fragen.
Fragt mich.
Ich hätte ihnen alles gesagt, das schwöre ich. Wenn sie gefragt hätten. Ich hätte es geflüstert. Nur fragen mußten sie. Er hat mir den Arm hinter dem Rücken verdreht und mich hochgezogen. Danach würde es leichter gehen; wenn ich merkte, daß sie zuhörten. Er hat mich

geschlagen. Er hat mich da getreten. Hier verbrannt. Er war es. Er. Rettet mich. Ich hätte ihnen alles gesagt. Hinter dem Vorhang, nach der richtigen Frage.

Ich war dran.

– Mrs. Spencer?

– Ja.

– Der Herr Doktor ist jetzt frei.

Ich ging hinter der Schwester her. Sie hielt mir den Vorhang auf. Sie lächelte. Ich kannte sie. Sie hatte eine neue Frisur. Charlo hielt meinen Mantel. Er war bis zum Vorhang mitgegangen. Ich war drin. Ich saß.

– Der Herr Doktor kommt gleich.

Ich kannte sie; und sie mich. Sie war vom Land. Sie sah mich an, nickte mir zu.

– Da hat Sie's aber wieder mal schlimm erwischt.

– Ja, sagte ich.

Sie sah auf die Uhr.

– Bin wieder mal die Treppe runtergefallen, sagte ich. – Zu dumm.

– Sie Ärmste.

Sie war nett, ich wollte ihr keinen Kummer machen. Sie hatte bestimmt einen Freund. Aber keinen Verlobungsring. Vielleicht sparte er noch drauf, wie Charlo damals.

– Im Dunkeln, fragte sie.

– Jaha, sagte ich. – Die Birne war kaputt.

– So ein Pech.

Wieder nichts. Es war nicht der richtige Vorhang.

– Gleich haben Sies hinter sich, sagte sie.

– Viel zu tun heute?

– Kann man wohl sagen.

Niemand würde mich retten. Ich sah Charlos Schatten draußen auf und ab gehen. Später, wenn wir wieder zu Hause waren, würde ich es gut haben; hinterher war er immer sehr nett zu mir. Ich hatte meine Lektion gelernt. Dann brachte er mir eine Tasse Tee ans Bett, stand morgens mit den Kindern auf, damit ich liegenbleiben konnte. So schlimm war es ja auch gar nicht, eine Weile würde alles gutgehen.

Das Kind ging ab, ehe ich wußte, ob es ein Junge oder Mädchen war. Zwischen Leanne und Jack. Zu früh auf die Welt gekommen; von einer Faust in die Welt geholt. Ein Mädchen. Ich habe sie nie gesehen. Sie heißt Sally.

27

Es ist ein heilloses Wirrwarr. Ohne jede Ordnung, ohne Reihenfolge. Ich habe ein paar Daten, ich habe einen Anfang und ein Ende, aber die Jahre dazwischen kann ich nicht einordnen. Ich weiß, wann ich ihn kennengelernt habe, wann unsere Hochzeit war, wann ich ihn rausgeworfen habe, wann er gestorben ist. Dazu Geburtstage, den Todestag meines Vaters, Erstkommunionen, Firmungen, andere Todesfälle. Ich kann sie untereinander auf ein Blatt Papier schreiben, aber sie sind meine einzigen Anhaltspunkte.

Die achtziger Jahre sind mir verlorengegangen, sie sind eine einzige formlose Masse. Wenn ich im Radio einen Schlager aus den Sechzigern oder Siebzigern höre, fällt mir dazu – ob ich ihn mag oder nicht – irgendwas aus meinem Leben ein. *Song Sung Blue* – ich mache meine Hausaufgaben und höre mir mit Carmel und Denise die Montags-Schlagerparade von Radio Luxemburg an. Ich zeichne eine Landkarte von Irland. Die Flüsse von Irland. Mein blauer Filzstift ist fast aufgebraucht, und ich bin noch nicht mal bei Ulster. *Lily The Pink* – ich sitze bei meiner Mutter auf dem Schoß und höre zu, wie mein Onkel Martin *Delilah* singt; ich habe Zahnschmerzen. Vor oder nach ihm hat jemand, ich weiß nicht mehr wer, *Lily The Pink* gesungen. *All The Young Dudes* – ich gucke zu, wie Charles sich an der Spüle wäscht, er ist noch ein bißchen braun vom Sommer. Aber aus den Achtzigern kenne ich keine Schlager, sie sagen mir nichts, dabei hat das Radio unentwegt gedudelt. Was habe ich in den Achtzigern gemacht? Ich bin gegen Türen gerannt. Bin wieder aufgestanden. Bin

Alkoholikerin geworden. Habe begriffen, daß ich arm bin, daß ich mir die Hoffnungen, mit denen ich mich auf den Weg gemacht hatte, abschminken muß. Ich hatte keine Zukunft. Ich saß in einem Haus fest, das nie meins sein würde. Mit einem Mann, bei dem Schmerzen mein täglich Brot waren. Und mußte zusehen, wie meine Kinder den gleichen Weg gingen wie ich, und das war am härtesten. Daß ich ihnen keine Hoffnung geben konnte. Sie sahen, wie er mich durch die Küche schleuderte. Sie sahen, wie er mir ein Messer an die Kehle hielt. Ihr Vater; mein Mann.

– Ja, ich will.

Ich war ihre Zukunft. Die Zukunft, die sie immer vor Augen hatten. Die Welt der Erwachsenen, Gewalttätigkeit, ein leerer Kühlschrank, eine Flasche Gin, aber kein Fleisch, blaue Augen, ausgeschlagene Zähne, ein Häufchen Unglück in einer Ecke. Macht eure Hausaufgaben, betet schön, putzt euch die Zähne, sagt bitte und danke – und es wird euch so ergehen wie mir.

Ich gab nie auf.

Warum gehst du nicht weg, sagte Carmel. Pack einen Koffer, schnapp dir die Kinder und geh. Egal wohin, zu mir, in ein Asyl; geh. Sie bearbeitete mich unermüdlich, und das nahm ich ihr sehr übel. Es ging sie nichts an. Sie würde notfalls die Polizei holen und dafür sorgen, daß er Hausverbot bekam, sagte sie. Je mehr sie mir zusetzte, desto mehr igelte ich mich ein. Es ist doch alles in Ordnung, er berappelt sich schon wieder. Sobald er Arbeit hat, ist alles wieder gut. Er liebt mich. Du magst ihn bloß nicht, du bist eifersüchtig. Ich war gemein zu ihr, ich schlug ihr die Tür vor der Nase zu, warf ihr Gegenstände an den Kopf. (Aber sie war immer da. Sie war da, wenn ich sie brauchte. Ich habe mich nie bei ihr bedankt.) Ich bin nicht gegangen. Ich ging bis zur Tür, ich machte sie auf. Weiter kam ich nicht.

Die Schläge, die Armut, die Schmerzen, seine Diebstähle. Ich gab nie auf. Ich kam immer wieder hoch. Ich borgte mir immer wieder einen Zehner bis Donnerstag. Es gab Weihnachtsgeschenke, Geburtstagsgeschenke und immer irgendwas zu essen. Ich stellte mich

zwischen sie und ihn. Ich bewachte den Kühlschrank. Ich geizte und knapste.
Ich gab nie auf.
Ich bin da.
Ich rappelte mich hoch, ich wusch mir das Blut vom Gesicht, setzte den Kessel auf.
Manchmal war ich nah dran. Ich wollte sterben. Ich lag auf dem Boden und spürte den Tod darin, warm und verlockend. Ich wollte nie wieder aufstehen. Ich war so kaputt, daß ich mich am liebsten aufgelöst hätte. Ich wußte nicht, wer ich war. Da waren nur die Schmerzen.
Aber ich stand auf. Immer wieder. Ich hatte Kinder. Ich hatte einen Mann. Ich humpelte durchs Haus und brachte die Kinder ins Bett. Ich hängte mit gebrochenem Finger die Wäsche auf. Ich aß Zucker und trank Gin. Ich machte ihnen Schulbrote: Dünne Schinkenstreifen am Rand, damit man nicht sah, daß in der Mitte kein Belag war. Ich verbarg alles. Die Schmerzen, die Prellungen, die Armut. Die Haustür blieb zu; wenn eins der Kinder sie offengelassen hatte, drehte ich durch. Wenn es klopfte, fuhr mir der Schreck in alle Glieder. Man hatte mich gesehen, ich war ertappt. Ich hatte ständig ein schlechtes Gewissen.
Er prügelte mich bewußtlos, und ich hatte ein schlechtes Gewissen. Er gab mir kein Geld, und ich hatte ein schlechtes Gewissen. Abends nach dem Essen ließ ich die Kinder nicht mehr in die Küche, damit sie nicht an die Cornflakes gingen – und es war meine Schuld. Sie waren verwahrlost, sie hatten Hunger. Meine Schuld. Ich konnte nicht denken. Ich konnte mit einem Ei und vier Scheiben altbakkenem Brot ein Essen für die ganze Familie zaubern, aber ich konnte nicht richtig denken. Nichts hatte mehr eine feste Form, alles fiel auseinander.
Der Fußboden war warm und klebrig. Es war einfacher, liegenzubleiben. Es war angenehm. Das Blut trocknete an. Es wollte nicht, daß ich mich von der Stelle bewegte. Es wollte, daß ich liegenblieb.
Aber ich stand immer wieder auf. Irgendwann. Dann wußte ich wieder, wer ich war, was für eine Tageszeit wir hatten; daß ich was tun,

daß ich mich kümmern mußte. Ich wischte den Boden und fing von vorn an. Das war mein Leben. Geschlagen werden, auf Schläge warten, sich berappeln. Vergessen. Von vorn anfangen. Es gab keine Zeit, keinen Anfang und kein Ende. Ich kann nicht sagen, wie oft er mich geschlagen hat. Es war eine einzige endlose Quälerei. Nicht endlos: Siebzehn Jahre lang. Ein einziger, jammervoller, klebriger Klumpen von Tagen. Tageslicht und Dunkelheit. Schmerzen und die Angst davor. Dunkelheit und Tageslicht für immer und ewig, amen. Bis ich sah, wie er Nicola anguckte.

28

Wie oft habe ich an der Haustür gestanden. Habe sie aufgemacht, bin in den Vorgarten gegangen. Wie oft. Nie weiter. Ich überlegte es mir, ließ mir Ausflüchte einfallen. Es war nicht zu schaffen. Ich machte kehrt. Ich ging nach oben und packte und blieb auf dem Bett sitzen, bis es zu spät war. Ich würde warten, bis John Paul oder Leanne oder Jack ihren Mittagsschlaf gemacht hatten. Ich würde warten, bis ich ein bißchen Geld hatte. Ich würde warten, bis Weihnachten vorbei war. Ich würde warten, bis Charlo eingeschlafen war. Ich ging zur Tür, ich war schon fast draußen, nur die Tür war noch im Wege. Aber ich wußte, daß ich es nicht tun würde. Wohin denn auch? Es ging einfach nicht. Ich kriegte die Hand nicht zur Klinke hoch. Ich kam nie über den Garten hinaus. Es wäre ein Weg ins Nichts gewesen. Schmach und Schande, der Gedanke daran, wie er mir nachstellen würde. Es war zuviel; ich konnte mich nirgends verstecken. Es war die Mühe nicht wert. Ich hätte alles zugeben müssen, und ich wußte ja nicht wohin. Ich hob ein Stück Papier auf und ging wieder ins Haus, als ob ich nur deshalb rausgekommen wäre. Ein Stück Papier, dabei war der Vorgarten übersät mit Papierfetzen und Schachteln und Plastikflaschen. (Einmal lag eine Spritze im Gras, an der vorderen Mauer. Ich rührte sie nicht an, ich machte mir keine Gedanken darüber.) Ich ging wieder ins Haus, als ob ich einen Entschluß gefaßt hätte. Mir war wohler; es war die richtige Entscheidung. Ich würde bleiben. Ich wurde gebraucht. Es würde nicht noch mal passieren. Hier wußte ich wenigstens, was ich hatte. Die Kinder brauchten den Vater. Es würde nicht noch mal passieren.

Er legte das Geld vor mir auf den Tisch. Ich bin nicht dazu gekommen, es zu zählen. Oder anzufassen. Ich hatte getrunken, ich war ein bißchen schwer von Begriff. Ich hatte mich ausgeruht, hatte geschlafen. Die Küche ... Das Licht brannte. Ich richtete mich auf. Hatte ich mit dem Kopf auf dem Tisch gelegen? Als er sah, daß ich wach war und hinguckte, griff er sich das Geld und legte es noch mal hin. Ein ganzer Packen. Ein Batzen Geld. Genug für Kleider, genug für eine ausgiebige Einkaufstour. Ein Korb, vollgepackt mit herrlichen Sachen, ich und die Kinder in der Schlange, die Gewißheit, daß noch reichlich übrig ist, wenn wir alles bezahlt haben. Ein bißchen was zum Freuen. Schöne Schulbrote, auf die sie stolz sein können, strahlende Gesichter. Waffeln und Marsriegel im Familienpack. Ein Fußballtrikot für John Paul mit der Nummer von John Barnes. Schuhe für Leanne. Ein Zehner für Nicola. Eine Flasche für mich. Ein Essen bei McDonald's für uns alle mit Eis und heißer Karamelsauce zum Nachtisch. Vor mir lag ein Batzen Geld, mit dem wir erst mal eine schöne Zeit auskommen würden.

– Da, sagte er.

Erlösung und Seligkeit. Aus heiterem Himmel. Ich guckte hin. Er sah zu, wie ich allmählich aufwachte, sah zu, wie ich rechnete, er sah die Sachen, die ich mit dem Geld kaufen würde. Ein Riesenpacken, Hunderte von Pfund, ein Packen, der so bald nicht kleiner werden würde, wenn wir uns nicht mächtig anstrengten. Ich war wie hypnotisiert und unheimlich glücklich. Und ich überlegte, wo wohl der Haken war. Ich wußte, daß er mich belauerte. Ich regte mich nicht. Alle Rechnungen bezahlt, der Kühlschrank zum Bersten voll. Ein Kinobesuch, ein Tag in der Stadt, mit dem Taxi zurück. Ein richtiges

Sonntagsessen mit Papierservietten und allem Drum und Dran. Und Bisto!
Er griff sich einen Schein, einen Zwanziger. Ich guckte nicht hin, ich sah auf den Packen. Daß der Zwanziger fehlte, merkte man gar nicht, der Packen sah genauso aus wie vorher. Mir war es gleich, woher er das Geld hatte. Geklaut wahrscheinlich, aber das war mir egal. Dann lag der Zwanzig-Pfund-Schein wieder auf dem Tisch. Er brannte.
– Guck dir das an, sagte er.
Er zündete an dem Schein weitere an. Die blauen Scheine wurden schwarz, schwarze Flocken wehten durch die Luft. Er ließ den ganzen Packen in Flammen aufgehen.
– Ganz schöne Verschwendung, was? sagte er.
Ich antwortete nicht. Denn darauf wartete er nur. Daß ich was sagte. Daß ich mir den Rest krallte. Komisch, es berührte mich nicht sehr. Interessiert guckte ich zu, wie das Zeug brannte. Wie leicht es war. Ich sah in die Flammen. Aber warum tat er das? Warum machte er uns wieder arm – sich genauso wie uns? Und dann fiel es mir ein: Ich hatte ihm gesagt, daß ich gehen würde, daß jetzt Schluß war, endgültig Schluß. Gestern, nachdem er mich um nichts und wieder nichts geprügelt hatte. Er hatte gelacht, als ich ihm sagte, ich würde mir Arbeit suchen, ich brauchte sein Scheißgeld nicht, ich würde besser zurechtkommen als er. Viel besser.
Auch jetzt lachte er. Ein richtiges Filmschurkenlachen hatte er drauf.
– Die schöne Knete. Ein Jammer, nicht?
Er beugte sich vor und blies sie vom Tisch. Im Wohnzimmer stritten sich die Kinder um die Fernbedienung. Erst jetzt sah ich sein Gesicht. Es war keine Grausamkeit darin. Er sah aus wie ein Kind, als er jetzt sein Werk betrachtete. Nicht alle Scheine waren verbrannt. Den Rest hatte er auf dem Tisch liegenlassen. Er legte fünf blaue Scheine vor mich hin. Hundert Pfund.
– Wo wärst du ohne mich, sagte er.
Er legte mir die Hand auf die Schulter.
Ich kam nie an der Tür vorbei. Es gab zu viel, was ich nicht hatte. Geld, eine Bleibe. Zu viel. Die Kinder. Die Schule. Daß mich die

Leute sehen würden. An all dem kam ich nicht vorbei. Da draußen war alles schwarz. Ich bring dich um, wenn du gehst, hatte er gesagt, und ich wußte, daß er es tun würde. Ich liebe dich, ich kann nicht ohne dich leben, sagte er. Und daß es ihm gleich war, was hinterher aus ihm wurde. Tot oder lebendig oder auf Lebenszeit im Knast – er würde mich umbringen. Ich glaubte ihm aufs Wort. Sein Gesicht überzeugte mich und seine Stimme. Er konnte nicht ohne mich leben, sagte er. Er liebte mich. Ich konnte nicht gehen. Er würde sich wieder berappeln. Er würde hinter mir herkommen und mich umbringen. Und die Kinder. Die nimmst du nicht mit, sagte er, du bist unfähig, sie zu versorgen, du säufst und du bist zu dumm dazu, kommt überhaupt nicht in Frage, lieber bring ich sie um. Er sah mich an, es war ihm ernst.

Er stieß mich gegen die Tür, ehe ich sie aufmachen konnte, knallte mein Gesicht gegen die Scheibe, ich wartete auf die Scherben.

– Ich bring dich um, verdammt, ich bring dich um!

Ich konnte nicht weg.

Ich dachte daran, ich träumte ständig davon. Ich malte es mir aus. Stundenlang, einen Schritt nach dem anderen. Neues Haus, ein Job, neue Frisur, neue Sachen. Die Kinder in einer neuen Schule, schwarze Schuluniformen, kastanienbraune Streifen an den V-Ausschnitten der Pullis. Ein Job im Büro. Ja, daran glaubte ich ernsthaft, den ganzen Tag. Ich sitze am Computer, kein Problem. Ich sah mich immer aus der Entfernung, sah die Bewegungen der Hände, aber nicht die Finger auf den Tasten. Oder ich sah mich von vorn, ich saß am Computer, und die Kamera war auf mich gerichtet. Das Licht vom Bildschirm zeichnete mir zwei leuchtende Bänder auf die Wangen. Mit Sally Field als Paula Spencer. Dann fuhr ich mit meinem kleinen Wagen nach Hause, ich sah ihn von außen, ich konnte nicht autofahren. Ein Nachbar, der Laub zusammenrechte, winkte mir zu. Ein großes Zimmer, das man direkt vom Eingang aus betrat, wie bei den *Cosbys.* Essen für die Kinder, eine Mikrowelle. Lachen, Gespräche. Ich half ihnen bei den Hausaufgaben. Ich las ihnen eine Gutenachtgeschichte vor, alle miteinander saßen sie auf meinem breiten, kuscheligen Bett. Sie gingen alle zur gleichen Zeit schlafen und schliefen die ganze Nacht durch; kein Bettnässen, kein Geheul. Den ganzen Tag lang führte ich dieses Leben, änderte hier was, fügte da was hinzu. Ich flüchtete mich in den Luxus, ich flüchtete mich in ein neues Gesicht, einen neuen Körper. Ich und die Kinder, keiner sonst. Ich und die Kinder in einem großen, vornehmen Haus, das nichts Irisches hatte. Sofas. Teppiche. Ein großer weißer Hund ohne Geschlecht. Trockene Hitze und warmer Schnee. Ein kuscheliger Hund, der nicht haarte. Ein lila Badezimmer; manchmal war es auch pink.

Ich flüchtete in diese Träume; Träume, die ich im Griff hatte. Richtige Träume, wie man sie in der Nacht träumt, hatte ich nicht, nachts fiel ich in ein schwarzes Loch. Richtige Träume wollte ich auch nicht, ich trank mich in die Schwärze hinein, weil ich in den richtigen Träumen nicht weglaufen konnte. Ich ließ sie nicht an mich heran. Manchmal aber schafften sie es doch, und dann kämpfte ich so lange, bis ich wach wurde. Ich konnte mich nicht bewegen, konnte nicht atmen.

Ich flüchtete in eine Welt von vor zwanzig Jahren. Ich flüchtete in ein anderes Land.

Er bedrohte mich ständig, erinnerte mich daran, daß ich allein nicht zurechtkam. Wer war ich schon? Paula Spencer war ich nur durch ihn. Die Leute kannten mich, weil es ihn gab. Wir hatten das Haus, weil es ihn gab. Ich existierte, weil er mich ansah – das war der Beweis. Ein freundlicher Blick konnte alles auslöschen. Ich liebte ihn von ganzem Herzen. Ich konnte ihn nicht verlassen. Er brauchte mich, das habe ich mir immer wieder gesagt. Ich war sein ein und alles.

Ich blieb an der Tür stehen.

Ich fühlte nichts, wenn er nicht da war. In den ersten Jahren kriegte ich Herzklopfen, wenn ich ihn spätabends kommen hörte, wenn ich im Bett lag und auf ihn wartete, und freute mich, daß er nach Hause gekommen war; zu mir. Und gleichzeitig hatte ich Angst. War er betrunken? Würde er nett zu mir sein? Sollte ich wach bleiben oder so tun, als ob ich schlief? Ich horchte auf seine Schritte und versuchte sie zu deuten; wie weit weg, wieviel getrunken, welche Stimmung. Ich wußte es immer schon, bevor er hereinkam, aber ich hatte immer wieder Hoffnung. Wenn er in ausgelassener Stimmung war, bewegte er sich besonders leichtfüßig. Ich tat, als ob ich schlief. Das war das beste, wenn er dachte, er hätte mich geweckt. Und dann liebten wir uns. Stundenlang. Auf dem Bett, vor dem Bett, in der Diele. Ich stillte das Baby, während er neue Kraft sammelte. Lang, lang ists her. Herzklopfen und Angst. Manchmal gefiel mir die Mischung. Und dann war es keine Mischung mehr, sondern nur noch Angst. Wahnsinnsangst, wenn die Tür schlug, Wahnsinnsangst den ganzen Tag. Wir hatten Sex, ehe er aus dem Haus ging. Das brauchte ich immer noch. Er liebte mich. Ich war verrückt nach ihm. Hinter der Wahnsinnsangst, hinter der Grausamkeit gab es ihn noch, den Charlo von früher. Aber ich mußte ihn zu fassen kriegen, ehe er aus dem Haus ging. Dann konnte ich mich ins Nichts fallen lassen, ehe er heimkam. Wenn ich Glück hatte.

Wenn ich Glück hatte.

Ich war so deprimiert, daß ich nicht mehr wußte, daß es eine Tür gab. Ich wußte nicht mehr, wo ich war, und manchmal auch nicht, wer ich war. Ich war ein Nichts. Ganze Tage gingen mir verloren. Ich kam auf dem Klo wieder zur Besinnung. Ich stand stundenlang an der Spüle und ließ das Wasser im Kessel überlaufen. Stundenlang. Es gab nichts, woran ich mich festhalten konnte, alles war so weit weg. Bei allem, was unerwartet kam, mußte ich heulen. Die Klingel, eine Tür, Bremsenquietschen auf der Straße. Ich war hilflos vor allem, was auf mich zukam. Ein Brief, der durch den Briefschlitz fiel. Vogelgekreisch. Geräusche aus der Dachkammer. Ich konnte nicht mehr Fern und Nah, Wichtiges und Unwichtiges unterscheiden. Ich heulte, wenn ich die Kinder nach Hause kommen sah; ich konnte sie nicht liebhaben, es war zu mühsam. Ich war hilflos.

Das Trinken half, es beruhigte mich, gab mir etwas zu tun.

Früh um drei war ich mit einem Schlag hellwach. Und dann quälte ich mich durch den Tag. An guten Tagen wußte ich, daß es eine Tür

gab. An guten Tagen konnte ich träumen. Und lächeln, wenn ich die Kinder kommen hörte. Ich wußte, was los war. Ich konnte lieben und denken. Konnte mich elend fühlen und wußte warum. Konnte ihn hassen. Konnte ihn lieben. Die schlechten Tage waren gar keine. Sie waren eine formlose Masse, Leere, Nichts. Es gab keine Tür. Es gab keine Träume. Jemand atmete. Nicht ich. Ich schrie. Nicht ich. Ich war ein schwarzer Klumpen in einem schwarzen Klumpen. Nichts kam an mich heran, nichts berührte mich. Da draußen waren Kinder, die ins Haus wollten, waren Geräusche. Ich konnte sie nicht erreichen. Tränen liefen mir übers Gesicht. Nichts war da, niemand guckte zu. Ich war nur wer, wenn er heimkam. Weil er mich anguckte. Weil er mich anlächelte. Weil er mich schlug.
Wann war ich so? Ich weiß es nicht. Einmal? Immer? Ich weiß es nicht. Ich kriege meine Erinnerungen nicht auf die Reihe. Ich kann Fern und Nah nicht unterscheiden. An einem Tag habe ich ihn geheiratet, an einem anderen habe ich ihn rausgeworfen. Es war dazwischen. Mehr kann ich nicht sagen.
Ich habe ihn rausgeworfen. Die Angst, die Aufregung vergeß ich nie. Es war ein unheimlich gutes Gefühl, es hat mich um Jahre jünger gemacht. Herrgott, was hatte ich eine Angst – nachdem ich es gemacht, nachdem ich ihn verdroschen hatte. Ich habe nicht nachgedacht. Sonst hätte ich es nicht gekonnt. Aber als ich merkte, wie er Nicola anguckte, als ich seine Augen sah. Ich weiß nicht, wie ich es gemacht habe – plötzlich war er weg. Es war so leicht. Zäng – weg! Das Böse in der Küche; seine Augen. Weg. Die Bratpfanne hatte kein Gewicht. Eben noch, beim Griff in den Schrank, hatte ich mich schwer mit ihr getan. Es war ein großes, altmodisches Monstrum von Pfanne, ich konnte sie nicht ausstehen; ein Geschenk von seiner Mutter. Vielleicht lag darin von Anfang an eine geheime Botschaft. Vielleicht ist es das. Als ich sah, wie er guckte. Sie hatte kein Gewicht, als ich sie hochhob; ich hatte Hilfe. Ich merkte nicht, wie das Fett mir auf den Kopf tropfte. Zäng – weg. *Sein* Blut an der Pfanne. Meine größte Stunde. Ich war voll da. Ich war wer. Ich liebte. Zäng auf den Kopf. Ich würde ihn umbringen. Das Böse in ihm. Er hatte mich zu-

grundegerichtet, jetzt wollte er es mit Nicola genauso machen. Hast du dir gedacht, du Arschloch.
Zäng – auf den Kopf. Er fiel wie Scheiße vom Hochhaus. Ich spürte es in meinem Arm. Er fiel so, wie ich gefallen war. All die Jahre, die Wunden, die Tränen, das Baby, das ich verloren hatte – all das spürte ich in meinem Arm, der die Pfanne hochhob, all das stand mir bei. Zäng auf den Kopf. Ich muß immer noch lachen, wenn ich daran denke. Ich bin nicht an der Tür vorbeigekommen. Statt dessen hab ich ihn vor die Tür gesetzt. Mit Karacho.

29

Es war Donnerstag, ein Jahr vor seinem Tod, zwei Jahre ist das jetzt her. Warum erinnere ich mich, daß es ein Donnerstag war? Sie waren doch alle gleich. Aufstehen, Kaffee, die Kinder wecken und losschicken, damit ich mich ein bißchen hinsetzen und erholen konnte, die erste Zigarette, das Kopfweh, das den ganzen Tag anhielt. Ich mußte vor den Kindern aufstehen, damit sie nicht alles aufaßen, es half nichts, bei uns gings so knapp zu, ich mußte knickerig sein. Frühmorgens war immer alles besonders schlimm, besonders trist. Manchmal heulte ich noch vor dem Aufstehen. Es war alles so hoffnungslos. Es war keine Faulheit; faul war ich nie. Es war die Sinnlosigkeit, das Gefühl, daß außer den Kindern nichts da war. Aber manchmal dachte ich nicht an die Kinder. Ich konnte nicht mal weinen. Der Geruch im Zimmer, die Feuchtigkeit. Klamotten zusammensuchen. Kopfweh. Und dann den ganzen Tag über nichts – nur die Kinder. Ich war immer vor Charlo auf. Immer. Der wußte ja nicht mal, daß man Toast aus Brot macht, der Scheißkerl.
Es war Donnerstag. Es war noch früh. Oft war Nicola schon weg, wenn ich runterkam. An dem Tag nicht. Sie saß in der Küche, trank

noch eine Tasse Tee, ehe sie mit dem Werkbus wegfuhr, und machte sich Brote für die Mittagspause. Ich weiß auch noch, was für welche. Schinkenbrote. Mit ihrem eigenen Schinken. Den sie sich selber kaufte. Wir waren allein. Wir sagten nichts. Ich redete morgens nicht gern, und sich mit Nicola über nichtssagendes Zeug zu unterhalten war zu jeder Tageszeit schwierig. Sie hatte damals oft Mucken und Launen. Das sind so Phasen, die vorbeigehen, das war mir klar, aber begeistert war ich nicht davon. Daß sie schlecht aussah, fiel mir allerdings auf, hager und gedrückt, ganz anders als sonst. Man sah immer gleich, wenn was mit Nicola war, weil sie normalerweise so gut aussah. An dem Morgen sah sie schlecht aus, traurig und mager. Sie hatte nicht geschlafen. Sie war unglücklich. Irgendwas stimmte nicht. Ich machte mir keine Gedanken drüber. Sie trank ihren Tee. Ich machte mir meinen Kaffee.

Dann hörten wir Charlo die Treppe runterkommen, und plötzlich redete ich wie aufgezogen, ich konnte gar nicht mehr aufhören. Es waren die Nerven, das weiß ich jetzt. Ich versuchte zu verdrängen, daß ich Bescheid wußte. Ich redete Scheiße, um mir zu beweisen, daß nichts passiert war, daß nichts passieren würde, daß alles normal war.

– Ich weiß wirklich nicht, wo ich die Zeit hernehmen soll.

Wo ich die Zeit hernehmen soll . . . Und wenn ich nichts hatte – Zeit hatte ich im Überfluß. Deshalb tat ich mich ja so schwer mit dem Aufstehen, weil Tag für Tag diese gewaltige Spanne Zeit totzuschlagen war.

Jetzt war er in der Küche.

– Und ich muß Jack auch noch in die Poliklinik bringen.

Charlo stand unter der Tür und starrte Nicola an. Wenn er noch nicht ganz wach war, starrte er immer irgendwas an. Er hatte getrunken, gestern abend und vorher schon den halben Tag. Mittags, nachdem die Kinder wieder in die Schule gegangen waren und außer uns nur noch Jack im Haus war, hatten wir eine Flasche aufgemacht. Das machte ich oft, ich kaufte eine Flasche, damit er zu Hause blieb, damit wir zusammen was trinken konnten wie ein ganz normales Ehepaar. Charlo war genauso gerädert wie ich.

– Und Leanne will zum Geburtstag ihr Haar gemacht haben.
Nicola guckte rasch zu Charlo hin, als sie die Butter wieder in den Kühlschrank stellte. Er guckte zurück, er besah sie sich von oben bis unten. Ausgiebig. Von oben bis unten. Es war der Haß in seinem Blick, der mich so fertig machte. Er guckte sie nicht so an, wie ein Mann eine Frau anguckt, das hätte ich notfalls noch verstehen können, das war ja fast was Natürliches, auf so was mußte man gefaßt sein. Aber es war blanker Haß. Sein Blick sagte es klar und deutlich: Er wollte sie zerstören, zugrunderichten. Die eigene Tochter.
Ich sprach sie an, damit sie von diesem Blick loskam. Ich wußte nicht, was ich machen sollte.
– Nicola?
– Ja?
Ich sah sie an. Es schien ihn nicht zu kratzen, daß ich dabei war.
– Könntest du am Freitag Jack in die Klinik bringen?
– Ja, ist gut, sagte sie.
Sie hörte gar nicht richtig zu. Freitags hatte sie einen halben freien Tag, um halb zwölf kriegten sie ihr Geld, und das Werk machte zu. Sie hätte nie ihren Freitagnachmittag geopfert. Ich hatte es auch nur gesagt, weil mir in dem Moment nichts anderes eingefallen war.
– Danke. Lieb von dir.
Ich erinnere mich an jedes Wort. An jede Sekunde. Ich sah ihn an. Er wollte meiner Tochter was tun. Seiner Tochter. Weil er die Macht dazu hatte. Es war etwas Böses an ihm, ich machte mir nichts mehr vor. Alles fiel auseinander, und es berührte mich nicht. Ich guckte Nicola an. Sie guckte mich an. Ja, sagte ihr Blick; es stimmt. Sie sah verlegen und zerknirscht aus. Was hab ich gemacht? fragten ihre Augen. Es tut mir leid. Hilf mir.
Er fing an zu summen. Das Geräusch widerte mich an. Das Summen war der Auslöser. Ich griff mir die Bratpfanne. Es war nichts drin, nur das Fett. Er starrte Nicola an, er wollte sie dazu bringen, daß sie ihm Platz machte, damit er auf Tuchfühlung gehen konnte. Ich wußte immer, wann Charlo sich bewegen würde, seine Schultern verrieten

ihn. Sie bewegten sich vor seinen Beinen. Ich erwischte ihn mit der Bratpfanne an der Schläfe. Ich war nicht zu bremsen; welchen Schaden ich anrichtete, wieviel Krach ich machte, war mir völlig egal. Mein Arm schlug zu. Er stürzte zu Boden wie gehenkt. Er war bei Bewußtsein.

– Paula, sagte er. – Paula.

Er redete ganz komisch. Wie ein kleines Kind, das den Namen erst lernen muß. Ich war jetzt wütend, und diesmal schlug ich gezielt. Er versuchte aufzustehen. Ich schlug ihm auf den Schädel. Ich hätte ihn damit umbringen können; es war mir egal.

Es war ein tolles Gefühl. Eine ungeheure Befriedigung.

– Ich hab ihn gesehen.

Ich hatte es geschafft.

– Ich hab ihn gesehen, sagte ich. – Wie er dich angeguckt hat.

Nicola nickte. Sie machte die Kühlschranktür zu. – Ist er tot?

– Das will ich hoffen, sagte ich.

Es war nicht mehr wichtig; ich hatte es geschafft.

– Nein, so hab ich es nicht gemeint, sagte ich. – Es ist mir egal.

Dann fing ich aber doch an, mir Gedanken zu machen. Er regte sich und stöhnte. Was jetzt? Ich beugte mich vor und zielte auf sein Ohr, damit er liegenblieb, bis ich ein Stück weiter gedacht hatte. Er bewegte den Kopf, ich holte wieder aus.

– Bring ihn um, sagte Nicola.

Ich schlug nicht zu; ich richtete mich auf.

– Nicht nötig, sagte ich.

Sie konnte es nicht fassen; sie hielt mich für total abgedreht.

– Dann bringt er dich um, sagte sie.

– Das macht er nicht, sagte ich.

– Klar macht er das.

– Nein. So schlimm ist er nicht.

– Komm, Mammy –

Sie hatte große Angst und wurde allmählich sauer auf mich. Erst hatte ich sie gerettet, und jetzt ließ ich sie hängen.

– Keine Bange, Schätzchen, sagte ich.

Ich wollte ihr zeigen, daß ich ganz locker war, daß ich alles im Griff, daß ich richtigen Spaß an der Sache hatte.

– Er ist erledigt, sagte ich.

Und als Beweis schlug ich noch mal zu.

– Na bitte, sagte ich.

Ich ging zur Spüle und ließ Wasser in die Pfanne laufen. Charlo war erst mal versorgt. Ich weiß noch, wie schwer die Pfanne wurde, als das Wasser drin war. Ich hatte absichtlich den Kaltwasserhahn aufgedreht, ich wollte das warme Wasser sparen. Nicola griff sich den schweren Salzstreuer aus Marmor, den wir schon ewig hatten. Der Pfefferstreuer ist seit Jahren verschollen. Sie sah auf Charlo runter, sie wollte zuschlagen, er versuchte hochzukommmen. Ich drehte den Hahn zu, das Wasser schwappte über, weil die Pfanne zu schwer für mich war. Sie sah aus wie ein kleines Mädchen, das von Schlangen und Taranteln umzingelt ist. Sie konnte sich nicht rühren.

Dann kam John Paul in die Küche. (Es fällt mir schwer, an John Paul zu denken, soweit bin ich noch nicht.)

– Was ist hier los? fragte er.

Mit diesem ratlosen, verbiesterten Gesicht, das er schon als Baby hatte. Er hatte seinen Schlafanzug an – gestreifte Hose und ein Italia-90-Shirt. Er hielt die Hose fest.

– Geh wieder ins Bett, Schatz.

Ich versuchte ganz normal zu reden. Während sein Daddy auf dem Boden lag und alle viere von sich streckte.

– Aber mein Daddy –

– Rauf mit dir, brüllte ich ihn an.

Mir wird ganz elend, wenn ich daran denke, wie oft ich in angebrüllt, angegiftet, geschlagen, sogar getreten habe. Ich habe ihn öfter angebrüllt als geküßt. Und er war doch noch so klein.

Er wollte nicht gehen.

Charlo kniete jetzt am Boden und hustete, als ob er gleich kotzen müßte.

– Was habt ihr mit ihm gemacht? fragte John Paul.

Was habt *ihr* mit ihm gemacht. Nicht nur ich. Ich und Nicola. Die Weiber.
Ich glaube, diesmal habe ich nicht gebrüllt.
– Es ist nichts weiter. Geh bitte rauf. In ein paar Minuten kannst du wieder runterkommen.
– Aber er ist –
– Ich mußte ihm mal meinen Standpunkt klarmachen, sagte ich. – Jetzt zieh Leine. Es ist ja nichts passiert.
Er drehte sich um und ging, wütend und gedemütigt und mit einem bösen Blick auf Nicola. (Ich habe mit ihm nie wieder darüber gesprochen.) Eine Bewegung. Ich guckte hin. Es war Charlo, der den Kopf schüttelte.
– Verfluchte Scheiße.
Es klang wie eingeübt. Sein Blut spritzte in die Gegend, es fiel mir jetzt erst auf, wie stark er blutete, sein Hemd und seine Hose waren ganz rot. Ich goß ihm das Wasser über den Kopf, weit vorgelehnt, damit er mir nicht an die Beine fassen konnte. Das Haar hing ihm ins Gesicht, und sekundenlang fand ich, daß er sehr komisch und sehr rührend aussah. Er erstarrte. Er hatte keine Ahnung, wo er war.
– Hau ab, sagte ich, holte wieder aus und sah Nicola an.
– Mach die Haustür auf, sagte ich.
Nach dem Wasserguß tropfte das Blut wieder. Er versuchte, sich mit einem Knie hochzustemmen.
– Wa-?
Ich schlug zu. So kräftig ich konnte. Ich wollte ihm keine Chance geben, mit mir zu sprechen oder auch nur nachzudenken. Mein Entschluß stand fest, er würde mich nicht umstimmen.
– Hau ab, los! Raus mit dir! Und daß du mir nicht wiederkommst!
Wieder versuchte er aufzustehen; dagegen konnte ich nichts machen. Wenn er nicht aufstand, kriegte ich ihn nie raus. Dieses Gestöhn und Gegrunze hatte ich noch nie von ihm gehört. (Bei einem Fußballspiel hatte er sich mal ein Bein gebrochen, ich stand an der Seitenlinie und sah zu, da waren wir noch nicht verheiratet, ich ging zu all seinen Spielen, da hatte er laut geheult, weil es so weh tat. Ich lief aufs

Spielfeld, ich wär auf den Typ losgegangen, der ihn umgerissen hatte, und hätte ihm die Augen ausgekratzt, wenn ich gewußt hätte, welcher es war. Sie waren alle gleich groß und über und über verdreckt.
– Ihr Schweine ihr!
– Reg dich ab, sagte jemand, es war ein faires Tackling.) Bei den Geräuschen, die er jetzt von sich gab, mußte ich an ein kleines Mädchen denken, das hingefallen ist und versucht, wieder auf die Füße zu kommen, laute Schluckser und unheimliche Mühe und Streß und Konzentration. Ich durfte es nicht so weit kommen lassen, daß er sich aufrichtete. Als er die Beine gerade machte, gab ich ihm einen Stoß, er fiel in die Diele, und ich zog ihm mit der Bratpfanne eins über, um ihn unten zu halten. Gebückt ging er durch die Diele. Ich mußte aufpassen, daß er sich nicht wieder berappelte.
– Hör auf, verdammt noch mal.
Ich ging hinter ihm her, trat zwischen ihn und die Treppe, schubste ihn zur Tür. Nicola riß sie weit auf und rettete sich mit einem Satz die Stufen hoch. Er torkelte schwer atmend auf sie zu – eine große alte Kuh, die aus einem Tunnel kommt. Nicola stieg noch ein paar Stufen höher.
– Paula –
– Verfick dich! Hau ab!
Ich schlug wieder drauf, damit er ja nicht zu sich kam. Er verfehlte die Tür, landete an der Wand und riß das Weihwasserbecken mit, ein Stück blieb am Nagel hängen. Es war schon lange kein Wasser mehr drin. Ein zerrissenes Spinnennetz pendelte darüber hin und her.
Leanne und Jack standen auf der Treppe.
– Laß ihn in Ruhe.
Das war John Paul.
Charlo machte die Tür zu. Wie er das angestellt hat, weiß ich nicht, es war wohl keine Absicht. Er hatte sich umgedreht und die Klinke zu fassen gekriegt. Nicola kreischte. John Paul stieß sie eine Stufe runter, Charlo entgegen. Sie drängte sich rückwärts an ihm vorbei, sie hätte ihn umgebracht, um von Charlo wegzukommen. In heller Panik kämpfte sie sich zu Jack und Leanne durch, die Ärmste, viel-

leicht bildete sie sich ein, Jack könnte sie beschützen. Er war noch ganz schlaftrunken und guckte völlig verständnislos. Charlo fiel gegen die Tür. Ich packte ihn am Haar – zum Glück trug er es gern lang –, zog ihn von der Tür weg, riß ihm dabei ein Büschel aus, aber das war mir egal. Mir war inzwischen alles egal. Das blanke Entsetzen gab mir Mut. Ich hievte ihn hoch und zog ihn zurück in Richtung Küche.
– Mach die Tür auf, schrie ich John Paul an.
– Laß ihn in Ruhe.
– Mach die Scheißtür auf!
Er gehorchte, ich weiß auch nicht warum. Vielleicht ahnte er dunkel, daß es die beste Lösung war. Vielleicht sah ich noch gefährlicher aus als sein Vater.
Ich gab Charlo einen Tritt.
Mit einem Tritt beförderte ich ihn durch die Tür. Er drehte sich wie ein Seelöwe im Wasser und schlitterte raus. Ich war noch nicht fertig mit ihm. Ich ging ihm nach, ich mußte John Paul zur Seite stoßen, der mir den Weg versperrte. Jack hatte angefangen zu weinen, Nicola nahm ihn auf den Arm.
Ich hetzte ihn bis zum Gartentor, ich ließ ihm keine Zeit, sich aufzurichten, sich zu besinnen. Ich schlug nicht noch mal zu, das war nicht nötig. Er kriegte es mit der Angst zu tun. Ich eskortierte ihn bis zum Gartentor. Er trat auf die Straße. Triefend und blutend, eine räudige Wanderratte.
Jetzt konnte ich wieder denken.
Grundgütiger!
Ich ging zurück zum Haus, die letzten Meter im Laufschritt. Das war ja erst der Anfang. Wie würde es jetzt weitergehen? Wie hatte ich nur so blöd sein können mir einzubilden, daß ich ihn so leicht loswerden, daß ich ihn jemals loswerden würde. Er würde mich umbringen, uns alle würde er umbringen. Grundgütiger, das war erst der Anfang.
Tatsächlich, er kam zurück.
– Hau ab!

Ich wich und wankte nicht. Am liebsten wär ich sofort im Haus verschwunden.

– Hau ab!

Er stand am Gartentor. Das Blut lief ihm immer noch über den Kopf und in ein Auge. Die Tür hinter mir schlug zu. Ich guckte rasch durch die Scheibe. Da stand Nicola, bereit, die Tür aufzumachen, wenn ich rief. Hoffentlich.

Er stand immer noch am gleichen Fleck. Er stand da und schwankte wie die Vogelscheuche im Zauberer von Oz. Er hatte den Kopf gesenkt und guckte mich durch sein Haar hindurch an. Sein Hemd war klatschnaß. Die Arme hatte er seitlich ausgestreckt, als ob er gleich seinen Revolver ziehen und auf mich schießen würde. Aber er hatte nichts zum Schießen.

Damals noch nicht.

– Hau ab, los! Wirds bald?

Und er ging. Ich konnte es nicht fassen. Er tat, was ich gesagt hatte. Er ging weg. Noch immer mit gesenktem Kopf. Ohne ein Wort.

Plötzlich hatte ich unheimliche Angst. Ich klopfte, ich hämmerte an die Tür, ich kriegte die große Panik.

– Laß mich rein.

Er würde hinter mir herkommen.

– Laß mich rein.

Er wußte, daß ich Angst hatte, er genoß die Situation. Er hatte sich schon erholt, sehr bald hatte er alles wieder im Griff.

– Nicola! Schnell! Los doch!

Er würde mich klein halten, so wie er es immer gemacht hatte. Er würde mir den Rest geben.

Was hatte ich gemacht, was hatte ich bloß gemacht.

Ich warf mich gegen die Tür, stolperte in die Diele. Ich sah mich nicht noch mal um, dazu war keine Zeit.

– Grundgütiger –

Nicola machte die Tür zu und schloß ab. Sie war jetzt ganz ruhig. Sie guckte mich an.

– Grundgütiger.

Ich zitterte. Ich setzte mich auf die unterste Treppenstufe. Gleich würde ich nach den Kindern sehen. Noch war ich nicht soweit. Ich stand auf und guckte durch die geriffelte Scheibe. Kein Charlo. Ich drückte mir die Nase platt. Weit und breit nichts zu sehen. Nicht auf dem Weg. Nicht am Gartentor. Nicht in der Hecke.
– Er ist weg.
Ich sah Nicola an. Sie wollte es nur zu gern glauben.
– Erst mal, sagte ich.
Sie entspannte sich. Das klang realistisch.
– Sieht aus, als ob ich ihn richtig fertiggemacht habe. Er hat schon komisch ausgesehen.
Ich lachte als erste, sie stimmte ein. Ich lache immer an den falschen Stellen.
– Hasta la vista, Baby, sagte ich.
Dann sah ich John Paul. Ich wollte ihn drücken, er sah so elend und so wütend aus. Er guckte uns an. Zwei miese Weiber, die sich einen ablachen.
– Was hat er gemacht? fragte John Paul.
Ich streckte die Arme nach ihm aus, sie sehnten sich danach, ihn zu drücken in seiner Traurigkeit.
– Komm her zu mir, sagte ich.
Ich dachte bestimmt, er kommt. Es hätte mir gutgetan. Aber er ließ sich von mir nicht anfassen, er schlug nach meiner Hand.
– Pfoten weg!
Mein Gott.
– Was hat er gemacht?
Ich hätte nicht versuchen sollen, ihn festzuhalten. Für ihn war das eine Beleidigung. Kinderkram. Aber mein Kopf funktionierte an diesem Morgen nicht richtig. Ich wollte alle meine Kinder drücken. Um zu spüren, daß ich sie noch hatte. Ganz besonders John Paul.
– Ich erzähls dir gelegentlich, sagte ich.
Zu spät.
– Du wirst es verstehen.
Er drehte sich um, sein Gesicht zuckte, er rannte die Treppe hoch,

drängte sich an den anderen Kindern vorbei, absichtlich grob, um ihnen weh zu tun, und knallte die Tür zu. Ich ließ ihn den ganzen Tag in Ruhe.

Er hat es nie verstanden. Ich habe nie mit ihm darüber gesprochen.

Ich guckte Nicola an und zwang mich, wieder an das zu denken, was hier ablief. Sie zuckte die Achseln. Ich auch. Komisch war das – ich war glücklich und beklommen zugleich. Sie ließen sich von mir drücken. Nicola, Leanne und Jack.

– Was jetzt? fragte Nicola.

– Frag mich was Leichteres, sagte ich. – Aber eins steht fest: Hier kommt er nicht wieder rein.

Ich sah ihr an, was sie dachte: Die Sprüche kenn ich.

– Wetten? sagte ich. – Um einen Zehner.

– Okay, sagte Nicola.

Fürs erste war es ein tolles Gefühl. Ich hatte was Gutes hingekriegt.

30

Da war das gelbe Absperrband. Einer der Polizisten stieg über das Band und ging von der Kamera weg. Die Kamera fuhr auf den Wagen zu. Charlo lag davor. Mit der Decke drüber. Er lag mit dem Gesicht nach unten, mit dem Fuß hing er in der Tür.

Er konnte nicht autofahren, der traurige Trottel. Deshalb war er wieder ausgestiegen. Ein Kidnapper, der nicht autofahren kann. Er hatte keinen Führerschein, er hatte nie ein Auto gehabt, hatte von Tuten und Blasen keine Ahnung. Er sah die Polizisten über die Mauer kommen, er schoß auf Missis Fleming und flüchtete zu einem Wagen, den er nicht fahren konnte. Es sah aus, als ob er hängengeblieben war, als er ausstieg. Der Wagen war ordentlich geparkt, ein grüner Ford Escort. Hübsche Häuser. Er gehörte da nicht hin.

– Was jetzt, sagte Nicola.
– Frag mich was Leichteres, sagte ich. – Aber eins steht fest: Hier kommt er nicht wieder rein.
Die Sprüche kannte sie.
– Wetten? sagte ich. – Um einen Zehner.
– Okay, sagte Nicola.
Es war ein tolles Gefühl. Ich hatte was Gutes hingekriegt.

Der Autor dankt für die Abdruckgenehmigung der folgenden Zitate: